Marosella Di Francia
Daniela Mastrocinque

Cuore di corallo

GIUNTI

Giunti Editore si impegna per uno sviluppo sostenibile
con l'utilizzo di carta certificata FSC® proveniente
da fonti gestite in maniera responsabile.

www.giunti.it

Via Bolognese 165 - 50139 Firenze - Italia
Via G. B. Pirelli 30 - 20124 Milano - Italia

Prima edizione: giugno 2025

Pubblicato in accordo con Grandi & Associati, Milano

CUORE DI CORALLO

Il trascorrere di quasi un secolo cancella la fisionomia del mondo nei suoi aspetti umani e reali e col passare degli anni cambiano anche i parametri di sensibilità morale e i criteri di giudizio. Raccontare i fatti, descrivere le persone e i comportamenti di un'epoca lontana può fare apparire come stranezze ciò che rientrava nella normalità se non vi è una compenetrazione in una società in cui nessuno, nemmeno noi che l'abbiamo composta, si identifica più.

Renato Mastrocinque, *Le memorie*, Napoli 2015

Ad Anna che ha imparato a leggere.

A Renato e Wanda che vissero gli anni della guerra.

Prologo

Napoli, 28 settembre 1943

Indossava un cappottino di lana azzurro. Qualcuno l'aveva vista vagare mentre in strada stavano cominciando gli scontri. La ragazza aveva un'aria smarrita, uno sguardo febbricitante. Ma dov'era andata? Che direzione aveva preso? Era difficile capirlo. Ovunque, grida e spari laceravano l'aria; una bomba a mano esplose all'improvviso. Dal tetto di un palazzo partì qualche colpo isolato.

«Chi spara *a là 'ncoppa*? *Songhe 'e nuoste o so' 'e* tedeschi?»

La gente correva come impazzita: che stava succedendo? Perché non stavano più rintanati nelle loro case?

«Hanno ammazzato *'nu* tedesco, là, alla masseria!» gridò un ragazzino. «Ma chi, dove?» urlò un altro.

«*Sammatina, ampresse*!»

«Gli ostaggi, hanno preso gli ostaggi: *l'anna pavà*!»

Un portiere si precipitò a chiudere il portone. Una saracinesca si abbassò fragorosamente.

«Ma che sta *succerenne*?»

«Stanno *jenno casa casa a piglià 'e ppersone*! *Nascunniteve*!»

Si diffuse la voce che il comando tedesco della Floridiana aveva fatto uscire per le vie del Vomero un grosso contingente militare con bombe a mano, mitragliatrici e mitra.

I soldati si erano disposti a ogni angolo puntando i fucili nelle diverse direzioni per sorprendere i rivoltosi.

«*Currite… currite*!»

Una banda di ragazzi provenienti da Castel Sant'Elmo distribuiva per strada armi e munizioni, pronti ad aprire il fuoco.

Vecchi, giovani, donne e bambini spuntavano disordinatamente da via Scarlatti e via Cimarosa impugnando ordigni di tutti i generi.

Un uomo camminava lungo i muri guardandosi intorno senza sosta.

«Ce *l'avite 'n* arma?» gli chiese a bassa voce una donna indicando il grembiule gonfio, arrotolato sul ventre. «Un ragazzo dei nostri, un *guagliunciello*, s'era appena *'nginucchiato* per *fa'* fuoco che l'hanno mitragliato.»

Dal fondo della via veniva un ronzio sempre più forte. Passò una ronda di tedeschi in moto che rallentò l'avanzata dei rivoltosi.

L'aria si riempì di scariche di mitra sparate da ombre che subito si dileguavano.

Il cielo era nero, il caldo soffocante. Un camioncino traballante con quattro persone a bordo avanzava diretto chissà dove.

Ma Elena dov'era?

«Avete visto una donna con un cappottino azzurro? Aiutatemi!» supplicò l'uomo.

Le risposte erano vaghe, spesso contraddittorie.

«Può essere una di quelle donne che hanno portato allo stadio del Littorio?»

«Dicono che hanno ucciso una donna affacciata alla finestra. Stava in casa, non per strada.»

Quando ogni speranza di ritrovarla sembrava persa, il cappottino azzurro riapparve da lontano. Due soldati tedeschi la stavano facendo salire su una camionetta. Un attimo prima sembrava cercare qualcuno che potesse venirle in aiuto o, forse, aveva paura di essere inseguita. Ma subito l'immagine si confuse nella pioggia che cominciò a cadere copiosa.

I tedeschi, l'avevano presa i tedeschi.

PRIMA PARTE

1

Torre del Greco, 1938

«Elena, Elena, dove sei? È ora di tornare, devi finire i compiti!»

Il richiamo risuonò come tutte le sere al calar del sole nella campagna ancora arroventata dal caldo di settembre.

La terra era brulla. Nei secoli, la lava ne aveva forgiato l'aspetto poroso ma una buona parte intorno a casa Ammaturo era stata addomesticata alla coltivazione di ortaggi. A Elena piaceva camminare su quel terreno aspro, sentire l'odore agrodolce dei pomodori che a settembre si spandeva nell'aria delle campagne di Torre del Greco. Le donne con i fazzoletti in testa erano al lavoro per fare *le bottiglie di pomodoro* e spesso anche lei restava lì, di guardia con i bambini più piccoli, a controllare che le mosche e le vespe non finissero nei recipienti della passata esposta al sole ad asciugare. Ma quello che più le piaceva era infilare nello spago i piccoli pomodorini del Vesuvio. I grappoli, poi, finivano appesi fuori ai balconi delle case dei napoletani, che a Natale amavano gustare "il pomodorino del piennolo".

«Sono qui, zia Mimì!»

Elena si avvicinò correndo veloce lungo le scalette che portavano al cortile e passò dietro alla zia per cercare di nascondere le macchie di sugo sulla gonna, e la treccia scarmigliata, anch'essa con tracce di pomodoro. La donna, nonostante l'impaccio del camice nero da lavoro, si voltò di scatto ed Elena non riuscì a sottrarsi del tutto al suo sguardo indagatore.

«Guarda qui come ti sei ridotta! Sei stata anche oggi da Concetta. Ma lo vuoi capire che non sei una contadina!? Se lo sa tuo padre… Ma tanto lui ha già deciso… altro che liceo De Bottis. Ti porta a Napoli.»

«E io non ci vado!»

Amava la vita all'aria aperta e non si curava della sua carnagione che al sole si arrossava. La nonna non faceva che ripetere che una signorina per bene deve avere la pelle chiara e che le mani non devono diventare callose, ma lei non teneva in nessun conto questi consigli e ribatteva con determinazione: «Io non voglio fare la signora a Napoli. Io voglio restare qui».

Qui, per lei, significava arrampicarsi sugli alberi a cogliere le albicocche, andare in giro nei campi insieme a uno stuolo di ragazzini, giocare con la corda e d'estate fare tuffi in mare dalle palafitte. Ma aveva ormai quasi quattordici anni. Aveva terminato gli studi dei primi tre anni del ginnasio e si sarebbe dovuta iscrivere al primo anno del liceo classico, quarto ginnasio. Studi impegnativi, diceva il padre, professore di Filosofia medievale all'Università Federico II di Napoli. Fino a quel momento aveva lasciato che dell'istruzione della figlia si occupasse la nonna, lei aveva scelto a quale scuola iscriverla e lei controllava il suo rendimento, ma ora no, per gli studi superiori doveva essere più seguita, specie per il suo carattere indocile e la propensione alla vita un po' selvatica della campagna. Da quando aveva deciso di occuparsi anche della spedizione dei coralli, poi, la nonna aveva sempre meno tempo per stare dietro a Elena. La quale, difatti, per la prima volta non era stata promossa a giugno ma rimandata in matematica, e adesso doveva sostenere l'esame di riparazione. Del resto, neppure il padre aveva tutto questo tempo da dedicare alla ragazza e non sapeva come risolvere la questione.

«Elena, non c'è più tempo per i compiti. Vatti subito a lavare, tra mezz'ora si cena!»

«Va bene, zia» rispose lei mentre correva in casa a capo basso per nascondere il più possibile il suo aspetto sporco e trasandato.

«Hai terminato gli esercizi di matematica, che domattina viene il professore?»

«Sì, sì, zia Mimì, te lo giuro. Poi, dopo cena, ripeto.»

Zia Michelina, Mimì come la chiamava Elena da sempre, era più indulgente della nonna, la quale, vuoi per il gran da fare, vuoi per non correre il rischio di non essere obbedita, delegava la sorella. *Se lo sa la nonna…* era la minaccia più ricorrente, ma la nonna non lo sapeva quasi mai, o per lo meno così si faceva credere a Elena.

In fondo, poi, lei era sempre stata brava. Era solo un po' irruente, si lamentava la nonna, come un'erba selvatica cresciuta nella terra, e negli ultimi tempi aveva la testa chissà dove. Ma la nonna capiva benissimo che alle ragazze, quando crescono, questo succede, e proprio per questo doveva essere più attenta e severa. Era finito il tempo di lasciarla libera di gironzolare qua e là per le campagne.

L'aveva accolta subito dopo che sua figlia Mariolina era morta nel darla alla luce, e ora aveva la responsabilità di una bambina che si stava trasformando in una donna. Il padre guardava solo allo studio, pover'uomo: pensava che il problema fosse tutto lì, farla studiare. Che doveva capirne di quello che ci vuole a tirare su una figlia femmina, onesta, laboriosa, brava massaia? Lei, all'età di Elena, prima ancora che arrivasse Mussolini, era già nel pieno della fatica, sapeva maneggiare il bulino e infilare fili di corallo, portare acqua dal pozzo e accendere il focolare. Ricordava il padre imbarcato per lunghi mesi, la madre invecchiata anzitempo ad aspettarlo tra i conti in miseria. Ma la vita aveva voluto che almeno la povertà e la fatica a sua nipote fossero risparmiate.

Angela Ammaturo, la nonna di Elena, era una donna minuta dai lineamenti delicati, ma i suoi occhi mobilissimi e il suo sguardo penetrante tradivano quella apparenza di dolcezza e rivelavano una donna capace di affrontare le difficoltà della vita con grinta ed equilibrio. Suo marito, sottufficiale di Marina, era morto durante la guerra, e lei, a trentatré anni, si era ritrovata vedova con una figlia piccola da far campare. Si era buttata a capofitto nell'attività creata dal padre, pescatore di coralli, che era riuscito con caparbia a mettere su una piccola impresa di lavorazione del corallo, e così a tirare fuori la famiglia dalla miseria. All'inizio, nient'altro che un laboratorio allestito in un capannone di fronte alla casa e attrezzato con una tinozza di stagno, due banchetti da lavoro e pochi arnesi. Gaetano Ammaturo era un uomo semplice, a stento sapeva leggere, scrivere e far di conto, ma era stato lungimirante riguardo al futuro del corallo e, non avendo avuto figli maschi, aveva voluto che le sue due figlie lavorassero con lui e imparassero le fasi della lavorazione e i segreti del mestiere.

«Se sapete lavorare il corallo» era solito dir loro «nella vita avrete sempre pane e companatico!»

Ma Michelina non aveva la stoffa, maldestra e svagata com'era, né le sue mani tozze avevano l'agilità che ci vuole per maneggiare il bulino. Così, alla fine, aveva ceduto volentieri quasi del tutto il campo alla sorella che, sveglia e intraprendente, in breve si era impossessata dei ferri del mestiere e aveva fatto fiorire l'attività.

Nel grande locale attiguo alla casa che, nel tempo, aveva sostituito il vecchio capannone, le ceste contenenti rami di corallo, ancora odorosi di mare, aumentavano di anno in anno. C'erano ora una vasca per il lavaggio del materiale grezzo e file di banchetti dove lavoravano le corallare. Le principianti sceglievano i coralli buoni per colore e per misura, quelle con un po' più di esperienza li foravano con le loro piccole dita e altre ancora li infilavano. Per utilizzare poi anche quei pezzi imperfetti, inadatti alla lavorazione a palline per collane e bracciali, le sorelle Ammaturo assunsero un maestro della scuola d'arte del corallo di Torre del Greco, Cosimo De Luca, che insegnò loro il delicato lavoro di incisione. E, nei giorni in cui veniva al laboratorio, non c'era verso di tenere lontana Elena, che era affascinata dalla sua abilità e precisione nello scolpire piccoli capolavori.

E non solo le piaceva osservare, curiosa di tutto, immergere le mani nelle ceste, prendere i coralli e poi farli ricadere a pioggia, ma amava anche stare in mezzo a quelle donne. Tra i banchetti era tutto un fervere di inciuci, risate, battibecchi, puntatine velenose che la divertivano; e lei si tratteneva soprattutto quando cominciavano a intonare le canzoni napoletane che riempivano l'aria di allegria e buonumore.

La nonna la lasciava fare: era un bene che le piacesse gironzolare nell'officina e prendesse familiarità con il lavoro. A chi doveva passare l'attività, se non a lei? Il suo sogno sarebbe stato che Elena si iscrivesse alla scuola d'arte di Torre, altro che liceo. Ma il genero, Eugenio Manfredi, con la sua presunzione, aveva bruscamente fatto svanire ogni speranza.

Elena attraversò veloce le stanze del pianterreno, ben attenta a non incontrare la nonna. La vide in un angolo che distribuiva le uova alle corallare passate a salutarla prima di rientrare alle loro case. Salì di corsa al piano di sopra sperando di trovare l'acqua nel catino della sua stanza.

La casa degli Ammaturo era una semplice dimora di campagna che Gaetano, poco alla volta, aveva ampliato con le sue mani callose e l'aiuto di qualche muratore. Al piano terra c'era una grande cucina in muratura ricoperta di mattonelle bianche e blu e un lungo tavolo di legno massiccio intorno al quale sedevano anche in dieci, quando le corallare restavano a mangiare. Da un lato c'erano i fuochi a legna, ma con il tempo le sorelle avevano appoggiato sul marmo anche un fornello a gas alimentato da una bombola. Le contadine non riuscivano a farselo piacere. Non era la stessa cosa, sostenevano, che cucinare sulla fornace: i cibi avevano un altro sapore e le pentole di rame erano indispensabili per il ragù. Le volte che in casa c'era qualche contadina che si prestava a far da mangiare, veniva usato il vecchio armamentario ed effettivamente le pietanze risultavano più saporite. Ma quando le sorelle erano sole e avevano fretta ricorrevano al fornello a gas. Dall'altra parte della stanza troneggiava un enorme camino che serviva sia a riscaldare l'ambiente sia a cucinare le minestre e, di fronte, c'erano alcune sedie impagliate. Lì si sedevano le donne per dire il rosario oppure si accomodavano le corallare quando venivano dalla nonna a sollecitare un suo consiglio sui figli, sui mariti, su una malattia oppure un debito da pagare. *Il confessionale*, lo chiamava zia Michelina con un pizzico di acidità.

Fuori, in cortile, c'era il lavatoio di pietra e dietro alla cucina lo sgabuzzino, con la vasca per lavarsi. Il bagno si faceva quando capitava, a turno, riscaldando l'acqua in un grande pentolone. Al piano di sopra, invece, c'erano le camere da letto, che erano tre: una per i maschi, ma ormai di maschi non era rimasto più nessuno e così ci dormiva nonna Angela, l'altra dove dormivano Michelina ed Elena in un grande lettone di ferro nero e l'ultima arredata con delle brande, per gli ospiti.

Così semplice era la casa di Torre del Greco dove Elena era cresciuta: e sì che lei era vissuta per alcuni brevi periodi anche nella grande casa di Santa Lucia, a Napoli, dotata di ben altre comodità, oltre che di una splendida vista sul golfo. Ma a Elena quella dimora di lusso sembrava triste, oscura, poiché il padre teneva sempre le persiane chiuse per paura che il sole sciupasse i libri e i mobili. O almeno così diceva. Elena sapeva, tuttavia, che l'ombra, più della luce, si confaceva al suo umore sempre più spesso cupo.

Elena si presentò puntuale a tavola e fu accolta dai saluti festanti delle operaie che erano state invitate a restare a cena con loro.

Da quando la nonna aveva sentito in paese che alcune erano finite in mano agli usurai per fare fronte alle spese, con i mariti imbarcati sei mesi all'anno sulle coralline, aveva preso la decisione di invitare, a turno ogni sera, cinque o sei corallare. La scusa era di discutere del lavoro del giorno dopo, ma in realtà voleva dare loro la possibilità, almeno una volta alla settimana, di fare un pasto completo e risparmiare qualche lira.

A quelle di loro che non potevano restare perché a casa c'erano i bambini ad aspettare, veniva consegnato un panierino con qualcosa da mangiare. Con il tempo, per non fare allontanare le donne dai figli, cominciò a nascere l'abitudine di farle lavorare nelle loro case e di portare poi il lavoro finito alla Ammaturo.

Avevano appena iniziato la cena che si sentì bussare alla porta. Angela andò ad aprire.

«Guardate chi è tornata?» disse. «Maria, con i suoi figli!»

Sulla soglia aveva fatto capolino una donna dalla faccia larga e tonda ingentilita da piccoli orecchini di corallo al lobo che portava nonostante fosse vestita a lutto. Guardava tutte con un sorriso impacciato.

«*Marì, si'* proprio tu!»

Alcune balzarono dalle sedie per correre ad abbracciarla, mentre altre, che non la potevano soffrire per certi bisticci su chi dovesse fare da maestra alle nuove corallare, si diedero di gomito.

«Ecco qua, *stevamo scarzi a chiaviche. Mo' è arrivata essa, 'a mastenguanguera.*»

La nonna si avvicinò al tavolo tenendo per mano i bambini. «Questi sono i suoi ragazzi, Melina e Giovannino.»

Si guardò intorno e fissò i suoi occhi su Elena. «Hai visto come sono cresciuti in un anno, eh? Che belli che sono diventati!»

Elena rivolse appena uno sguardo ai ragazzini, più piccoli di lei, entrambi magri come acciughe e con i volti anneriti dal sole. Che ci trovava la nonna di bello in quei due, non lo sapeva proprio: Giovannino era un diavolo, con la fionda che gli fuoriusciva sempre dalla tasca dei calzoncini e l'espressione dispettosa; Melina una bambina schiva, ritrosa, poco partecipe alle scorribande, che la mamma si portava sempre dietro, ovunque andasse.

«Andate a sedervi di fronte a Elena, così potete chiacchierare tra voi. Su, fategli spazio! Maria è andata a riprenderli in Calabria e si è trattenuta un po' là. Le ho detto di venire a stare da noi qualche giorno, per lo meno fino a che non sistemano quel vecchio fienile che abbiamo riadattato. Che senso ha» aveva aggiunto sottovoce «che stanno giù al porto, in quella topaia, da soli, adesso che il marito non c'è più?»

Dopo che tutte si furono fatte il segno della croce, Annunziata, l'anziana domestica, cominciò a versare la zuppa di fagioli e verdure nelle fondine che aveva accanto.

La nonna lanciò un'occhiataccia a Elena per invitarla a essere ospitale.

«Quanti anni hai, ora, Melina?» chiese allora lei con un sorriso tirato. Ma Melina, intimidita, la guardava fisso senza rispondere e senza osare prendere in mano il cucchiaio.

«E mangia, no, che aspetti!» intervenne il fratello. «Ha dieci anni, ma a volte sembra una scimunita.»

Si mangiò in silenzio, forse perché tutti erano affamati. Solo dopo, mentre si prendeva dal tavolo il pane e il formaggio, Elena bisbigliò alla zia, seduta accanto a lei: «Zia Mimì, ma Melina deve dormire con me? Non la voglio».

Elena non amava la compagnia di quella *bambinetta;* si era ricordata all'improvviso di quella brutta punizione che aveva avuto per colpa sua.

Lei non aveva mai amato i giochi con le bambole o la *cucinella.* Preferiva i giochi dei maschi, gli indiani e i cow boys o le lotte per non cadere nella fossa dei serpenti; quelli sì, li aveva fatti in passato, insieme a Giovannino. Una volta avevano deciso che Melina sarebbe stata la prigioniera che Giovannino legava a un albero e lei, Elena, l'eroe che l'avrebbe liberata. Per rendere più credibile la scena e giocare *a che lei era ferita,* la impiastricciarono tutta con la conserva di pomodoro. A quel punto però Melina iniziò a piangere e corse dalla nonna che li rimproverò.

«Ci hai rovinato il gioco, te la faremo pagare!»

Di nuovo Melina si mise a frignare e li accusò.

«Sei una spia, ecco cosa sei, una spia, non sai giocare!»

E la nonna, per punizione, le proibì di andare alla festa dei Quattro altari che le piaceva tanto.

In quel momento, sotto l'arco della porta, apparve Catello, con due polli tenuti per il collo e l'aria di un cane bastonato.

Nonna Angela si alzò di scatto.

«Catello, che ci fate voi qui? Non ricevo in casa mia persone come voi.»

«Signora, ho urgenza di parlarvi. Vi ho portato queste galline...»

«Vi ringrazio, ma non è questo il momento, né il luogo. Ne parleremo domani, sempre che abbiate qualcosa di importante, di molto, molto importante da dirmi...»

Le corallare si lanciarono sguardi imbarazzati, ma sapevano bene che donna Angela, come la chiamavano, era bella e cara, buona come il pane, ma che quando ci voleva non le mandava a dire.

Tutte loro sapevano quello che *donna Angela cuore d'oro* aveva fatto per Sisina Maresca, la moglie di Catello, anche se lei non l'aveva mai detto. Una sera, Sisina era venuta al *confessionale* e tutta rossa in volto le aveva detto che non poteva venire più a lavorare. Davanti al focolare, a frasi smozzicate che donna Angela le aveva dovuto tirar fuori con la tenaglia, e vergognosa come se fosse lei la sgualdrina, le aveva contato tutta la storia. Catello si era fatto *una commare* a Torre Annunziata, una donnaccia, e l'aveva abbandonata senza una lira e con tre creature da sfamare. Che avrebbe fatto per tirare avanti? E donna Angela, per non farla finire in mezzo alla strada come '*na zoccola,* le aveva mandato i coralli fino a casa per permetterle di lavorare e stare dietro ai piccirilli.

«Andatevene. Tornate domani mattina!»

Assunta, borbottando, gli strappò di mano le due galline e si assicurò che Catello andasse via.

«È venuto per chiedere perdono. Vuole tornare dalla moglie, ma Sisina, lo so per certo, gli ha detto che prima di rimettere piede in casa deve farsi perdonare da donna Angela, altrimenti lei non lo fa rientrare» spiegò Carmela, *l'nciucessa*, la più pettegola delle corallare, appena l'uomo fu uscito.

Settembre era il mese che Elena preferiva: la scuola doveva ancora cominciare, la luce del giorno era più vibrante, l'aria sembrava ancora salata di mare ma il gran caldo era finito, i villeggianti se n'erano andati e Torre rimaneva tutta per loro, *la guagliunera*. Allora la nonna le lasciava più libertà, perché fino a che ci stavano *quelli di Napoli che chi li conosce*, non le permetteva di allontanarsi dai sentieri vicino casa; aveva stabilito dei confini oltre i quali non poteva andare come se ci fossero cancelli immaginari. Non oltre la casa di Concetta, non dopo le serre di don Alfonso. Divieto che lei, naturalmente, si guardava bene dal rispettare: non sopportava che la sua libertà venisse limitata; a volte avrebbe voluto camminare senza mai tornare indietro, seguire solamente il corso delle nuvole. Non sapeva da dove le venisse tutta quella smania, come non sapeva perché le causasse tanta rabbia l'imposizione delle regole. Anche le sue compagne dovevano sottostare più o meno alle stesse limitazioni e anche loro non andavano in giro da sole quando c'erano i villeggianti. Loro però si rassegnavano.

Torre con tutta quella confusione non piaceva troppo nemmeno a lei: la infastidiva la folla di bagnanti, di signore profumate col cappello di paglia e uomini al seguito in abito chiaro che si affollavano per il corso, o si sedevano ai due caffè del paese occupando tutti i posti; la irritava che si comportassero come se Torre fosse loro; non lasciavano spazio alle consuetudini degli abitanti. Al bar, infatti, spesso i gestori scacciavano i locali dai tavolini che dovevano essere liberi per i forestieri che li facevano certo guadagnare di più. Ma la nonna diceva che era un bene che venissero tutti quei turisti, che le signore amavano i coralli di Torre del Greco e spesso salivano fino al laboratorio per ordinare qualche filo.

Libera finalmente di muoversi e riaffermare la propria appartenenza a quel territorio, Elena si allungava dalla campagna fino alle spiagge, nei lidi che stavano smontando per l'inverno, oppure arrivava fino alla piazza del paese e si metteva a curiosare in quelle botteghe dove tutti la conoscevano, così, senza una meta precisa, ma seguendo solo l'estro del momento. A volte, accaldata per le lunghe camminate sotto il sole, si sedeva a uno dei tavoli del ristorante di don Antonio, all'angolo di uno dei tanti vicoli che portano al mare. Lui le offriva sempre una cedrata o un'altra bevanda fresca mentre facevano quattro chiacchiere. Ma quello che le piaceva più di ogni altra cosa era incontrare le compagne quasi per caso, senza darsi appuntamento, e camminare con loro a braccetto per le vie fino alle Cento fontane, mentre si confidavano segreti. L'argomento preferito in quei giorni era il desiderio di andare a Roma per vedere il Duce da vicino. Si diceva fosse un uomo affascinante, anche se a loro sembrava somigliasse tanto al buffo direttore della scuola elementare. Però non l'avevano mai visto dal vivo, solo nei cinegiornali.

Anche più del Duce volevano vedere i baldi giovani in divisa e Amedeo Nazzari, che avevano ammirato al cinema in *Luciano Serra pilota*. Ma quello che davvero le intrigava tutte era parlare dei maschi, non i loro coetanei, ancora bambini, ma i ragazzi del paese, più grandi, che vedevano a messa la domenica, o in piazza radunati a crocchi. Loro, però, non le degnavano di uno sguardo, e non sapevano nemmeno di essere oggetto di tanta attenzione.

2

«Elena, è arrivato un messaggio di tuo padre. Verrà stamattina. Mi raccomando, fatti trovare lavata e sistemata. Sarà qui dopo la messa, penso.»

Quella mattina, Assunta svegliò così Elena e lei non fu tanto contenta della notizia.

Si alzò di malavoglia.

Il padre, che noia... avrebbe cominciato con i soliti discorsi, mai una volta che si potesse parlare di cose che interessavano a lei.

La sua gioia nel vederlo si perdeva sempre nell'impaccio di una conversazione banale. Il groviglio confuso delle sue sensazioni, le emozioni, le scoperte sul mondo ora che si sentiva scoppiare di vita, le letture o i film che qualche volta la nonna l'aveva portata a vedere, che l'avevano fatta sognare e che non vedeva l'ora di raccontare a qualcuno... tutto questo il più delle volte tornava giù, in fondo alla gola, dove le parole restavano congelate, mentre automaticamente rispondeva: sì, a scuola tutto bene, ho imparato a memoria *L'aquilone* di Pascoli; no, in latino non sono stata più interrogata. Grazie, sì, prendo un gelato al cioccolato, e poi da capo: è vero, a scuola ci fanno fare molta ginnastica in vista dei saggi ginnici; no, la *consecutio temporum* non era ancora in programma.

Poi lui prendeva a parlare delle sue lezioni di filosofia all'università e citava nomi strani, San Tommaso, Abelardo e altri sconosciuti. Oppure parlava di quanto facesse caldo o freddo a Napoli, insomma tutte cose inutili, che servivano solo a riempire la bocca e poter dire che avevano fatto una bella chiacchierata. Della madre, Mariolina, non parlavano mai, come fosse indecente pronunciarne anche solo il nome. Elena lo sapeva: era morta quando lei era nata. Ma nessuno, nemmeno la nonna, glielo aveva mai detto in maniera esplicita. L'aveva capito dai discorsi delle altre. Qualche volta zia Michelina, sì, le aveva parlato di sua madre, ma sempre quando nonna Angela non c'era.

Forse pensavano che si poteva immalinconire a sentire parlare della mamma morta nel darla alla luce. Ma non era così. Per Elena la vera madre era la nonna, e poi la zia e tutte le donne di Torre che l'avevano cresciuta con affetto: quella era la sua famiglia.

Appena Elena vide il padre capì che si metteva male per lei. Gli andò incontro fingendo gioia, ma aveva un brutto presentimento. Lui la baciò sulle guance, poi si sedette e tirò fuori il fazzoletto per asciugarsi il sudore. «Fa ancora così caldo, eppure siamo a settembre. Andiamoci a sedere all'ombra, dove stanno quelle due sedie. Allora Elena, come va?»

«Bene, molto bene... sto ancora studiando matematica, tra poco ho gli esami. Ma non ti preoccupare, sarò promossa.»

«Certo che sarai promossa» il padre alzò di un tono la voce. «Ci mancherebbe altro!»

Eugenio Manfredi era un uomo che si sarebbe potuto definire *tristo*, per usare un termine aulico che tanto gli sarebbe piaciuto. Non aveva neanche cinquant'anni, ma ne dimostrava molti di più: non tanto per l'aspetto fisico, ma per il modo di fare, sempre rigido e serioso. Difficilmente usciva dal suo ruolo di professore universitario. Era ancora un assistente, ma aveva tutte le carte in regola per diventare ordinario: appena ci fosse stata l'opportunità, continuava a dirgli il suo titolare di cattedra. Ed era stato proprio per questo che aveva firmato l'adesione al Fascismo: non perché ne fosse un sostenitore convinto, anzi, propendeva più per le idee liberali, ma perché era necessario alla carriera. Questo, naturalmente, creava in lui un conflitto che lo rodeva. Ma nulla gli pareva più importante delle sue lezioni sulla storia della Filosofia medievale, così si era rassegnato.

Alla morte della moglie, la nonna si era offerta di prendere con sé la bambina a Torre del Greco, e lui gliene era stato grato.

Adesso che Elena aveva terminato il triennio del ginnasio, però, la sua preoccupazione più grande era che la ragazza affrontasse con serietà il liceo classico. Era convinto che la nonna ormai non potesse seguire la ragazza in studi più impegnativi e, dopo aver tanto riflettuto, aveva stabilito di iscriverla al liceo Vittorio Emanuele in semiconvitto, così nel pomeriggio avrebbe potuto studiare a scuola, dove sarebbe stata meglio sorvegliata. Elena non sapeva che la decisione era stata presa in via definitiva; sperava ancora di convincere il padre a farle frequentare il liceo De Bottis a Torre, eppure sentiva che qualcosa sarebbe andato storto.

Tra il padre di Elena e sua nonna c'era un rapporto solo formale.

Lui, naturalmente, le era grato per l'aiuto che gli aveva dato con Elena, ma i due appartenevano a mondi diversi, in realtà inconciliabili. Angela era una donna pratica, vissuta nel culto del lavoro manuale e pratico, lui invece un uomo di cultura, un filosofo cresciuto tra libri e università. Mariolina, la madre di

Elena, era stata il suo contatto con la realtà, ma una volta che l'aveva perduta anche quel sottile legame con il mondo si era spezzato. Si erano conosciuti al bagno Favorita a Resina, uno stabilimento frequentato spesso dalla nobiltà napoletana. Lui era lì con i suoi genitori perché il padre, ingegnere della Società pel Risanamento, era stato invitato da un collega. Mariolina, invece, era insieme alla famiglia di un'amica di Torre, gente facoltosa. Angela era contenta che la figlia frequentasse quelle persone per bene, avrebbe fatto piacere a suo padre, buonanima, timoroso che la vita di campagna facesse dimenticare a Mariolina le buone maniere. I due giovani si erano rivisti di nuovo alla festa dei Quattro altari e si erano piaciuti, tanto che dopo nemmeno un anno lui l'aveva chiesta in moglie. La famiglia di Eugenio però era contraria, perché mirava a un matrimonio più prestigioso per il figlio, e nemmeno donna Angela era d'accordo: i due ragazzi erano troppo distanti dal punto di vista sociale e culturale. Ma si amavano e il matrimonio si fece. Poco dopo Mariolina era rimasta incinta e al momento del parto era avvenuta la disgrazia. Da allora, Eugenio Manfredi si era dedicato esclusivamente agli studi, avviandosi verso una brillante carriera. Per quel che si sapeva, nessuna donna era più entrata nella sua vita.

Adesso il professore – pensava tra sé Angela senza farne parola con nessuno – si era messo in testa di portare la figlia a Napoli per farla iscrivere a un buon liceo, come se il De Bottis fosse una scuola di second'ordine. Ma che ne sapeva lui? Se la ragazza fosse rimasta a Torre avrebbe potuto frequentare, magari il pomeriggio, la scuola di incisione del corallo e garantirsi un futuro. E poi, ce l'avrebbe fatta a resistere in città, chiusa in un appartamento con l'unica compagnia di quel padre così rigido e distante, lei che era una ragazza solare, allegra, espansiva?

Ma soprattutto senza una madre o una donna a indirizzarla, che fine avrebbe fatto, lasciata a se stessa? Chi le avrebbe insegnato la modestia, chi l'avrebbe consigliata nel comportamento che deve tenere una ragazza perbene? Elena era di indole impulsiva, e questo poteva essere pericoloso.

Le sue preoccupazioni le teneva per sé, tanto a nulla sarebbe servito opporsi. Ma il professor Manfredi, che non era uno stupido, aveva colto la contrarietà della suocera e ne temeva l'intrusione. Aveva quindi pensato di portare Elena a fare una passeggiata per comunicarle la sua decisione.

«Ho chiesto a zia Michelina di farci accompagnare dal colono a fare una passeggiata verso il Vesuvio. Oggi ti voglio mostrare una cosa, anzi, per essere più precisi, ti voglio mostrare una *casa*. Vai a prendere il cappello e metti delle scarpe chiuse.»

«Ma vanno bene anche queste» rispose lei. «Mica dobbiamo salirci sul Vesuvio, spero.»

«No, certo, ma queste ciabatte non sono adatte comunque. Dovrai imparare a vestirti in modo più consono, ora che andrai al liceo.»

«Ma papà...»

«Vai e fa' come ti ho detto.»

Camminarono a lungo sotto un sole caldo, lui asciugandosi ogni tanto il sudore ed Elena sbuffando, sempre un passo dietro al padre.

«Ma insomma dove stiamo andando? Me lo vuoi dire?»

«Ecco: quella che vedi lì, in alto, è la casa dove per un lungo periodo soggiornò Giacomo Leopardi. Quando stava a Napoli, a casa dell'amico Ranieri per sfuggire al colera, fu ospitato in questa abitazione ai piedi del Vesuvio, dove la mitezza del clima avrebbe offerto conforto alla sua cagionevole salute.»

«Ah sì, ricordo. L'abbiamo studiato a scuola.»

«Lo immagino. Qui Leopardi compose le sue ultime poesie, *La ginestra* e *Il tramonto della luna.* Vieni, andiamo più vicino e vediamo se possiamo entrare.»

«Ma papà, perché mi hai fatta venire fin qui? Non me la potevi raccontare a casa questa storia?»

Lui sospirò.

«Vedi, Elena, la tua risposta mi convince ancora di più della necessità di portarti via di qui. Devi saper apprezzare luoghi come questi, dove palpita lo spirito di uno dei nostri più grandi poeti. Non puoi continuare a vivere in campagna come fossi una delle operaie di tua nonna, una corallara qualsiasi.»

«Non dire così» sbottò Elena. «Non offendere quelle donne. Sono mie amiche, e anche amiche della nonna.»

«Quali che siano, non possono essere loro a curare la tua educazione. Tu verrai a studiare a Napoli, Elena.»

Lei si sentì mancare la terra da sotto i piedi.

«Ormai ho deciso. D'altra parte già lo sapevi, no?»

«No!» gridò. «No, che non lo sapevo! Non era stato stabilito, si parlava tanto per parlare...»

Elena buttò il cappello per terra e scappò verso casa. Angela e Michelina la videro entrare di corsa, scarmigliata e sconvolta, e chiudersi in camera senza dare spiegazioni.

Dopo un po' apparve il padre.

«Allora è stabilito» disse.

Loro lo guardarono in silenzio.

«Preparate le cose di Elena, verrò a prenderla appena avrà sostenuto l'esame di riparazione. Sarà iscritta al liceo Vittorio Emanuele, in semiconvitto. Voglio così.»

3

Elena lasciò Torre del Greco con un nodo alla gola. Tutte le corallare erano salite a salutarla: Maria, Sisina, Nunziatina, e tante altre che conosceva da quando era nata, portandosi dietro i bambini che le stampavano baci umidi e un po' *azzeccosi* sulle guance. La nonna, invece, non aveva nemmeno messo la testa fuori dal laboratorio. A Michelina aveva detto che doveva risolvere non si sa che problema, e poi non si erano già accomiatate prima? Quante cerimonie c'era bisogno di fare?

La sera precedente, Elena aveva regalato alla nonna un ciondolo di corallo fatto con le sue mani, una sorpresa che aveva creato in laboratorio sotto la guida del signor Cosimo. Voleva essere una conchiglia, nella sua idea, ma forse non era riuscita molto bene. Aveva una forma irregolare, ed Elena se ne vergognò.

«Non sono brava a incidere il corallo» disse.

«Quando mai! Sei bravissima.»

Non era vero, ma Elena finse di crederci.

Se la nonna ne era stata commossa, non l'aveva dato a vedere. L'aveva stretta a sé in un abbraccio muto ed era scomparsa.

Elena aveva fatto anche altri regali, prima di partire: la sua vecchia casa delle bambole e una fornacella di ferro provvista di pentoline l'aveva data a Melina, che con la dignità dei suoi dieci anni aveva detto: «Grazie, ma sono troppo grande per questi giochi». Aveva invece accettato degli abitini che a Elena non andavano più.

Poi era salita sulla macchina di suo padre, con il piccolo stuolo di donne a guardarla partire.

«Ci vediamo l'estate prossima, Torre!» gridò dal finestrino, sventolando la mano. E furono le ultime parole che riuscì a dire, prima che un nodo le chiudesse la gola. Non pianse, per non dare soddisfazione al padre, ma sentiva il cuore che le si spezzava.

Nei giorni precedenti l'inizio della scuola si rifiutò di fare qualsiasi cosa: restava pomeriggi interi sdraiata sul letto che sapeva di paraffina a fissare il soffitto. Altre volte percorreva la camera avanti e indietro come un leone in gabbia. Le mancava la campagna, il profumo delle ginestre in fiore, il sapore delle albicocche appena colte, le corse libere per i sentieri, la compagnia schiva delle donne che salivano alla casa, con i loro fili di corallo, ognuna con i suoi guai e le sue gioie da raccontare e condividere. Lì non si era mai sentita sola, c'era sempre a chi ricorrere per ogni evenienza pratica, ma per il resto… Aveva una sete di vita, una irrequietezza nuova dentro di lei che, non trovando sfogo, si manifestava in risposte provocatorie al padre (che riteneva colpevole della sua infelicità), in piccoli e continui malesseri, in risvegli notturni. Al padre, perplesso nel vederla così cambiata e sempre chiusa in camera sua, diceva: tutto bene.

Poi iniziò la scuola. Il 16 ottobre varcò la soglia dell'edificio monumentale che occupava da solo un lato intero della grande piazza: aveva il batticuore. Si sentiva piccola e intimidita di fronte a tanta magnificenza, alla fila di statue che troneggiava sul terrazzo dell'istituto, alle colonne che ornavano la facciata, per non parlare dell'imponente monumento a Dante Alighieri che dal centro della piazza sembrava ammonire gli studenti.

Forse era per questo che suo padre aveva voluto trasferirla lì, al Vittorio Emanuele: per introdurla alla solennità della cultura classica. In cortile, nella divisa da Giovane Italiana, partecipò con un brivido di commozione alla cerimonia dell'alzabandiera che inaugurava l'anno scolastico; brivido che si intensificò quando sentì il vicepreside, dopo il discorso, fare il suo nome insieme ad altri. Lei, in qualità di scolara del primo anno, fu scelta per deporre la corona di alloro ai piedi della lapide che ricordava i caduti.

Si sentì il cuore scoppiare di orgoglio, era sicura che sarebbe stata circondata dall'ammirazione delle compagne.

Invece andò peggio di come aveva immaginato: si rese subito conto che non sarebbe stato facile farsi qualche amica.

Per tutti rimaneva la ragazzina di paese improvvisamente catapultata in città. Le compagne ridevano del suo accento, la prendevano in giro e le facevano il verso. Si rese conto che anche i suoi abiti, sotto i grembiuli neri, non somigliavano a quelli delle altre, non erano alla moda e forse non andava nemmeno la sua pettinatura: era diventata grande per portare la treccia. Fino ad allora non se n'era mai curata: in classe, a Torre, tutte le ragazze la portavano per paura dei pidocchi. Ma adesso che le nuove compagne la tenevano in disparte, osservandola come uno strano animale venuto da chissà dove, Elena si guardava allo specchio e si giudicava severamente. Troppi capelli, troppe sopracciglia, troppa bocca, troppo naso. Zia Mimì aveva sempre detto che aveva lineamenti forti, sì, ma regolari, belle labbra carnose e tanti capelli ricci che, se addomesticati con lunghe spazzolate, potevano diventare un bell'ornamento per l'ovale del suo viso. Eppure, ora il suo aspetto non le piaceva più. Prese a comprare riviste femminili, ma nessun abito sembrava adatto a lei e al suo fisico senza punto vita. Per i capelli, però, qualcosa poteva fare. Chiese al padre di accompagnarla dal parrucchiere, un costoso salone in via Chiaia. Entrò nel negozio risoluta, anche se poi non sapeva bene che dire. Il coiffeur, gentile e paterno, capì il suo imbarazzo e le consigliò un taglio medio, ondulato, moderno. Lei osservò qualche fotografia dal catalogo: le modelle erano tutte bellissime e così acconsentì. Dopo, quando si guardò allo specchio, le vennero le lacrime agli occhi. Non somigliava per niente alle donne delle foto. Il padre la osservò a lungo ma non disse nulla. Forse era sconvolto dalla sua bruttezza.

Quando entrò in classe la mattina dopo fu accolta da risatine e qualche commento acido.

«È arrivata Greta Garbo!»

Indispettita prese i libri, cambiò banco e si piazzò nell'ultima fila. Dopo di allora cominciò a detestare la scuola. Aveva messo tutta se stessa per cercare di essere accettata e aveva ricevuto in cambio solo cattiverie.

Quel soprannome, *Greta Garbo,* le restò addosso. Iniziò a rispondere in maniera sgarbata a chi le rivolgeva la parola, e finì per mettersi nei guai. Un giorno un professore la sentì e la cacciò dall'aula perché riflettesse sulle buone maniere.

A casa scrisse lettere su lettere alla nonna. Le chiedeva di tornare a Torre, la supplicava che la venisse a prendere. Non voleva più stare a Napoli dove nessuno le voleva bene. Ma Angela le rispose che doveva avere pazienza, che un po' alla volta avrebbe stretto delle amicizie, e infine che il padre non le avrebbe mai consentito di tornare a vivere a Torre.

Cara bambina mia, terminava la lettera, *io sono una donna di campagna, di scarsa cultura e non potrei mai offrirti quello che tuo padre spera per te. Se resti qui, va a finire che ti sposi un uomo di mare, e hai visto anche tu com'è dura la vita delle don-*

ne torresi senza un marito accanto. Aspetto con ansia la tua venuta, a Natale.»

Bene, si disse strappando la lettera, se ne sarebbero pentiti.

Il sabato si tenevano le esercitazioni di ginnastica, nel cortile della scuola. Le erano sempre piaciute. Ricordava come si divertivano a Torre, dopo il saggio di fine anno, alla presenza delle autorità, quando, ancora con le divise addosso (maglietta bianca e gonnellina nera), si toglievano in fretta e furia le scarpe da ginnastica e, tutte sudate, correvano a tuffarsi in mare. Ma qui l'atmosfera era completamente diversa. Tutto era solenne, noioso, anche l'attività fisica che lei aveva sempre considerato un divertimento.

Un sabato decise che non sarebbe andata. Uscì di casa con la gonna a pieghe da ginnastica e invece di dirigersi verso piazza Dante se ne andò al porto. Non sapeva nemmeno lei perché proprio lì. Aveva in tasca le settanta lire che le aveva dato il padre per comprare le scarpe e altre cinquanta che le aveva regalato la nonna per l'onomastico. Forse avrebbe cercato qualche nave che la portasse lontano, in un posto dove nessuno l'avrebbe trovata. E allora sì che avrebbero finalmente capito quanto male le avevano fatto.

Ma quando arrivò rimase sgomenta dalla confusione, dalla quantità di navi, dalla fila di veicoli e grandi casse pronte a essere imbarcate. Di certo il posto meno adatto per una signorina sola, che attirava lo sguardo di marinai, scaricatori e militi. Ma almeno qui si accorse con piacere che non era trasparente, e che non era poi così brutta né così ridicola come la trovavano a scuola, se in tanti si giravano a guardarla e le fischiavano dietro. Un marinaio la chiamò. Lei si voltò.

«*Signurì, 'a vulite 'a* sigaretta?»

«Grazie» rispose avvicinandosi.

Aspettava che lui gliela porgesse, invece l'uomo l'avvinghiò alla vita e le si strofinò contro.

«Eccola qua, *'a* sigaretta!»

Spaventata, con uno strattone si liberò e corse via mentre l'uomo rideva sguaiatamente.

Alla fine comprese che doveva trovare il modo di adattarsi. L'unica cosa che poteva fare era studiare. Scoprì, se non proprio una passione per i libri, almeno un'alternativa alla noia, una specie di rassicurante compagnia. Chiese al padre di insegnarle a tradurre. Tutte le domeniche pomeriggio, alle cinque in punto, faceva lezione di latino e greco con lui. Si accorse con sorpresa che suo padre era un ottimo insegnante e che a lei tradurre piaceva molto. Sotto la sua guida divenne la più brava della classe in latino e greco e questo le diede prestigio. Le compagne cominciarono a chiederle aiuto mentre lei si divertiva a vederle supplicare di passare la versione durante i compiti in classe. I suoi successi ebbero una ricaduta sui rapporti con il padre che, poco alla volta, migliorarono.

Un pomeriggio, mentre traducevano all'impronta un passo del *De bello gallico*, Elena si fece coraggio e gli chiese: «Perché non mi hai lasciata a Torre del Greco?».

«Me lo domandi anche?» rispose lui; poi fece un gesto che abbracciava il suo studio, pieno di libri e scartoffie. «Per tutto questo. Volevi restare un'ignorantella?»

Lei abbassò gli occhi.

«Certo, ti sposerai e avrai dei figli, una famiglia. Per una donna i figli ci vogliono, che vita sarebbe sennò? Ma andrai anche all'università. E devi ritenerti fortunata per questo. Sai che il regime non approva che le donne studino?»

«Lo so, papà.»

Lui si addolcì.

«Ti piacerebbe studiare le lingue? Sei portata per la traduzione. Come vai in tedesco?»

«Credo di essere la più brava.»

«Bene, allora ti farò prendere delle lezioni private. Il tedesco è la lingua del futuro. Visti i rapporti tra Italia e Germania ci sarà bisogno di traduttori, vedrai.»

Lei annuì. «Va bene.»

4

Finalmente gli sforzi di Elena per inserirsi a scuola furono, almeno in parte, premiati.

Un giorno era in sala mensa e se ne stava immusonita a mangiare in silenzio. Non cercava nemmeno più di fare amicizia, mentre tutto intorno si sentiva un gran vociare e ridere, una baraonda che gli assistenti cercavano inutilmente di tenere a bada gridando: «Ordine, signorine, ordine e un po' di compostezza!».

Una ragazza bassina con gli occhiali e i capelli castani, crespi come un cespuglio, sedeva sempre allo stesso posto di fronte a lei. Non si parlavano ma si studiavano a vicenda. Al contrario delle altre, le sembrava timida e impacciata, e per certi versi, le ricordava Melina, anche se fisicamente erano diverse. Quel giorno finalmente le rivolse la parola: «Per favore, puoi passarmi il sale?».

«Le mani non ce le hai?» rispose lei spingendolo nella sua direzione.

Elena arrossì, mortificata. E lei pure avvampò di vergogna. «Scusa, non volevo. Come ti chiami?»

Fu così che iniziò la loro amicizia. La ragazza si chiamava Clara Maffei, aveva quattordici anni come lei e frequentava la sezione di francese.

All'uscita della scuola, presero l'abitudine di fare un pezzo di strada insieme. Clara stava a casa di una zia, ma il sabato e la domenica tornava a Melito, dove vivevano i suoi genitori, e purtroppo non era disponibile per qualche passeggiata insieme.

Nel suo palazzo le cose non andavano molto meglio che a scuola. Elena non aveva fatto amicizia con nessuno: buongiorno e buonasera. O erano anziani o famiglie con bambini. Sul pianerottolo di fronte a loro abitavano i Minardi. La madre non si vedeva mai, si diceva fosse malata. Il padre era un imprenditore, aveva una fabbrica di forniture militari per la Real Casa; la mattina veniva a prenderlo un'automobile con l'autista della ditta per portarlo in fabbrica. I figli maschi, due ragazzi bruni di certo più grandi di lei, li aveva intravisti qualche volta di sfuggita per le scale, con i libri sotto il braccio, ma non si erano mai incrociati. Comunque, non sembravano persone con cui poter fare amicizia. Le sue giornate, dopo la scuola, trascorrevano monotone, in casa. Non poteva neanche telefonare alla nonna, perché in campagna non avevano la linea.

A Natale andò a Torre a trovarla. Aveva contato i giorni e aveva grandi aspettative, credeva che tutte le si sarebbero strette intorno e l'avrebbero festeggiata, invece non fu così. A stento le rivolsero uno sguardo, prese come erano dai preparativi per le festività.

«Bella di nonna, sei arrivata finalmente! Siamo indaffaratissime per il pranzo del 23 per tutte le corallare che lavorano con noi. Anzi, fammi un piacere, vai su, cambiati e torna ad aiutarci; tra qualche ora saranno tutti qui e ci sono ancora tante cose da fare. Tu puoi apparecchiare la tavola, i piatti stanno lì, lo sai, no?»

Dove erano tutti gli abbracci, i baci e le feste che si aspettava di ricevere?

Si sentì trascurata anche qui, a Torre, dove era sempre stata al centro dell'attenzione. Ma si rese conto subito che era solo uno stupido capriccio da ragazza viziata, perché la nonna le andò vicino, l'abbracciò e le disse: «Sei sempre la benvenuta, bambina mia, ma in questi giorni, se vuoi restare qua, ci devi aiutare un po'. Abbiamo ricevuto un ordine importante dal federale. Per la fine dell'anno dobbiamo consegnare trenta collane che andranno in regalo alle mogli dei gerarchi, a Roma. La commissione è di ieri soltanto e non possiamo rifiutarci. Comunque vieni qua, fatti abbracciare».

Nei giorni successivi, dopo il tradizionale pranzo di Natale, la nonna e le corallare si misero al lavoro e nessuno ebbe più tempo per lei. Solo Melina si offriva sempre di farle compagnia ed Elena all'inizio accettava di buon grado anche perché la bambina le faceva mille complimenti: come sei elegante con i capelli tagliati così; o che belle le tue scarpe, te le ha regalate tuo padre? Vorrei anche io una gonnellina a pieghe come la tua, sembri proprio una ragazza di città, adesso, una vera napoletana, e parli pure come loro, non hai più la cadenza torrese.

Dopo un po', però, cominciò a essere infastidita dall'averla *sempre appiccicata appresso.* Prima con garbo e poi in maniera più sbrigativa le disse di lasciarla in pace. Melina, offesa, non la disturbò più. Ma non era colpa sua. In realtà, Elena sentiva il bisogno di restare un po' per conto suo. Aveva piacere di girare da sola ad assaporare la solitudine della campagna, una sensazione che conosceva bene. Qualche volta saliva in alto, dove c'erano le ginestre. In quei mesi invernali i cespugli erano spogli e lei chiudeva gli occhi e si sforzava di rievocarne il profumo. Le piaceva fissare la sagoma del vulcano che si ergeva solenne all'orizzonte. Tutti dicevano che se ci fosse stata un'eruzione sarebbero stati in pericolo, ma lei lo vedeva come un genio protettore, lo aveva immaginato sempre così, fin da piccola. Lo chiamava *il vulcano buono.*

E poi guardava Napoli da lontano e si interrogava sui suoi sentimenti per quella città in cui il padre l'aveva *deportata.*

Prima di trasferirsi, si era chiesta spesso come fosse la vita lì. Le poche volte che il padre l'aveva portata a casa, a Santa Lucia, le era piaciuto andare in giro, ma ci aveva messo poco a infastidirsi per tutta quella confusione. Adesso, osservandola da lontano, avvertiva emozioni contraddittorie. Da una parte era felice di trovarsi lì, in campagna, libera di scorrazzare, dall'altra le faceva rabbia essere respinta da quell'ambiente. Ne faceva quasi un punto d'onore: doveva riuscire a farsi accettare e, a sua volta, riuscire ad accettare la vita in città. Le sue compagne l'avevano fatta sentire una campagnola come se quello, di per sé, fosse un difetto e lei avrebbe voluto tanto farle ricredere sul valore di chi veniva da fuori, di una torrese, perché pur essendo nata a Napoli, si sentiva tale. Viveva, insomma, più intensamente di qualsiasi altra ragazza l'età di passaggio che stava attraversando. C'erano stati tanti, troppi cambiamenti nella sua vita ed era molto difficile riuscire a immaginare il futuro. Per liberarsi di questi tormenti interiori Elena reagiva correndo a perdifiato e gridando forte, tanto lì nessuno poteva sentirla.

Passò così un altro anno a Napoli, e un altro Natale a Torre. Questa volta, alla fine delle vacanze, il padre non riuscì a raggiungerla per riportarla in città.

Entrò in casa tutta eccitata: per la prima volta, aveva preso il treno da sola. Si sentiva grande, felice. Pensava che adesso, la domenica, avrebbe potuto tornare a Torre senza bisogno di nessuno. In fondo non era distante come le era sembrato all'inizio.

Poteva perfino considerare di andare lì per un intero fine settimana, e il lunedì recarsi a scuola. Poteva restare a dormire a Torre.

L'indipendenza era inebriante, anche se doveva confessare che non si trovava bene con i vecchi compagni. Non la divertivano più quelle scorribande in mezzo alla campagna a inseguirsi, o alla ricerca di more o albicocche da cogliere sugli alberi. Anche i suoi amici erano cresciuti in quell'anno, ma in maniera differente e adesso le sembrava di non avere più niente in comune con loro. Di cosa parlavano prima con tanta disinvoltura? Era bastato un anno per sentirsi un'estranea. Era stata molto più contenta dei giorni trascorsi insieme a Clara, che dopo tante insistenze da parte sua, era venuta a trovarla da Melito.

Sulla consolle all'ingresso trovò una busta indirizzata a lei. Posò la piccola valigia a terra e l'aprì.

Era un biglietto di invito.

Giovanna Orofino, una compagna di scuola a cui lei passava le versioni, la invitava alla sua festa di compleanno, l'indomani pomeriggio. Ne fu entusiasta, finalmente una festa, un invito. Era la prima volta. Corse nello studio, dal padre, gridando: «Papà, sono arrivata, ti volevo dire che...».

«Zitta, zitta, lo so che sei arrivata. Non vedi che sto sentendo la radio? La Gran Bretagna e la Francia hanno dichiarato guerra alla Germania.»

«Ma io volevo solo dirti che domani pomeriggio vado a una festa, a casa di una compagna.»

«Cosa?»

«Papà mi stai ascoltando? Domani, una festa a casa di Giovanna Orofino.»

«Ma che festa e festa. Ti pare il momento di parlare di feste? Tu non vai da nessuna parte. Non so chi sia la famiglia. Non lo voglio dire una seconda volta. E lasciami ascoltare, che non mi fai capire niente. Non si sa a cosa porterà tutto ciò.» Alzò il volume della radio e si fece più vicino con la sedia.

Elena restò immobile, incredula. Non si era nemmeno girato a guardarla, o a salutarla. Non l'aveva fatta parlare. Non capiva quanto fosse importante per lei. Si girò, uscì dalla stanza, prese la valigia e corse giù per le scale. *Io qui non ci resto, non un minuto di più*, si disse. *Che c'importa della guerra, tutte scuse per non farmi andare, per una volta che mi avevano invitata! Tanto vale che vado a stare a Torre del Greco, se qui devo vivere come una reclusa.*

Nell'androne del palazzo andò a sbattere contro qualcuno che stava entrando. Nello scontro la valigia si rovesciò e si aprì spargendo tutto intorno il suo contenuto.

«Sono mortificato, è colpa mia, andavo di corsa, che disastro ho combinato.»

Il ragazzo si piegò per aiutarla a raccogliere gli abiti, mentre lei li riponeva alla meglio dentro la valigia, premunendosi di nascondere la biancheria intima.

«Spero che non ti sia fatta male.»

Si alzarono insieme. Lui restò a guardarla a bocca aperta come stordito, trasognato.

«Che c'è, ho qualcosa...?» Elena si passò una mano tra i capelli, per paura di essere in disordine.

«No. Non hai niente che non vada, tutto perfetto. Sei una ragazza incantevole.»

Incantevole lei? Forse la stava prendendo in giro.

«Perdonami per l'ardire. Spero di non essere stato scostumato.»

«Per nulla» disse Elena. Era il primo complimento che riceveva da un ragazzo, e non le parve affatto scortese.

«Abiti qui anche tu?»

«Credo che abitiamo sullo stesso pianerottolo. Sono la figlia del professor Manfredi.»

«E come mai non ti ho mai vista? Me ne ricorderei. Scusa, nemmeno mi sono presentato: Alfredo Minardi.»

«Elena, piacere.»

Si strinsero la mano.

«Io ti ho visto qualche volta, scendere le scale.»

«Mi potevi chiamare. Già, che mi viene in mente? Scusa, sto dicendo sciocchezze. Mi fai impappinare. Ti posso accompagnare, stai partendo? Lascia che porti io la valigia.»

Mentre camminavano Elena gli raccontò tutto d'un fiato di come suo padre fosse una specie di carnefice che non le permetteva nemmeno di andare alla festa di una compagna, con la scusa che la Germania era entrata in guerra.

«Be', non credo ci sia tanto da preoccuparsi per noi, in verità. Lo sai che il Duce ha firmato il trattato di non belligeranza? E poi la Germania è forte e li sconfiggerà in quattro e quattr'otto, sono sicuro. Ma tu dove stai andando?»

Lei ebbe un attimo di esitazione, poi dichiarò: «Io sto fuggendo di casa. Vado a Torre del Greco, da mia nonna».

«Stai… *fuggendo*? Sediamoci un attimo su quel muretto. Spiegami un po' meglio. Non mi sembra un'idea brillante.»

Si accese una sigaretta e restò a osservarla mentre lei cercava di fargli capire le sue ragioni.

Lui ascoltò in silenzio, poi disse: «Se il problema sono le feste, ti posso accompagnare io. Ne parlo con tuo padre, mi presento e vedrai che con me ti manderà. Lo capisco: non è bello che una ragazza così giovane vada sola, senza un accompagnatore. A proposito, quanti anni hai?».

«Quindici.»

«Lo avevo immaginato. Ascolta, sabato prossimo c'è un piccolo rinfresco da un mio amico, proprio a due passi da qui. Mio padre può parlare con il tuo e rassicurarlo sulla famiglia e sul fatto che io mi prenda la responsabilità di accompagnarti. Che ne dici?»

Lei lo guardò incerta, ancora arrabbiata.

«Sono un ottimo ballerino, sai. Ti posso insegnare il fox- trot. Lo conosci?»

Lei scosse la testa in segno di diniego.

«Ma tu vuoi fuggire proprio ora che ti ho conosciuta?»

Stava sognando? Veramente quel ragazzo era interessato a lei? Si girò verso di lui per guardarlo meglio e si accorse che alla luce del sole i suoi occhi castani assumevano sfumature verdi.

5

Napoli, 28 settembre 1943

Alfredo tornò a casa fradicio di pioggia. Un po' alla volta, chi gli era intorno riuscì a capire cosa era successo. Lui, tra i singhiozzi, riusciva a stento a parlare e a raccontare quello che aveva visto. Poi si chiuse in un ostinato mutismo che nessuno poté scalfire.

In città cominciò a circolare la voce che allo stadio del Littorio avevano rinchiuso quarantasette ostaggi; si temeva che li fucilassero. In molti corsero da Alfredo per avvisarlo, potevano averla portata lì. Lui, per un momento, si riebbe e trovò la forza di uscire per informarsi meglio; come poteva fare per saperlo con certezza? Non si conoscevano ancora i nomi degli ostaggi, ma qualcuno gli disse che in strada, dopo l'acquazzone, erano ripresi gli spari e infuriavano gli scontri. Un nutrito gruppo di uomini armati aveva assediato il campo sportivo e occupato le vie circostanti per impedirne l'accesso. Erano in corso pressanti trattative per liberare gli ostaggi. Alfredo chiedeva a chiunque e seguiva la vicenda con il fiato sospeso. E se Elena fosse stata lì, insieme a tutti gli altri?

Intanto non si poteva uscire di casa senza rischiare la morte, le linee telefoniche non funzionavano e la famiglia di Elena non poteva essere avvisata in nessun modo.

A notte fonda si seppe che i tedeschi avrebbero accettato di liberare gli ostaggi se i partigiani li avessero accompagnati, garantendo loro l'incolumità, fino al comando del corso Vittorio Emanuele, da dove, il giorno dopo, avrebbero abbandonato Napoli.

A questa notizia, Alfredo si precipitò al campo sportivo, ma quando i partigiani elencarono i nomi dei prigionieri, seppe che Elena non era tra questi.

Da allora, e per molto tempo a venire, Alfredo non ebbe più pace.

Aveva sempre davanti agli occhi l'immagine di Elena portata via dai tedeschi, in una specie di delirio che non gli dava tregua. A volte arrivava a credere che fosse tutto un brutto sogno, come quando si svegliava di soprassalto credendo di essere ancora al fronte, dentro una buca, a combattere. La immaginava allora che entrava dalla porta con il suo cappottino azzurro e che gli chiedeva: «Le piccole sono state buone? Maria gli ha dato il latte?».

Si mise ad aspettare il suo ritorno, giorno dopo giorno, indifferente alla drammatica ritirata dei tedeschi, all'arrivo degli Alleati, alle nuove bombe, alla corrente elettrica che saltava, all'acqua che mancava, al pane che non c'era più. In tutto quel disastro, era lei il suo chiodo fisso. Lei, la sua scomparsa e la speranza di vederla riapparire. Non contava nient'altro.

Tutti gli chiedevano, volevano sapere, facevano congetture ed esprimevano vicinanza con gesti sconsolati di conforto. Nessuna delle donne si tirò indietro. Nonostante il momento drammatico e le bombe che continuavano a cadere su Napoli, venivano in tante a dare una mano a Maria, la corallara, con le gemelle. Le persone erano abituate alle brutture, in quegli anni, ma non per questo avevano perso la loro sensibilità. Alfredo si sentiva paralizzato, incapace di prendere qualunque iniziativa.

Tanto meno quella di cercare Elena.

Dopo il silenzio e l'attonimento arrivò un bisogno nuovo: raccontare e raccontare quella terribile scena, lo sgomento che aveva provato nel vedere la camionetta allontanarsi. La gridava con voce strozzata. Ogni volta aggiungeva particolari come se solo allora gli fossero tornati alla mente. Sì, era tutto così nebuloso, un incubo in cui lui correva, correva ma non la raggiungeva mai. Tutto, tutto confuso, tranne il fatto che lei era andata via. Gli altri lo lasciavano parlare, senza interromperlo. Capiva che avrebbero voluto fargli mille domande: ma perché, benedetta ragazza, era uscita quella mattina? Voleva partecipare agli scontri? E il padre, che era stato avvisato, come l'aveva presa? Soprattutto: Alfredo aveva denunciato la scomparsa alle autorità, era andato a controllare in quella scuola dove, dicevano, avevano portato dei corpi? Aveva fatto il possibile per cercare di trovarla? Forse era inutile, ma perché non tentare? La completa rassegnazione di Alfredo lasciava tutti interdetti. Ma capivano anche che era oltremodo provato.

Dopo un po', la gente cominciò a piangere Elena come morta. Le persone parlavano di lei al passato, lodavano le sue virtù di madre e di sposa, anche chi in quei mesi angosciosi ci aveva scambiato a stento due parole.

Alfredo passava gran parte del tempo assorto nel silenzio della casa. Poi, all'improvviso, dal buio la sua voce giungeva bassa a Maria che era restata con lui a vegliare le bambine: «Era felice. Vi sembrava felice?».

Lei, imbarazzata, non sapeva cosa rispondergli. Scuoteva la testa con pena. Non sapeva nemmeno lui quello che diceva, povero ragazzo. Nessuno poteva essere felice in quei giorni così tumultuosi, con le bombe che continuavano a cadere sulla città martoriata e ovunque morti, guerra, distruzione.

«Certo, sì. Certo che era felice. Sono sicura di sì. Con *'ste* due bellissime creature!»

Alfredo ripensava continuamente a quei momenti, quando la guerra era arrivata con tutta la sua brutalità a devastare le vite delle persone, eppure la gente si innamorava e si sposava lo stesso. Si ostinava a vivere come fosse tutto normale. E anche loro avevano fatto come tanti.

Adesso, però, per lui, niente avrebbe più avuto la dolcezza della normalità.

Elena, la sua Elena, se l'erano portata via i tedeschi.

6

L'ultimo anno di guerra per Alfredo Minardi fu durissimo. Si dovette far forza per riprendere in mano la sua vita. Appena l'erogazione di energia elettrica era tornata regolare, dopo l'ingresso degli Alleati lasciò al Vomero le bambine con Maria e si stabilì giù, a Napoli. Quando tornò a casa, a Santa Lucia, passando per il lungomare martoriato, l'abitazione dove aveva sempre vissuto gli sembrò lugubre e come contaminata dalle macerie che c'erano tutt'intorno. I vetri spazzati via per lo spostamento d'aria provocato dalle bombe e i mobili coperti da lenzuoli le davano un'apparenza spettrale. Entrò nella sua stanza, si soffermò a lungo sulla scrivania, a guardare la fotografia di Elena che, colpita da una scheggia, aveva il vetro spezzato. Sul tavolo c'erano ancora i suoi appunti e il libro di Filosofia del diritto così come lui li aveva lasciati, ora nascosti da uno spesso strato di polvere. Gli sembrò di essere entrato nella casa di uno sconosciuto. L'università, gli esami, tutto quello che aveva un tempo sognato erano così lontani... Si sarebbe mai laureato, come aveva promesso a suo padre che ci teneva tanto? Girò per le ampie stanze alla ricerca di ricordi, di suoni familiari. Ma il passato era stato ormai spazzato via dalla guerra. Si sentì avvolgere da una gelida sensazione di spaesamento. Quando uscì sul ballatoio, non volle nemmeno volgere lo sguardo in direzione della porta di fronte dove un tempo, prima di sposarsi, Elena aveva vissuto con suo padre.

La fabbrica *Minardi & Figli* era ancora in piedi, ma che fine avrebbe fatto? Alcune industrie siderurgiche, non danneggiate dai bombardamenti e dai sabotaggi tedeschi, avevano ripreso l'attività sostenute dagli Alleati, ma una fabbrica di forniture militari poteva solo essere requisita oppure chiusa. Alfredo, poi, era solo: il padre era morto improvvisamente per un infarto mentre lui era in guerra, e il fratello Enrico non era ancora tornato dal fronte. Da un momento all'altro si era trovato a dover gestire con le sue sole forze una situazione difficile. Con la guerra la produzione andava a rilento, non c'erano commesse e quei pochi operai non impegnati al fronte, debilitati e denutriti per la fame, non riuscivano a sostenere lo sforzo fisico del lavoro. Pensava che dopo il conflitto sarebbe stata necessaria una riconversione, magari puntando su nuovi articoli per i quali aveva le attrezzature: cinturoni, fondine, zaini erano tutti fatti di cuoio e quindi non ci sarebbe stato bisogno di altri macchinari se avesse voluto produrre borse o cinture; e i reparti metallurgici destinati alla fabbricazione di sciabole avrebbero potuto realizzare facilmente posate di stagno.

Per alcuni mesi rimase a dormire lì, in un magazzino, per presidiare la fabbrica insieme a un operaio anziano. La notte, quando non c'era nulla da fare, restavano solo i pensieri e la paura. La fabbrica, la riconversione, i soldi per pagare gli operai, Elena, e poi le bambine... Le aveva lasciate nella casa del Vomero, con Maria e Melina, in attesa che le cose migliorassero. Ma Maria premeva per tornare a Torre del Greco e la città, le strade, il porto, le case, tutto era un cumulo di rovine. Al terrore dei bombardamenti si era aggiunto ora quello di poter calpestare qualche mina messa dai tedeschi prima di andarsene.

Ma dove poteva portarle perché fossero al sicuro? I casi di tifo diventavano ogni giorno più numerosi e, tra l'altro, Annaluna e Maria Sole, le due gemelle, non erano state nemmeno vaccinate contro il vaiolo. Ma ora, in quel finimondo, sarebbe stato possibile? *A che età si vaccinano?* si chiedeva. Non sapeva niente di bambini. Come avrebbe fatto? E sua madre, lasciata da una cugina a Ottaviano, che farneticava in preda alla demenza. Poverina, non sapeva nemmeno che il marito non c'era più e chiedeva sempre di tornare a casa. Poi i litigi con il suocero, che lo accusava di non aver fatto abbastanza per cercare la moglie e si era messo lui stesso a pressare le autorità perché scoprissero che fine aveva fatto Elena Manfredi. E Angela, la nonna, che si disperava da lontano.

La mente di Alfredo era un continuo turbinio di pensieri. Con gli altri, tuttavia, ostentava una sicurezza che non aveva. Era cresciuto con la convinzione che i maschi dovevano essere arditi, determinati, impavidi. Così si mostrava coraggioso e pieno di fiducia nel futuro, tanto da essere additato come modello di uomo forte e affidabile. Ma dentro di sé era pieno di dubbi e paure.

I bombardamenti intanto non cessavano, ma questa volta erano i tedeschi a colpire. L'incursione più terribile, che i napoletani non avrebbero più dimenticato, fu quella del 15 marzo. I tedeschi effettuarono un bombardamento a tappeto su tutta la città facendo una strage come mai prima di allora. Alfredo fu risparmiato, il suo palazzo non venne colpito. Nei giorni successivi, poco alla volta, con l'aiuto dei soldati americani, si estrassero dalle macerie numerosi corpi che vennero poi ricomposti lungo le strade. Lo spettacolo di quella carneficina era sotto gli occhi di tutti. Alcuni bambini a cui una mano pietosa aveva accostato dei bambolotti erano adagiati su un marciapiede. A quella vista, qualcosa dentro Alfredo andò a pezzi. Scoppiò in un pianto irrefrenabile. Tutta la sofferenza accumulata venne fuori insieme alla profonda pena. Ma quando si calmò giurò a se stesso che mai più avrebbe permesso al dolore di prendere il sopravvento, anche a costo di diventare una persona arida.

Così, pochi giorni dopo, mentre guardava la grossa e densa colonna di fumo che si innalzava dal Vesuvio, si accorse di sentire dentro di sé solo la curiosità distaccata di chi assiste a uno spettacolo della natura, senza apparente apprensione, anche quando dal cielo cominciarono a piovere ceneri che ricoprirono palazzi e strade. Qualche sera dopo, però, si vide arrivare in casa Angela, la nonna di Elena, e sua sorella Michelina. Portando con sé solo qualche bottiglia di pomodoro e un sacco di farina, le due donne si erano avventurate fin lì su di un carretto guidato da un vecchio e fedele contadino. Alfredo, aprendo la porta, sulle prime quasi non le riconobbe tanto erano invecchiate in quegli anni durissimi. Le accolse con calore e le invitò a entrare: le due sorelle apparivano stremate dalla fatica, ma soprattutto sconvolte dal panico. Raccontarono che erano scappate da Torre del Greco impaurite per la colata di lava che avanzava. Aveva già travolto alcune case di San Sebastiano e avrebbe potuto raggiungerle in ogni momento. Le altre corallare, terrorizzate, se ne erano andate molto prima: erano rimaste solo loro due.

Appena si riprese, Angela si guardò intorno e chiese: «Dove sono le bambine?».

Quando ripartì per Torre del Greco, le portò con lei.

7

Torre del Greco, maggio 1949

Annaluna e Maria Sole osservavano la campagna intorno alla casa che, come per magia, si era colorata di un giallo intenso. Non avevano il permesso di andare oltre i muretti e gli steccati che separavano il grande cortile dai campi. La nonna diceva che erano ancora troppo piccole per avventurarsi da sole lungo il pendio a tratti sassoso, ma quelle ginestre che ondeggiavano al vento in tutto il loro splendore erano un richiamo troppo forte perché le due bambine ubbidissero. L'idea era stata di Maria Sole: scesero due scalini e corsero nel cortile laterale a prendere uno dei tanti panieri che giacevano a terra nel deposito di fronte alla cucina. Infilarono i piedi neri di terra nei sandaletti, aiutandosi l'un l'altra, e calzarono alla meglio due cappellacci di paglia troppo grandi che trovarono appesi a un chiodo, per proteggere la testa dal sole. Poi, reggendo in due il paniere, si inoltrarono nella terra a tratti rocciosa, alla ricerca dei cespugli più bassi. Ma, per quanti sforzi facessero, non riuscirono a strappare i fusti tenaci delle ginestre che contrastavano con la delicatezza del fiore. Furono costrette ad arrendersi. Annaluna pensò allora che le ginestre fossero fatate. Se non erano riuscite a coglierle doveva essere perché loro avevano disobbedito. Le fiabe che conosceva erano piene di situazioni simili, rospi che spuntavano all'improvviso, rose che pungevano, alberi che parlavano, orribili streghe travestite.

«E se qualcuno ci fa un brutto incantesimo?»

«Fifona, sei una fifona!»

Maria Sole, che delle due era la più impavida, rise delle paure della sorella.

Le due facevano tutto insieme, erano molto unite, anche se non si assomigliavano affatto, non solo nell'aspetto ma anche caratterialmente: Maria Sole più scura, occhi e capelli neri, Annaluna castana, di carnagione chiara e più esile. Maria Sole curiosa, impulsiva, sempre in movimento, facile a fare amicizia con tutti, conquistava subito le simpatie delle persone. Annaluna invece introversa e riflessiva, cauta in ogni cosa che doveva intraprendere, restava più spesso nell'ombra.

Si misero a raccogliere nel paniere i fiori di campo che spuntavano qua e là tra l'erba alta. Accaldate, si accovacciarono a gambe incrociate su una pietra nera lavica, che non immaginavano fosse venuta giù dal Vesuvio, e si misero a esaminare il loro bottino. Annaluna disse che il fiore più bello lo voleva regalare a Maria, per convincerla a non andare a Napoli per accompagnare Giovannino. Maria Sole, invece, l'avrebbe donato a nonna Angela. Poi uno andava a Ninetta, la giovane domestica che era buona e la sera teneva loro le mani fino a che si addormentavano, e poi alle altre donne che venivano a casa. Una margherita sciupata fu lasciata per zia Michelina che le rimproverava sempre.

«A Melina niente, che è cattiva» disse Maria Sole, e cacciò la lingua facendo mille smorfie nell'aria come se lei fosse lì, a vedere l'insulto. «Se ne vuole andare a Napoli con Maria, ad accompagnare Giovannino.»

«Hai ragione, è cattiva.»

Un giorno nonna Angela le aveva portate in un posto che sapeva lei, oltre la casa, ancora più in alto, lungo il sentiero che portava sul Vesuvio, dove si scorgeva da lontano il mare.

«Guardate là, in mezzo al mare, le vedete quelle tre isole? Sono Capri, Ischia e Procida. E di qua» fece segno col dito «se guardate proprio sulla punta, c'è un castello. Quello è il Castel dell'Ovo. Lì vicino, proprio a due passi, abita vostro padre.»

Alle bambine quel posto parve lontanissimo. Il castello, poi, sembrava galleggiare sull'acqua.

«È lì che è andata ad abitare la mamma?»

Annaluna osservò la nonna con i grandi occhi castani, spalancati per la meraviglia.

«No, bimba mia, la mamma è andata in cielo. Sta insieme agli angeli e ti protegge da lassù.»

E laggiù, invece, in una casa sconosciuta, viveva quel papà che veniva a trovarle ogni tanto, di domenica, e ripartiva prima che capissero bene che cosa fosse un papà.

«Cerchiamo altri fiori» disse Maria Sole.

In quel momento sentirono la voce della nonna: «Annaluna, Maria Sole! Dove vi siete cacciate?».

Le due si scambiarono un'occhiata e, in un tacito accordo, non risposero.

«Scappiamo prima che ci trovino» fece Maria Sole, e Annaluna si affrettò a seguirla.

«Ma dove stai andando?»

«Seguimi, di qui si va alla strada dove nonna ci ha portato a vedere il castello.»

Cominciarono a salire sempre più in alto, percorrendo sentieri mai prima di allora battuti. Trovarono una pianta di ginestre molto grande e fitta. Maria Sole si abbassò per non essere vista e si avvicinò al cespuglio. «Nascondiamoci qui, che certo non ci scoprono.» Nella corsa fece un passo falso: scivolò, e finì a terra con un piede sotto la gamba.

Gridò, e cominciò a piangere forte. «Non riesco a muoverlo!»

Annaluna, spaventata, le andò vicino, ma appena la sfiorò la sorella riprese a gridare.

Allora, in preda al terrore, cominciò a urlare: «Siamo qui, siamo qui!».

Nessuno, però, rispose al richiamo.

Cercò di incoraggiare la sorella. «Da qui non ci sente nessuno, tu non puoi proprio camminare?»

Maria Sole provò ad alzarsi ma ricadde subito.

«Non riesco a muovermi. Valli a chiamare!»

Annaluna si avviò, ma riapparve pochi minuti dopo.

«Che ci fai qui?»

«Non riesco a trovare la strada, non so tornare indietro, come facciamo?»

«Non lo so... non lo so proprio.»

Si strinsero, iniziarono a piangere l'una nelle braccia dell'altra. Non si erano mai sentite così sole e abbandonate in vita loro.

Intanto il sole tramontava, mancava pochissimo al crepuscolo. Atterrite dalla paura cominciarono a urlare forte, con quanto fiato avevano in gola. Ma niente. Il buio iniziò a calare e il loro pianto riprese sommesso.

«Io ho paura. E se non viene più il sole e nessuno ci trova?» disse Annaluna fra i singhiozzi.

Nel frattempo a casa tutti erano in agitazione. La voce delle gemelle scomparse si era diffusa e dalle abitazioni vicine erano accorsi uomini, donne, ragazzi. Le due bambine non potevano essere tanto lontane, ma a quell'ora era difficile riuscire a scorgerle in mezzo alla vegetazione. Si organizzarono squadre, tutte fornite di lampade, mentre la nonna, sempre così battagliera, se ne stava accasciata su una sedia incapace di connettere.

«Le troviamo, donna Angela. State tranquilla. Tra poco le riabbraccerete» disse Giovannino, tra i primi ad accorrere. Agile come uno stambecco, il ragazzo si allontanò e cominciò a perlustrare la zona con la lanterna in mano, dirigendosi verso l'alto. Altre volte si erano arrampicati insieme da quelle parti, alle pendici del Vesuvio. Sapeva che alle bambine piaceva guardare il panorama dall'alto, volevano vedere il castello.

«Si deve avvisare il padre, si deve avvisare...» ripeteva Angela con un filo di voce che non le apparteneva.

Il buio era ormai sceso. Il silenzio era assoluto, si udiva solo il frinire dei grilli e i cani abbaiare in lontananza.

Anche le gemelle sentirono i latrati, e il terrore si intensificò. «Se vengono i cani che facciamo?» Annaluna era scossa da singhiozzi.

«Non ti preoccupare, sono lontani. Riprendiamo a gridare aiuto, vedrai che ci troveranno!» rispose Maria Sole, più per confortare la sorella che per convinzione.

A un certo punto ad Annaluna parve di vedere in lontananza una luce che si muoveva. Balzò in piedi.

«Eccoli, sono loro, sono sicura! Siamo qui, siamo qui!»

Giovannino, che si era spinto fin su, le intravide alla luce della lanterna e si diresse a balzi verso di loro, veloce quanto glielo permettevano l'oscurità e gli zoccoli ai piedi. Si girò verso la vallata e portò la mano alla bocca per accompagnare la voce. «*Stanno ccà, l'aggio truvate*!» gridò. Annaluna gli si buttò tra le braccia piangendo e indicò verso la sorella. «Si è fatta male, al piede... *Sta* là!» Indirizzò la lampada verso Maria Sole che si teneva il piede con le mani.

«Che *facite ccà*? Maria Sole, *te sì sturzellato 'o pere? Famme vedè.*»

«Non toccare, mi fa male!» strillò forte quella.

«*Mo'* la senti la nonna! Vi abbiamo cercate dappertutto. *C'avite fatto piglià 'na paura a tutte quante*!»

Con un rapido gesto, dopo aver consegnato la lampada ad Annaluna, si caricò Maria Sole sulle spalle. «Grazie Giovannino, meno male che ci hai viste. Ma il piede mi fa molto male.»

«Ecco, le ho trovate! Sono qui, con me. Più in alto, guardate su! Sto muovendo la lampada.»

Ninetta li raggiunse. «*Nun 'o sapite che nun avite ì fore 'o curtile*? Ma come vi siete ridotte!» disse togliendo le spighette e i cardi che si erano attaccati ai vestitini e lisciando alla bell'e meglio le gonnelline. «Luna, guarda qua, che strappo! I sandali al contrario, Maria Sole, che ti sei fatta! *Mo'* che vi vede vostra nonna...»

Angela le aspettava nell'aia, circondata dalla piccola corte di corallare e di gente del paese che era accorsa appena saputo che non si trovavano più le gemelle. Quando vide arrivare Maria Sole in braccio a Giovannino, si agitò tutta.

«Stanno bene, ma il piede...»

«Madonna di Pompei, ti ringrazio. Ma voi... siete due lazzarone.» Allungò uno schiaffetto sulla guancia a ciascuna delle due bambine. «Come vi è saltato in mente di allontanarvi tanto? Fatemi vedere. Non mettere il piede a terra, chissà se è rotto.»

Maria Sole lanciò un urlo appena la nonna provò a toccarle la caviglia, e Annaluna scoppiò a piangere anche lei.

«Non ti volevamo fare preoccupare, ma salendo salendo ci siamo perse. Ti giuro, non lo facciamo più.»

«Grazie, Giovannino. Se non era per te queste due passavano la notte in mezzo a chissacché...»

Lui era gongolante, si sentiva un eroe. Si era guadagnato la riconoscenza di donna Angela e sua madre sarebbe stata contenta: adesso che partiva per l'America lasciava un buon ricordo.

«Venite qui, *picciré*, che avete fatto morire di paura vostra nonna. E se cadevate in un burrone? Avanti, venite qui, che vi perdono.»

Lei, che non era solita lasciarsi andare a effusioni e smancerie, allargò le braccia per accoglierle.

«Vi perdono, non piangete. Adesso Maria Sole ti portiamo in ospedale e ti sistemano la caviglia. Mi sa che ci vorrà un'ingessatura.»

Non lo diede a vedere alle bambine, ma ancora tremava per la paura. Se fosse capitata una disgrazia non se lo sarebbe mai perdonato: già troppe ne avevano avute.

E forse aveva ragione sua sorella Michelina, non era più cosa a sessantacinque anni occuparsi di due piccirelle, nemmeno nipoti, addirittura pronipoti, con l'attività sulle spalle e tutto il resto. Ma si sapeva, Michelina si lagnava sempre di tutto, si era *inzitellita,* come diceva Ninetta, acida *comme 'nu limone* e non voleva impicci.

Angela invece gli impicci se li era sempre andati a cercare e non aveva voluto sentire ragioni. Sembrava che la vita si fosse accanita contro di lei, togliendole prima la figlia Mariolina e poi Elena. Tutte e due strappate via come erbacce dal terreno. Tutte e due con bambine piccole da fare campare. Lei però non l'aveva mai data vinta al destino, a Dio, alla guerra, ai tedeschi.

Al paese lo dicevano tutti che era forte come la ginestra attaccata alla terra e difficile da sradicare. Entrambe avevano la scorza dura, ma lei con quella scorza non c'era mica nata: se l'era fatta a poco a poco, con gli anni, con le sue mani. Una scorza fatta di disgrazie, di lavoro, di ostinazione. Come quando le volevano portare via il laboratorio, durante la guerra, a lei e Michelina, con la scusa che erano femmine, che c'era la crisi. Lei però aveva resistito attaccandosi a quel po' di terra che avevano per non morire di fame, e attaccandosi alla vita. Ma poi Elena era stata presa dai tedeschi e tutta la sua forza era crollata. Non bastava aver perduto una figlia: no, pure quella nipote che lei amava con tutta se stessa. Per un lungo periodo fu sopraffatta dal dolore e niente ebbe più senso. Fu, se possibile, una sofferenza ancora più atroce della morte di Mariolina: perché per Mariolina rimorsi non ne poteva avere, mentre per Elena sentiva che quanto era successo era anche colpa sua. Aveva sbagliato a non insistere perché lei tornasse a Torre, invece di starsene sulla collina del Vomero. E aveva sbagliato anche quando si era fatta convincere da Alfredo a non recarsi da Elena. Aveva pensato a non lasciare da sole quelle povere donne, le corallare, che dipendevano da lei per ogni cosa, con la guerra più che mai. E, nel farlo, aveva messo da parte sua nipote. Ma mai avrebbe immaginato che la sua Elena facesse quella fine. Durante la guerra la morte la respirava tutti i giorni, era nell'aria, nei discorsi, nei numeri dei caduti di Torre, rimasti uccisi nei combattimenti. Però che Elena potesse sparire così era impossibile da credersi. Che fine orribile era stata. Quando, qualche giorno dopo, la notizia era arrivata a Torre non ci aveva creduto. Aveva aspettato giorni, e poi mesi e anni. «Che Dio abbia pietà di me, Elena» diceva. «Ti ho voluto bene più che a Mariolina, mia figlia.» E ora la storia si ripeteva come se un Dio crudele si divertisse a tormentarla: di nuovo due creature senza mamma di cui prendersi cura.

Il sollievo per averle ritrovate spazzò via i rimorsi.

Le donne si strinsero tutt'intorno; chi rimproverava le bambine, chi faceva loro una carezza.

«*Nun* fatevi *sentì a* Michelina, che solo questo *va trovando per fa scoppià 'na* tragedia...»

Se ci fosse stata Maria, pensò Angela, questo non sarebbe successo. Maria non le avrebbe mai perse di vista. Quel giorno però era a casa sua, alle prese con i preparativi della partenza di Giovannino che due giorni dopo si sarebbe imbarcato per l'America.

Maria Sole venne portata in ospedale a Castellammare. Luna restò seduta in un angolo della cucina. Le corallare se n'erano andate tutte, tranne una vecchia sdentata che infilava coralli recitando il rosario a bassa voce e le faceva paura. Senza Maria e senza Maria Sole, Annaluna si sentiva perduta.

Quando la nonna tornò dall'ospedale, vide la nipote sola in un cantuccio del grande stanzone.

«Che fai qui tutta mogia, bambina mia? Perché non sei a letto?»

Annaluna era pallida. Aveva le labbra livide e sembrava tremare tutta nonostante fosse avvolta da uno scialle.

«Non riesco ad addormentarmi senza Maria Sole.»

«Tua sorella sta bene. Le hanno messo il gesso. Tra poco torna.» Le scostò con gesto affettuoso i capelli che le ricadevano sul viso, poi si sedette un momento accanto a lei. Non poteva ignorare il fatto che Annaluna non sembrava felice. Maria Sole era vivace, allegra, una ne pensava e un'altra ne faceva, un po' come la mamma alla sua età, ma Annaluna la impensieriva. C'era una nota di tristezza nei suoi occhi anche quando sorrideva. Era una bambina silenziosa, timida.

«Mi racconti di mamma?» chiese Annaluna all'improvviso.

Che doveva dirle? Non voleva rattristarla ancora di più.

«Tu come te la immagini?»

«Come la fatina azzurra di Pinocchio.»

Angela si sentì stringere il cuore.

«Facciamo così» propose con una voce che voleva apparire allegra. «Io adesso ti porto con me al laboratorio, devo fare una cosa veloce veloce, ma tu mi dai la mano, la tieni forte, e prometti di non toccare niente. E guarda qui che ti regalo.»

Si tolse una catenina d'argento con un ciondolo di corallo e lo diede alla bambina.

«Questo lo ha fatto tua madre per me, quando viveva qua.»

«Ma che cos'è?»

«Dovrebbe essere una conchiglia, ma diciamo che non è venuta molto bene.»

«Nonna, guarda: se lo giri sembra un cuore.»

«Un cuore, è vero» disse la nonna, e mise il ciondolo al collo della bambina.

8

Alfredo fece scorrere lo sguardo lungo le pareti della stanza della presidenza, sugli attestati e le onorificenze collezionati nel corso degli anni e appesi in bella mostra. Al centro, in una cornice nera, gli occhi del padre lo fissavano severi.

Negli ultimi anni era molto cambiato. Si era fatto crescere i baffi, quasi a voler sottolineare la sua nuova identità. Era diventato taciturno e aveva imparato a nascondere le proprie emozioni dietro un sorriso affabile. Passava poco tempo con le sue figlie: la cura dei bambini era una questione da donne, e lui non avrebbe saputo come fare se non se ne fosse presa cura la nonna.

Le rare volte in cui Alfredo nominava Elena era perché qualcuno, non sapendo che fine avesse fatto, gli chiedeva di lei. Lui rispondeva secco: «È morta per mano dei tedeschi». E se gli interlocutori si affrettavano a cambiare discorso per non apparire invadenti, era proprio lui che, improvvisamente, cominciava a raccontare tutto nei dettagli come se volesse far emergere una verità straziante e dolorosa. Il coraggio con cui affrontava la cosa suscitava l'ammirazione di tutti.

La necessità di riconvertire la fabbrica dalla produzione militare a quella civile occupava tutto il suo tempo. Appena si era potuto riprendere l'attività, avevano iniziato subito a realizzare posate di stagno, cartelle per la scuola, borse da ufficio, cinture in cuoio e pelle. Ma gli affari non andavano bene, le commesse non avevano niente a che vedere con quelle a cui erano stati abituati nei primi anni della guerra, quando rifornivano l'esercito di tutto, dai cinturoni alle fodere delle spade. Anche con il fratello Enrico le cose non procedevano sempre per il meglio. C'era stato un duro scontro quando Alfredo aveva assunto Giovanni, il figlio di Maria, come le aveva promesso, appena era tornato dal fronte. Enrico si era opposto. Erano sull'orlo della bancarotta e lui parlava di assunzioni. Ma Alfredo era stato fermo. «Se necessario lo pagherò di tasca mia. Sono debitore a Maria, ha allevato le mie figlie durante la guerra. Non verrò meno alla parola data.»

«Assumilo pure, se lo paghi di tasca tua. Ma ti avverto: sarà il primo a essere licenziato se le cose peggiorano. E le cose peggioreranno.»

E purtroppo era successo. La fabbrica era veramente in grave crisi. Arrancava. Gli utili erano crollati ed Enrico aveva ragione: la produzione di posate andava malissimo. Fu necessario chiudere il reparto doratura. Ma non bastò. Enrico insisteva perché licenziassero gran parte delle maestranze, Alfredo non se la sentiva di mettere alla porta quegli operai che conosceva uno a uno. Qualcosa però bisognava fare. All'inizio licenziò le donne, per evitare di mettere alla porta i capifamiglia, ma poi cominciò a lasciare a casa anche gli uomini. C'erano state proteste e proprio Giovanni, il figlio di Maria, le aveva capeggiate tutte. Era una testa calda e Alfredo si pentì di averlo assunto. Enrico a quel punto si impose e Giovanni venne licenziato: era l'ultimo assunto ed era giusto così. Giovanni aveva fatto il diavolo a quattro, poi aveva dichiarato che sarebbe partito per gli Stati Uniti. Alfredo era contento di essersene liberato, anche se gli dispiaceva per la povera Maria che era una brava donna.

Il telefono squillò nella stanza a fianco, riscuotendolo da quei pensieri. La signorina Gagliardi rispose con quel tono affettato che lo infastidiva: «Ditta fratelli Minardi».

Poi bussò alla porta di vetro ed entrò senza neanche aspettare.

«Dottore, chiamano da Torre del Greco. Maria Sole è in ospedale, si è fratturata un piede. Ma sta bene, non vi allarmate. Le bambine si erano perse.»

«Cosa?»

Sospirò, guardando la signorina Gagliardi in cerca di conforto. Era la segretaria della Direzione da prima della guerra, era a conoscenza di tutti i suoi guai famigliari e Alfredo spesso si rivolgeva a lei, per qualche consiglio.

«Lasciate che se ne occupi la nonna. Non credo vi vogliate assentare proprio in questo momento. Sta tornando vostro fratello da Milano per studiare il bilancio e...»

«Vado a prenderle.» Si alzò, afferrò il cappello dall'attaccapanni e lo calcò in testa. «Per una volta ha ragione mio suocero, che ripete sempre che le bambine non devono crescere in campagna. Nonna Angela poi le lascia fare quello che vogliono.»

«È molto anziana, ormai.»

«Sì. Ho aspettato anche troppo. Devono tornare a Napoli, a vivere qui con me. Ma come farò?»

«Vedete se vuole venire Maria.»

Anche stavolta Maria accettò di accorrere in suo aiuto e anche stavolta si portò dietro Melina. Così, quando Alfredo andò a prendere le bambine, partirono tutti insieme per Napoli.

Alfredo le aveva detto che potevano occupare l'alloggio al pian terreno dove prima viveva la cameriera della madre. Maria ne era stata contenta perché così Melina sarebbe rimasta sotto il suo controllo. La preoccupazione per il futuro della figlia era stata una delle ragioni per cui Maria aveva accettato ed era passata sopra al licenziamento di Giovannino, anche se aveva un gran magone al pensiero che se n'era andato a lavorare così lontano, in America.

Ora erano rimaste sole, lei e Melina. Ma quello era il destino delle donne di Torre. Gli uomini lontani, e loro a mandare avanti la baracca come meglio potevano. Maria era molto preoccupata per la figlia, che sarebbe rimasta senza la sorveglianza di un uomo di famiglia. La ragazza stava crescendo, aveva diciannove anni ormai, e gli uomini giù al porto fischiavano al suo passaggio. Magari uno di loro si sarebbe fatto avanti, ma non era certo quella la vita che Maria sperava per lei, andare sposa a un pescatore, uomo sempre per mare. Lei e Angela ne avevano parlato tante volte: Melina doveva andarsene da lì, ma come? La figlia, del resto, nemmeno la stava a sentire. Ripeteva sempre che voleva prendere un diploma di segretaria, anche se i soldi per farla studiare non c'erano. Certo, se il marito non fosse morto in quella disgrazia del peschereccio, le cose sarebbero andate diversamente... E poi, la tragedia della guerra. Senza la guerra, senza le difficoltà per la fabbrica dei Minardi, e soprattutto senza le alzate di testa di Giovannino, forse ora lui sarebbe ancora lì a Napoli, con un salario fisso di magazziniere, alle dipendenze di Alfredo. Da ragazzo aveva lavorato al porto in un cantiere navale, e pure allora aveva litigato con il padrone ed era stato licenziato. Giovanni era una testa calda, lo era sempre stato. Ed era lei che alla fine manteneva tutti quanti, anche se lavorare come corallara dava a stento da vivere. Durante la guerra si era fermato tutto, pure la fabbrica di corallo. Donna Angela era stata generosa e le aveva accolte in casa insieme a tante altre corallare. Avevano messo brande e disteso coperte a terra persino in cucina. In campagna, isolate da tutti, senza sapere bene che andava succedendo, senza nemmeno una radio, avevano trascorso i tempi più difficili. Durante il giorno ognuna di loro cercava di lavorare un pezzetto di terra o fare qualche piccolo lavoretto per procurarsi del cibo, una fatica a cui nessuna era abituata e che facevano malvolentieri, per non rovinarsi le mani. La sera, per tenersi occupate, infilavano coralli che non avrebbero venduto, mentre dicevano il rosario al lume delle candele. Michelina, poi, era andata fuori di testa per la paura. Non si spogliava mai, nemmeno di notte. Restava vestita di tutto punto a qualsiasi ora, la borsa con i soldi sempre a portata di mano, pronta a scappare, ma scappare dove? E di continuo ripeteva come una litania: «Non accendete la luce elettrica, mi raccomando, non *appicciate*!».

Poi Maria se ne era andata, con la paura addosso, partita per Napoli insieme a Melina per sostenere Elena che doveva partorire. E come avrebbe potuto dire di no, dopo quanto aveva fatto donna Angela per lei? Bene avevano fatto tutte le altre a starsene lì: quando poi erano iniziati i bombardamenti alleati e tutta Napoli era diventata un cumulo di macerie.

Quando donna Angela riportò a Torre le bambine, anche Maria e Melina tornarono con loro. Maria trascorreva come sempre la maggior parte della giornata nella grande casa, dove ancora vivevano alcune corallare che avevano perso la loro abitazione. In laboratorio si lavorava poco o niente. Qualcosa avevano venduto all'inizio agli americani, quegli stessi che li avevano bombardati e poi erano diventati all'improvviso *friends*, come dicevano: *friends, amici.* Ma ordinazioni ce ne stavano poche, la gente pensava solo a come mettere qualcosa a tavola, e Maria rischiava di finire in mezzo a una strada. Così, per sdebitarsi con Angela e rendersi utile, aveva preso a occuparsi delle bambine anche lì. Le aveva viste nascere e si era attaccata a loro, e loro a lei, soprattutto dopo la tragedia di Elena. Angela aveva troppi guai per la testa e ripeteva spesso: «*Marì*, occupatevi voi, che *i' tengo che ffa'*».

E adesso, infatti, ancora una volta seguiva le bambine a Napoli. Le dispiaceva lasciare il suo paese, ma sapeva che era la decisione migliore per tutti. Anche per Melina.

SECONDA PARTE

9

Napoli, 2 luglio 1963

«Melina, devi vedere che spettacolo! Ci stanno bandiere dappertutto e gli ambulanti già si sono piazzati lungo tutta via Caracciolo. Alla Villa ci sta un casino che non si può credere.» Maria era entrata in cucina tutta sudata, con la rete della spesa piena. «Volevo comprare una bandierina a Duccio, ma questi sono impazziti: duecento lire!» disse mentre metteva la frutta a bagno in un'insalatiera.

«Lascia stare, mamma, non so nemmeno se andrà alla sfilata. Lo sai come la pensa Alfredo.»

Melina, indaffarata, si muoveva tra i fornelli e il lavello.

«La carne mettila nello scompartimento più alto vicino al ghiaccio. È per domenica.»

«E la folla che c'è! Sta arrivando gente anche dai paesi. Persino da Avellino; *'na* signora dal salumiere si stava facendo i panini come andassero in spiaggia. Mi ha detto che è venuta con tutta la famiglia, con la Seicento.»

«Ma non è al pomeriggio che arriva?»

«Brava! Io pure gliel'ho detto e quella mi ha risposto: dobbiamo prendere i posti. Hai capito? Come a teatro! È proprio un peccato se le ragazze e Duccio non vanno. Io, se non era per le gambe, che non mi fido di stare all'erta, ci andavo di corsa. Chissà se stasera lo fanno vedere alla televisione.»

«Non ti preoccupare, Maria. Noi ci andremo di sicuro. Oh, che bello, hai portato le ciliegie!» Maria Sole era entrata proprio in quel momento e aveva sentito parte della conversazione. Prese qualche grappolo dalla fruttiera, si sedette sul tavolo con le lunghe gambe penzoloni e cominciò a mangiarne una dietro l'altra. «Mmm... che squisitezza! Di sicuro lo trasmetteranno, il servizio, intendo» disse a bocca piena. «Ho visto passare una macchina con delle telecamere sul tettuccio. Ma perché non ti porti una sediolina, Maria? Ce ne dovrebbe essere una pieghevole da picnic nel ripostiglio.»

Anche lei era appena rientrata nella casa di Santa Lucia, ed era rimasta colpita dall'aria festosa che circolava per le strade; le signore con l'abito della domenica e i cappellini di paglia per ripararsi dal sole, e bandiere dappertutto: i bambini con quelle piccole di carta mentre sui palazzi quelle vere insieme a striscioni che andavano da un balcone a un altro.

Da settimane, Napoli era tutta un fermento. L'entusiasmo era alle stelle. Tutta la città si era preparata all'evento: era tappezzata di bandiere americane e manifesti che dicevano "NAPOLI SALUTA JFK!". Mai prima d'ora un presidente degli Stati Uniti era venuto a Napoli. Giovane, bello, affascinante: era il perfetto simbolo di un'America democratica e moderna che prometteva benessere e felicità.

In casa Minardi c'era stata una vivace discussione. Alfredo voleva impedire alle figlie, anche se ormai in età di decidere da sole, di andare ad applaudire il presidente americano. L'uomo era preoccupato: nella ressa poteva succedere di tutto, non c'entrava l'età. E inutili sembravano le proteste delle ragazze che volevano convincerlo della straordinarietà dell'evento, che quando mai sarebbe più accaduto un fatto così unico!

Alla fine il padre era sbottato: «Gli Stati Uniti, sì, gli americani: bella gente! Un Paese che non ha il culto della famiglia, dove la gente divorzia non una, ma due, tre volte».

Maria Sole era partita come sempre in quarta, pronta a ribattere.

«Tu ce l'hai con tutti! Ma che ti hanno fatto, si può sapere?»

«Ti pare bello quello che ha detto la settimana scorsa a Berlino? *Ich bin ein Berliner*. E noi dovremmo accogliere così, festosi, uno che pronuncia queste parole... Come se fosse un vanto essere tedeschi! *Io sono berlinese*!»

Era diventato tutto rosso e aveva battuto un pugno sul tavolo. Una vampata di calore l'aveva travolto in un misto di ansia e rabbia. Una reazione simile le ragazze non l'avevano mai vista, anche quelle volte che il padre si era arrabbiato con lo zio Enrico. Era un uomo mite, pacifico, attento a tutto, certo assillante con le sue raccomandazioni e severo nel dettare le regole su quello che può o non può fare una ragazza perbene. Ma mai aveva alzato la voce in quel modo o si era infuriato per qualcosa che in fondo non sembrava tanto importante. Nella stanza era calato un silenzio imbarazzante. Chissà quali ricordi, quali immagini stavano attraversando la sua mente. Era così ogni volta che qualcuno nominava i tedeschi. Ed era per questo che loro non chiedevano mai niente della mamma.

«Papà» aveva detto Annaluna parlando a bassa voce e scandendo le parole come se si rivolgesse a un bambino. «Qui non si tratta di nazisti. I nazisti non ci sono più. Capisco che tu, anzi, che *noi* non potremo mai dimenticare... Ma stiamo parlando di un presidente americano che si schiera apertamente contro ogni dittatura, al fianco di un popolo che subisce quello che subisce, con un maledetto muro che divide in due la città. Ora sono loro da commiserare, le famiglie separate in una notte. Le madri allontanate dai figli...» E qui la voce le si era spenta in gola. «La guerra, papà, è finita da un pezzo. Il mondo è cambiato.»

Maria Sole aveva guardato la gemella, meravigliata. Annaluna che osava parlare così al padre, questa sì che era una novità! Certo, la costruzione improvvisa del muro aveva sconvolto tutti, anche chi, come loro due, non mostrava interesse per la politica. Del resto, come potevano seguire quelle noiosissime tribune elettorali con quegli uomini imbalsamati? Kennedy era un'altra cosa. Era il loro mito, era l'America, la libertà, Elvis, il rock.

Alfredo Minardi, pallido come un cero, era ammutolito: non si sarebbe mai aspettato una risposta così ferma da Annaluna, che era stata sempre la più sensibile, la più attenta a non ferirlo.

«Non sapete che cosa dite. Non sapete che cosa dite...» Aveva poi ripetuto a bassa voce. Incespicava nelle parole, come se volesse aggiungere qualcosa senza riuscirci.

Poi si era ripreso. «I cortei, le parate, belle quelle... Ne ho fatte io, povero idiota... Una su tutte, quando venne Hitler a Napoli, nel maggio del '38. Pure allora la città era impazzita. Quell'assassino... E a noi ragazzi come ci piaceva, andare alla parata! Io non dimentico, io non perdono!»

Melina aveva cercato di calmarlo.

«Lascia stare, Alfredo. Non è il caso» aveva provato a dire. Sperava di riuscire a farlo ragionare, ma non lì, non davanti alle ragazze.

«Comunque questa storia deve finire» era intervenuta polemica Maria Sole. «Tu non puoi continuare a dirci quello che dobbiamo o possiamo fare. Abbiamo vent'anni e facciamo quello che vogliamo!»

Alfredo si era alzato di scatto ed era uscito dalla stanza senza aggiungere altro.

«Siete sempre decise ad andare?» disse Maria. «Ma vostro padre...»

«Papà può dire quello che vuole. Non ci impedirà un bel niente. Quando mai ci ricapiterà di vedere un presidente americano a Napoli?» osservò Maria Sole.

«E che presidente, poi...» aggiunse Maria.

«Già. Non vedo l'ora di vederlo da vicino.»

Maria Sole non aveva nessuna intenzione di dare retta a suo padre: era all'università e lui ancora pretendeva di trattare lei e sua sorella come due ragazzine. Era tornata a casa solo un attimo per cambiarsi d'abito, ma era determinata a uscire di lì a poco. Sperava solo che Annaluna non si facesse scrupolo di disobbedire al padre: si faceva sempre mille problemi.

«Mi vado a vestire, Maria. Arrivederci. Mi dispiace che non resto a fare quattro chiacchiere.»

«Non fa niente, bambina mia, sarà per un'altra volta. Me ne sto andando anch'io, non voglio lasciare il professor Eugenio troppo tempo da solo. Ma basta che tu, quando vuoi, e hai voglia di parlare, mi vieni a bussare. Sto di fronte, non dall'altra parte della città.» Maria la guardò da dietro le lenti degli occhiali con sguardo commosso. Per lei, Maria Sole e Annaluna erano delle nipoti, proprio come Duccio.

«Allora non preparare per noi, Mammelina. È meglio che andiamo, prima che torni papà.»

Melina restò zitta, ma si capiva dalla ruga al centro della fronte che avrebbe avuto mille cose da dire. Alfredo era stato chiaro su questo, quando dieci anni prima si erano sposati e lei aveva lasciato il lavoro per dedicarsi alla famiglia: l'educazione delle figlie riguardava lui e solo lui. Lei doveva dare il calore materno alle due bambine, accudirle, ma era lui che sapeva come andavano cresciute.

Maria Sole corse in camera a prepararsi. Indossò i suoi pantaloni rosa shocking con lo spacchetto sulla caviglia, quelli che usava per andare al mare e che, secondo Alfredo, non stava bene indossare in città.

In quel momento, Annaluna entrò nella stanza e la osservò con aria interrogativa.

«Che stai facendo, ti metti i pantaloni?»

«Visto che disobbediamo, facciamolo fino in fondo» rispose Maria Sole passandosi il rossetto sulle labbra. Cotonò i capelli neri che portava corti e spruzzò della lacca per fissarli.

«Non vieni? Non mi dire che vuoi rinunciare per non deludere papà! Hai visto le mie sigarette? Le avevo nascoste tra i dischi ma non le trovo più» aggiunse mentre rovistava nell'ordine di Annaluna. La sorella non le prestò attenzione, stava cercando di incollare il cartello che si era staccato dall'asticella, su cui aveva scritto con un pennarello "JOHN, TORNA PRESTO!".

«Fosse per lui potremmo andare tutt'al più alla Fiera della casa. Il *massimo* degli eventi! Che noia, ci ha preso per delle casalinghe.»

Il giorno prima, sempre di nascosto dal padre, Maria Sole era andata a vedere l'arrivo della carovana del Cantagiro che faceva tappa a Napoli. Gli aveva detto che andava a casa di un'amica e lui, per fortuna, ci aveva creduto. Forse preso da qualche problema non le aveva fatto il solito terzo grado: dove vai, con chi, a che ora torni, e tutto il repertorio d'ordinanza. Si era molto divertita e sgomitando era riuscita pure ad avere un autografo di Peppino di Capri e Gino Paoli. Annaluna non era venuta. Quella ragazza era la sua croce. Mai che facesse qualcosa d'istinto, di vagamente dissennato. Era la copia esatta del padre al femminile.

«Ma insomma, vieni o no?»

«Vengo, certo che vengo.» Annaluna legò i capelli lisci alla meno peggio, in una coda di cavallo, e infilò la prima cosa che le capitò sottomano: un abito di cotone a fiori con lo scollo all'americana di Maria Sole che giaceva, ancora col cartellino, sopra il mucchio di indumenti abbandonati sulla sedia.

«Il mio vestito nuovo!» urlò la sorella con disappunto. «Va be', per questa volta non fa niente, sennò saresti capace di metterti la tua solita scamiciata.»

Melina le vide passare nel corridoio.

«Che state facendo, non potete andare senza il suo permesso! Oddio, pure il cartello... siete impazzite, vostro padre se la prenderà con me, avete sentito che ha detto!»

Melina sembrava disperata, ma loro non l'ascoltarono. Sapevano che anche a lei piaceva Kennedy e non lo ammetteva solo per non dispiacere al marito.

«Non posso nemmeno accompagnarvi, proprio oggi mi devono consegnare la lavatrice. E va bene, ci penso io a vostro padre, ma portatevi anche Duccio.» Sembrò irremovibile su questo. «Per quanto piccolo, sempre un maschio è. Poi ci tiene tanto anche lui. Vanno tutti i suoi compagni.»

Il ragazzino, che ascoltava sulla soglia di camera sua, corse a prendere il berretto con la visiera e si mise davanti a loro con le mani giunte. Le ragazze guardarono contrariate la sua espressione speranzosa, distorta dalle smorfie supplichevoli e alla fine lo accontentarono. Aveva diritto anche lui a vedere da vicino un "personaggio della Storia", come lo chiamava.

In strada, per quanto se lo aspettassero, restarono stupite. Più si inoltravano verso il lungomare, più la gente si accalcava: una fiumana di persone camminava sotto il sole, gremiva i marciapiedi, spuntava ovunque tra bandiere e striscioni con su scritto "JOHN TORNA PRESTO E PORTA JACQUELINE!". Sui balconi si stringevano tutti quelli che riuscivano a starci. Migliaia di persone erano già assiepate lungo il percorso, indifferenti al caldo, o facevano ressa intorno agli ambulanti che vendevano angurie e fichi, comparsi dappertutto insieme ai tarallari. Nell'aria si diffondevano a tutto volume canzoni napoletane. L'atmosfera era festosa, qualcuno disse che, se non fosse stato per le bandiere a stelle e strisce e i drappi stesi alle finestre, poteva sembrare Piedigrotta, con tutti quei coriandoli che vorticavano nell'aria.

«Oddio, la macchina fotografica, non l'ho presa!» esclamò a un tratto Annaluna.

«Sei la solita. Ma che caspita, dimenticare la macchina fotografica proprio oggi! Fai una corsa. Ce la fai, se corri. Noi ci avviamo verso via Caracciolo, ci aspetta Marisa. Da' a me lo striscione.»

Marisa e la sorella, infatti, erano già lì, tutte eccitate, con i foulard in testa, gli occhiali da sole e tailleurini azzurri modello Jacqueline. Si salutarono con effusione, come se non si vedessero da una vita. Erano eccitatissime e avevano mille cose da dirsi, il tempo passò senza che se ne accorgessero.

A un certo punto, Maria Sole si sentì tirare il lembo della camicia. Era Duccio. «Devo fare pipì!» e fissò mortificato la sorella da sotto il cappellino da baseball. Maria Sole sbuffò spazientita.

«Lo sapevo che non ti dovevo portare.» Si guardò intorno. «Vai là, dietro al muretto. Io ti faccio da palo. Sbrigati!»

Proprio in quel momento qualcuno gridò: «Sta arrivando, sta arrivando!». Maria Sole corse alla sua postazione, alzò eccitata il cartello, ma fu ricacciata indietro da un omaccione che le passò avanti sgomitando. «Duccio, stammi vicino, sennò ci perdiamo!»

Ma Duccio, senza darle retta, si era già arrampicato sul muretto da cui poteva vedere meglio.

Ma dov'era Annaluna, che stava facendo, perché non arrivava? Ormai doveva essere trascorsa quasi un'ora da quando era tornata indietro.

Il brusio si trasformò in esclamazioni di giubilo che si propagavano come un'onda tra la folla impaziente. Maria Sole si fece spazio e salì pure lei sul muretto, accanto a Duccio.

Preceduto dal rombo assordante delle motociclette dei corazzieri che lo scortavano, la Lincoln nera del presidente apparve in fondo alla strada. John Fitzgerald Kennedy era all'interno, a fianco al presidente della Repubblica Antonio Segni. L'auto sfilava tra due fitte ali di folla che, come impazzita, urlava, sventolava bandierine, lanciava biglietti e coriandoli. Il presidente aveva fatto aprire la capote, per poter rispondere meglio alla gente, e se ne stava in piedi sorridente nella macchina che avanzava lentamente. La gente allungava le braccia per cercare di toccarlo, sembrava sfilasse la statua di San Gennaro. Il servizio d'ordine a stento riusciva a contenere l'entusiasmo.

«John! John!» chiamavano tutti, come fosse uno di famiglia. E anche le ragazze gridavano: «John, *friend*!».

Marisa cominciò a scattare fotografie, Maria Sole agitò lo striscione teso con grandi cenni di saluto, forse sperando assurdamente che lui si voltasse a sorriderle. Lo guardò incantata. Lei e Annaluna lo avevano visto tante volte in televisione, ma ora, da vicino, era tutt'altra cosa, molto più bello.

«Hai visto, ha le efelidi! Povero Segni, che nessuno guarda, triste e anziano.»

«Non sembra anche a te Nembo Kid?» disse Duccio, come se Kennedy fosse davvero un eroe da fumetto. Ma doveva gridare per farsi sentire dalla sorella. In tutto quel frastuono ad un tratto si sentirono dei colpi di cannone sparati dalla Marina Militare, mentre le navi americane e italiane salutavano con le sirene. Scoppiò un forte applauso. Kennedy sorrise, forse stordito, sicuramente travolto dal calore inaspettato dei napoletani. Una donna riuscì a passare oltre il cordone delle forze dell'ordine e si buttò quasi sotto l'auto presidenziale con un foglio in mano. Nel clamore generale, Kennedy fece fermare il corteo, prese con gentilezza il foglio e lo mise in tasca.

In quel momento, Maria Sole vide un uomo robusto con una camicia a quadretti farsi strada tra la folla fino alla donna e abbracciarla.

«Zio Gionni!» urlò la ragazza.

Lui batté le mani e si girò esultante verso un gruppo di persone che era con lui. Quel foglio era una petizione firmata dagli italiani espulsi dall'America perché accusati di gravi reati. Gionni, pieno di aspettative, gliel'aveva letta tante volte prima di quel giorno che ormai la sapevano a memoria: *Siamo nati in Italia, ma la nostra seconda patria sono gli Stati Uniti. Lasciaci ritornare perché non vogliamo morire a Napoli come Lucky Luciano.* Firmato "Gli indesiderabili".

«Zio Gionni, zio Gionni!» continuava a gridare Maria Sole.

Anche Duccio l'aveva visto e saltellò fino a che lui, da ultimo, li scorse e si fece largo tra la folla per raggiungerli.

«Lo dicevo io che era un grande uomo questo presidente! Il presidente, non uno qualunque» ripeté ai due nipoti. «Lui farà qualcosa per quelli come noi.» Tornare in America era il suo sogno da quando era stato rispedito in Italia dopo una brutta rissa.

«Evvai!» gridò Duccio, felice per zio Gionni, il suo idolo, e Maria Sole gli fece una carezza distratta. Meno male che il padre non era lì a vedere la scena. Detestava Gionni, il fratello di Melina, forse ancora di più degli americani e dei tedeschi: un tempo, a quanto ne sapeva lei, l'aveva assunto in fabbrica e poi licenziato, e da allora non era più corso buon sangue fra loro.

Ma Annaluna che fine aveva fatto?

10

Melina avrebbe voluto raggiungere le ragazze e Duccio, ma degli operai che dovevano portare la lavatrice nemmeno l'ombra. Aspettava questo momento da tanto. Erano ormai dieci anni che era sposata con Alfredo ma ancora non si sentiva del tutto a suo agio nelle vesti della signora Minardi, e faceva fatica a chiedergli qualcosa per sé.

Ci aveva messo del tempo ad abituarsi all'idea che era lei la padrona di casa di quel bell'appartamento con le finestre che davano sul mare, le tende, il salotto, persino l'ascensore. A volte temeva che fosse solo un sogno, da cui si sarebbe risvegliata per ritrovarsi di nuovo a Torre del Greco, nella campagna infestata dagli insetti, in quel vecchio fienile che le sembrava puzzare ancora di galline e conigli, anche dopo che era stato ripulito e trasformato in una specie di casa quando ci erano andati ad abitare.

Erano passati tanti anni, ma le privazioni dell'infanzia restano appiccicate addosso. Sentiva ancora l'umiliazione di quegli anni in cui aveva avuto poco da mangiare, e donna Angela, che era tanto generosa, faceva l'elemosina a lei, alla madre e a suo fratello, dando loro il paniere con il cibo. E se sua madre, vedova e con due figli, se l'era fatto andare bene, lei invece ne aveva sofferto. Non voleva la carità di nessuno. Proprio come aveva sofferto quando aveva dovuto lasciare la scuola perché soldi non ce n'erano.

Era brava, le piaceva studiare, ma la mamma diceva che alle femmine la scuola non serve a niente, basta saper leggere e scrivere. Il suo destino sembrava segnato, corallara o contadina, sposa di un marinaio, destinata alla solitudine, a una vita modesta o addirittura di stenti, come tante donne torresi. E invece la vita aveva in serbo per lei un destino diverso. E doveva ringraziare Alfredo, che aveva dato loro l'opportunità di lasciare Torre e venire a vivere a Napoli, per seguire le bambine. A poco a poco la sua vita era cambiata, era perfino riuscita a convincere la madre a farle fare un corso da stenodattilografa. Non era proprio come avere un titolo di studio, ma era sempre un modo per mantenersi, migliorare la sua cultura, la sua persona.

Diede l'ennesima occhiata al grande orologio di metallo appeso al muro sopra la porta della cucina. Le lancette erano ferme sulle quattro. *È sempre così quando vai di fretta e aspetti qualcuno*, si disse, sospirando. Non sarebbe riuscita a vedere Kennedy. Non aveva fiatato durante il litigio delle ragazze con il padre, ma sotto sotto condivideva il loro entusiasmo per gli americani. Era incantata, come tutti, da quello stile di vita che aveva visto tante volte al cinema: le villette con il giardino, le auto scoperte e quelle cucine di formica lucida, aperte sul soggiorno. Come le sarebbe piaciuto averne una simile, lei che era cresciuta in campagna dove sua madre cucinava ancora sul carbone.

Rassegnata a restare a casa, si infilò sopra all'abito di cotone un grembiulino alla Doris Day che si era cucita lei stessa; si infilò i guanti di gomma, tolse i piatti dall'acquaio e, mentre li lavava, si mise a sognare, immaginando come avrebbe potuto riorganizzare la grande cucina con i mobili americani. Alfredo diceva che di eliminare i mobili scelti dalla madre quando si era sposata non se ne parlava proprio. Dovevano restare lì. Erano stati realizzati da uno dei migliori artigiani di Napoli, di ottima fattura e poi erano un ricordo. Per ora si doveva accontentare della lavatrice, che era già un buon inizio.

Se almeno si fossero sbrigati a portarla! Il lavatoio era già stato scardinato e portato via da due muratori che Alfredo aveva mandato dalla fabbrica e ora non vedeva l'ora che arrivasse l'elettrodomestico. Nonostante fosse così giovane, Melina soffriva di artrite, come sua madre e sua nonna prima di lei. Il medico aveva detto che era normale se una aveva tenuto sempre le mani dentro l'acqua da quando aveva sette anni per lavare i panni di tutta la famiglia. Era stato lui che aveva suggerito di comprare una lavatrice. Ma Alfredo, naturalmente, aveva sbarrato gli occhi e ripetuto: «Una lavatrice?». Era così Alfredo, non capiva che il mondo era cambiato. Bisognava sempre fargli vedere dove stava andando. Lo stesso era stato per la fabbrica. Se non fosse stato per il fratello Enrico, che l'aveva convinto a mettere in piedi quell'impresa, mai si sarebbe lanciato nella produzione di giacche in pelle e giubbini da motociclisti, genere *Gioventù bruciata*. E invece così la fabbrica si era ripresa e stava andando a gonfie vele.

Il medico quel giorno aveva fatto la faccia scura: «Se la signora tiene ancora le mani nell'acqua le si deformano tutte». Perciò Melina aveva ottenuto la sua lavatrice. Ma proprio oggi che c'era Kennedy dovevano venire?

Melina si era meravigliata della reazione eccessiva di suo marito con le ragazze. Era sempre così pacato, giudizioso, non diceva mai una parola sbagliata. Anche come marito le infondeva fiducia: era uno dei motivi per cui una come lei, timida, cresciuta senza padre, si era innamorata subito. Alfredo invece, aveva aspettato di essere sicuro dei propri sentimenti, poi si era dichiarato all'improvviso, senza che lei nemmeno se lo aspettasse. In due mesi erano diventati marito e moglie. All'epoca lei lavorava in fabbrica già da diversi mesi come tirocinante, con il suo diploma fresco fresco di stenodattilografa. Indossava un camice nero col colletto bianco, e batteva a macchina tutta fiera le lettere che lui scriveva a mano. Non aveva nemmeno capito quando Alfredo aveva cominciato a guardarla diversamente.

E infatti, qui stavano i difetti: teneva sempre tutto per sé, non condivideva mai con lei i suoi pensieri e le sue preoccupazioni. A volte si sentiva trattata come una figlia piuttosto che come una moglie; temeva fosse colpa sua, di non essere all'altezza, perché non era abbastanza istruita. Ancora a distanza di tempo le bruciava questa sua inadeguatezza. Guardava documentari in televisione, leggeva l'Europeo... tutto per non sfigurare.

Finalmente bussarono alla porta. Si tolse i guanti e con i bigodini in testa corse ad aprire. Forse faceva ancora in tempo.

Sulla porta c'era sua madre, Maria. La faccia bianca bianca e turbata. Una faccia da brutte notizie.

Annaluna era tornata indietro di corsa, ma era difficile farsi largo tra tutta quella calca. Come aveva fatto a dimenticare la sua preziosa Rolleiflex? La portava sempre con sé, a tracolla, perché non poteva mai sapere quando sarebbe capitato un buon soggetto. La sua prima macchina fotografica, una Kodak, era stata una conquista. Quel giorno, lo zio Enrico aveva portato lei e Maria Sole a scegliere le catenine d'oro con la Madonnina per la Prima Comunione; e mentre Maria Sole si era deliziata a scegliere la sua, facendosi prendere pure dei piccoli orecchini con pendente, lei si era impuntata lì, nel negozio: non voleva oggetti d'oro, ma una macchina fotografica, come si regalava ai maschi. Era la prima volta che le succedeva di ribellarsi, quella era una prerogativa di Maria Sole. Non sapeva nemmeno lei da dove le era venuto il coraggio. Ne era nata tutta una questione, erano intervenute pure nonna Angela e Mammelina. Ma alla fine aveva vinto lei. Dapprima, con la sua macchinetta istantanea, aveva preso a ritrarre le persone di famiglia. Poi i suoi soggetti erano diventati le corallare, il mare, le barche di Torre del Greco, i rami di corallo, e adesso erano gli abitanti dei vicoli: le donne sedute fuori dai bassi, i panni stesi ad asciugare, i volti dei vecchi venditori ambulanti, i ciabattini e soprattutto i bambini che giocavano in strada o facevano i lavori. Aveva un talento per la fotografia: lo dicevano tutti, in particolare Mariano Chinni, l'assistente alla cattedra di Filologia che aveva iniziato a frequentare anche fuori dall'università, con l'Azione Cattolica. Ma non era quello il momento di pensare a Mariano, si disse, anche se era difficile. Mariano era il suo chiodo fisso. Cercò di concentrarsi sulla Rolleiflex: proprio ora che aveva un evento straordinario da raccontare l'aveva lasciata a casa.

L'ascensore era fermo al quarto piano. Fece le scale a piedi per fare presto e arrivò col fiatone. Bussò ripetutamente alla porta di casa, ma Mammelina non rispose. Le sembrò strano. Le chiavi le aveva Maria Sole. Ce n'era un mazzo giù in portineria, per le emergenze, ma sapeva che avrebbe fatto prima a bussare a casa del nonno e prendere quelle che si trovavano appese all'ingresso.

Alla fine le aprì Mammelina, che rimase sull'uscio della porta.

«Sei tornata, grazie a Dio. Il professore… nonno Eugenio, ha avuto un peggioramento repentino.»

«Come sta? Fammi entrare. Avete chiamato il medico?»

Melina scosse il capo sconsolata. Non avrebbe mai voluto pronunciare quelle parole.

«È morto, cara. Mi dispiace.»

Annaluna spalancò gli occhi, incredula.

«Com'è possibile? Così, all'improvviso?» disse con un filo di voce. «Ieri mi era sembrato stesse un poco meglio.»

Annaluna restò in silenzio, con gli occhi fissi a guardare il vuoto. Avrebbe dovuto dire: voglio vederlo, ma non se la sentiva.

«Sì» riprese, come se parlasse a se stessa. «Non stava tanto male ieri mattina. Dapprima ha detto: siediti qui vicino a me, Elena. Mi ha confuso con mamma. Ma se n'è accorto e ha detto: sei Lunetta, scusa, Lunetta. Mi ha chiesto come andava l'università, mi ha dato qualche consiglio, poi ha farfugliato non so che... ho capito solo *Elena*, mi è sembrato volesse dire qualche cosa, ma invece ha aggiunto: è troppo tardi per parlare, sono stanco. Se solo stamattina fossi passata a salutarlo... Povero nonno! E papà, dov'è papà? Lo sa?»

«Lo abbiamo avvisato, sta tornando dalla fabbrica, stai tranquilla. Con *lui* adesso ci sta mia madre. Perché non vai a chiamare Maria Sole? È inutile che stai qui. Non puoi fare niente. Venite dopo, voi ragazze. Uno spettacolo tanto triste, la morte. Come mai eri tornata così presto?»

Annaluna scese lentamente in strada, si fermò frastornata, scorgendo, come se non l'avesse vista prima, tutta quella ressa, il chiasso che ora le appariva eccessivo. Improvvisamente odiava quell'atmosfera festosa, la musica, le trombette. S'incamminò procedendo a spintoni, sgarbata, la faccia contratta nello sforzo di trattenere le lacrime. Sapeva che il nonno era anziano, che era malato da tempo, che non voleva più vivere, che sarebbe morto di lì a poco, ma si accorse in quel momento che gli voleva bene, anche se non lo andava spesso a trovare. L'aveva aiutata tante volte con il greco e la filosofia quando aveva difficoltà a scuola, e poi era il loro legame con la madre. E adesso che era andato via, le sembrava anche lei più lontana. Morta ancora di più, per assurdo che fosse quel pensiero. Si fermò, non riuscendo più a procedere. Sentì un boato tra la folla, la macchina di Kennedy stava passando. Non alzò nemmeno lo sguardo. Si rifugiò dietro le lacrime che le annebbiavano la vista. Tornò indietro. Che fretta c'era di rovinare la festa a Maria Sole? Tra non molto sarebbe rincasata.

Ma Duccio arrivò da solo poco dopo e disse che Maria Sole non sarebbe rientrata per cena. Era andata a mangiare una pizza con le amiche.

Il corteo passò, la folla si disperse, le sue amiche corsero via, verso altri impegni, ma Maria Sole rimase ancora lì ferma a guardarsi intorno, in cerca di Luna, stizzita più che preoccupata. In quel momento la sorprese una voce.

«Maria Sole, *my friend, how are you*?»

Un giovane americano in divisa la sollevò agilmente tenendola per la vita.

«Mike! Dovevo immaginare di trovarti qui!»

«E certo, dove sennò?» disse lui con un forte accento americano.

Con Mike si erano conosciuti una sera, in una pizzeria di Santa Brigida, così, per caso. Un ragazzo alto e biondo che non le aveva mai tolto gli occhi di dosso. Una parola tira l'altra e alla fine lui aveva invitato Maria Sole e i suoi amici a visitare la portaerei Saratoga, di stanza nel golfo.

Era stata una giornata meravigliosa. Naturalmente lei non aveva detto niente al padre: lui, per proteggerla da non si sa bene cosa, non glielo avrebbe mai permesso. Voleva impedirle di vivere. Se per Luna andava bene, per lei sicuramente non era così. E, in fondo, non stava facendo niente di male.

Così, la mattina della gita, Maria Sole aveva avvisato che sarebbe andata prima all'università e poi a studiare da una sua amica, complice. Con Mike l'appuntamento era al porto e poi, via, su una motovedetta che li aveva portati alla nave. Ricordava benissimo l'eccitazione ancora prima di salire sulla portaerei, con la piccola imbarcazione che passava tra le navi immense e poi si dirigeva al largo, dove era ancorato il gigantesco mostro. Erano saliti dall'apertura laterale e Mike li aveva portati subito a visitare la sala macchine e poi le cucine enormi, con tutti i militari in fila per il rancio. Anche loro furono invitati a mangiare insieme ai soldati: un buonissimo purè, molto soffice, fatto con patate in polvere. A Maria Sole sembrava di essere sul set di un film di guerra americano, ma la parte migliore doveva ancora venire. Dopo aver fatto indossare agli amici delle grosse cuffie paraorecchie per proteggerli dal rumore degli aerei che decollavano e atterravano sulla plancia, Mike li aveva condotti all'esterno. Mentre aiutava Maria Sole a indossare le cuffie, Mike la attirò a sé e le diede un bacio furtivo sulle labbra. Nessuno ci fece caso, ma lei, colta di sorpresa, l'aveva scostato, lanciandogli uno sguardo di disapprovazione. Lui l'aveva ignorata. Si era fatto una risata, l'aveva presa sottobraccio e le aveva indicato l'aereo che stava per atterrare.

«Vedi, c'è una specie di grande molla, diciamo così, che all'atterraggio trattiene l'aereo e ne rallenta la velocità.»

Quello che vedeva le piaceva e la interessava, ma non riusciva a non pensare alla disinvoltura con cui lui l'aveva baciata e ora parlava di aerei e atterraggi, come se niente fosse stato.

Gli americani sono fatti così – aveva pensato – *sono molto più spregiudicati di noi.* E si era sentita una provinciale, perché in effetti quel bacio l'aveva turbata non poco.

Al ritorno tutti si erano sperticati in ringraziamenti e si erano salutati senza promesse di rivedersi. D'altra parte si erano raccontati molto poco delle loro vite. Maria Sole aveva detto solo che abitava lì vicino, in via Cesario Console, quando lui le aveva chiesto se voleva essere accompagnata a casa con la moto. *Peccato,* aveva pensato Maria Sole. *Così come è apparso, adesso è scomparso. Non lo rivedrò più.*

Ora, invece, Mike le stava di fronte, con un largo e luminoso sorriso. La folla si era sparpagliata ed era rimasta poca gente a commentare la sfilata del presidente.

«Dài, Maria Sole» disse il ragazzo. «Sono con amici. Andiamo tutti alla Löwenbräu, sai quella bella birreria in piazza Municipio. Vieni anche tu?»

«E lui?» rispose indicando il fratellino.

«Lui lo accompagniamo a casa strada facendo. Tu abiti qui vicino, se non sbaglio.»

Maria Sole ci pensò solo un istante. Aspettare ancora Annaluna non era il caso, chissà dov'era finita a quest'ora. E tornare a casa e dire che sarebbe uscita di nuovo non era possibile. Suo padre doveva essere furioso perché gli avevano disobbedito ed erano andate a vedere Kennedy. Meglio avere un unico, grosso rimprovero al rientro e passare una bella serata.

«Sì» disse. «Possiamo lasciarlo all'angolo. Di lì sa tornare da solo.»

La serata era stata indimenticabile.

E quando aveva girato più volte con difficoltà la chiave nella toppa della porta di casa, ben oltre la mezzanotte, aveva visto la sorella rannicchiata a terra, in un angolo dell'ingresso.

«Luna!» biascicò Maria Sole, sorpresa.

«Che fine avevi fatto?»

L'altra rise.

«Tu... sei ubriaca.»

«Ma che ubriaca, sono solo allegra! Ho incontrato quell'americano, ti ricordi? Quello della portaerei. Ma anche stavolta è sparito così, senza dire niente. Però non sai che risate, con i suoi amici...»

«Maria Sole, smettila!» Annaluna alzò la voce.

«Non gridare, che papà ti sente.»

«Non sta qui, è di là. È a casa del nonno. È... ti volevo dire, il nonno...»

Maria Sole sentì che le girava la testa e le montava la nausea. Una sensazione di malessere generale la prese e la costrinse a correre in bagno.

Annaluna, restata sola, mormorò: «È morto... il nonno è morto».

11

Annaluna provò un certo disagio a entrare nella casa del nonno. Era la prima volta che si trovavano faccia a faccia con la morte. In camera da letto, ecco la salma, il cadavere bianco in volto, vestito con l'abito blu e la cravatta rossa delle grandi occasioni.

Annaluna lo fissò a lungo con gli occhi umidi. Maria Sole, invece, che era entrata dietro di lei, si girò di scatto e uscì subito. Entrambe si erano rese conto solo allora di quanto fossero affezionate a quell'uomo.

La settimana dopo il funerale, Alfredo stabilì che toccava a loro fare l'inventario delle cose del nonno e decidere che farne. Annaluna voleva aspettare, le sembrava troppo presto per rovistare in casa sua, ma Maria Sole aveva detto: «Prima lo facciamo, meglio è».

Le sembrava così strano essere ormai la proprietaria, se pure a metà con Maria Sole, dell'appartamento e di tutti quei mobili antiquati. Pur abitando sullo stesso ballatoio, per loro quello era stato a lungo un luogo estraneo: non la sentivano come una casa di famiglia.

D'altronde quello col nonno non era stato un rapporto semplice. Quando vivevano a Torre del Greco lo avevano visto solo di rado. Poi, tornate a Napoli, era iniziata una saltuaria frequentazione.

Ogni settimana, dopo la messa, si recavano con i vestitini buoni della domenica a salutare quel signore alto e un po' curvo, con gli occhiali spessi, che dovevano chiamare nonno. Le accompagnava Maria che faceva loro mille raccomandazioni prima di entrare. Il padre non veniva con loro né parlava mai del nonno.

Le due bambine si convinsero che doveva essere un uomo cattivo, ci andavano malvolentieri. Se ne stavano intimidite nella camera da pranzo mentre lui le scrutava dall'alto in basso, immobile, senza dire una parola, senza l'ombra di un sorriso. Le sottoponeva ogni volta a un piccolo rito detestabile: prendeva un sacchetto da una cassettiera, ci infilava dentro la mano e tirava fuori delle caramelle alla menta disgustose che metteva nelle loro piccole mani. Loro ringraziavano, le prendevano, e alla prima occasione le buttavano via senza mangiarle.

«Vi piace la scuola?»

«No» rispondeva Maria Sole per dispetto, facendosi portavoce anche di Annaluna. Lui faceva un colpetto di tosse e diceva: «Grazie per la visita. Fate le brave. Ricordatevi di essere sempre buone».

Poi, un giorno, il nonno comprò per loro due piccole biciclette e il gesto fu molto apprezzato. Iniziarono a giudicarlo meno *scorzoso*. E così, man mano che crebbero, cominciarono ad andare a trovarlo più spesso senza che nessuno glielo imponesse. Lui le baciava sulla fronte quando andavano via e infilava loro nelle tasche dei cioccolatini molto più buoni delle caramelle alla menta. Dai cioccolatini passò a regalare qualche monetina e poi, di nascosto del padre, la paghetta settimanale. *Nonnone*, cominciarono affettuosamente a chiamarlo, mentre lui sorrideva complice. E sì che era raro che su quel volto smunto apparisse un sorriso. Non aveva però perso l'impaccio a trattare con loro. D'altronde era sempre serio, a volte anche un po' noioso. Crescendo, le due ragazze immaginarono che forse quella serietà, quella tristezza, fosse arrivata dopo la perdita della figlia. La scomparsa di Elena era stata uno strappo, un confine fra una vita felice, finita per sempre, e un'altra, che era ripresa su basi diverse. Una volta, quando erano ancora piccole, avevano sentito il nonno Eugenio che parlava con Maria, dicendo una frase che suonava come: *cercare Elena.* Che significava *cercare Elena*? Parlavano della mamma? Non era forse in cielo? O al cimitero, come aveva detto una compagna? Annaluna aveva cercato lo sguardo di Maria Sole per essere rassicurata, ma la sorella una volta tanto appariva smarrita, come quando non sapeva una risposta a scuola. Il nonno sembrava trovare pace solo tra le sue carte e negli studi di Filosofia medievale: proprio per questo in casa non si erano mai spiegati perché fosse andato in pensione anzitempo. Era stata una decisione presa all'improvviso.

Maria Sole si aggirava per le stanze aprendo e richiudendo a casaccio mobili e cassetti.

«Oddio, quanta roba. Medicine ovunque. Possiamo dire a Maria di buttarle.»

La camera con mobili in acero chiaro che era stata della madre era diventata quella di Maria da quando, diversi mesi prima, il professore non era stato più bene e lei si era offerta di accudirlo. Tante volte, di nascosto dal nonno, le due ragazze avevano curiosato in quella stanza sperando di rinvenire qualche traccia della madre, ma non avevano trovato nulla che le appartenesse, a eccezione di un Messale, scovato in fondo a un cassetto.

«Da dove cominciamo? Papà ha detto di esaminare le carte e buttare quelle inutili.»

«Dove vuoi che si trovino le carte? Nello studio, no?»

Entrarono nella stanza, avvolta nella penombra. Al nonno la luce dava fastidio agli occhi, e teneva sempre la persiana chiusa. Maria Sole l'aprì e uscì sul balcone, l'unico della casa che affacciava sul mare. Un traghetto proveniente da Ischia stava entrando nel porto. I rumori del traffico irruppero nello studio.

«Ah, un poco di vita e di bellezza. Se il nonno fosse uscito ogni tanto, fosse andato a passeggiare vicino al mare, non si fosse rinchiuso qua dentro come una talpa, io credo sarebbe vissuto di più. Non era così vecchio.»

Sulla scrivania di mogano era tutto in disordine, il nonno non permetteva a nessuno di toccare i suoi documenti. Ad Annaluna venne il magone. Faceva sempre storie con Maria, che pretendeva di spolverare.

Al centro della scrivania troneggiava la macchina da scrivere Olimpia che lei da ragazzina aveva imparato a usare, incoraggiata proprio da lui. Ancora adesso, all'università, quando aveva bisogno di battere qualcosa a macchina chiedeva al nonno il permesso di servirsene.

«Questa» fece cenno a Maria Sole «ce la teniamo.»

La sorella annuì mentre passava in rassegna i volumi ordinati delle enciclopedie esposte sugli scaffali: le arti, la musica, la storia universale. Quell'uomo aveva dedicato la sua intera vita alla conoscenza, ma questo non l'aveva salvato dalla malinconia e dalla solitudine. Anzi, forse le aveva accentuate.

«Ti ricordi che bei riassunti ci facevamo fare dal nonno? Alle insegnanti non è mai venuto il sospetto che non fossero farina del nostro sacco.»

«Povero nonno! Ne doveva fare due per volta.»

«Quanti nove ho preso grazie a lui.»

«Li avresti presi lo stesso. Sei sempre stata la più brava, tu.»

Annaluna non le diede importanza e fece scorrere lo sguardo lungo le scaffalature a giorno, dietro la scrivania, sui volumi di Filosofia antica e medievale e di lato sulle tesi di laurea dei suoi allievi, che racchiudevano il senso di tutta la sua vita universitaria. Prese un volume di Sant'Agostino. C'erano annotazioni a matita ai margini delle pagine.

«Credo che da conservare ci sia ben poco» osservò Maria Sole.

«Non mi piace che finiscano nella spazzatura. Il nonno ci teneva tanto. Potremmo donarli all'università. Ne posso parlare con Mariano Chinni, quel ragazzo, te ne ho parlato, l'assistente di Filologia romanza che si occupa pure della biblioteca e vedere...»

«Ah, Mariano...» la schernì.

«Dividiamoci i compiti» la interruppe Annaluna, «io mi dedico alle carte nell'archivio del mobile a serrandina, e tu guardi qui, nella libreria.»

Maria Sole annuì e aprì le antine a vetri smerigliati che nascondevano il contenuto alla vista. Scoprì libri vecchi e malandati, quasi tutti trattati filosofici o saggi storici, ma in seconda fila, sul fondo, trovò un'antica edizione dei *Tre moschettieri* e alcuni romanzi di prima della guerra: *Il padrone delle ferriere*, *Le strane nozze di Rouletabille*, con una sovracopertina di una donna a cavallo armata di sciabola, *La grande pioggia*, *Via col vento.*

«Guarda, Lunetta. Secondo te questi li leggeva il nonno?»

Lei si avvicinò. Prese un libro dalla copertina bianca e verde e lesse il titolo.

«*Rebecca, la prima moglie*. Che bello, lo voglio leggere.»

«Ma hai capito che voglio dire? Secondo te il nonno leggeva *Via col vento*, o *Il padrone delle ferriere*? Questi libri erano della mamma. Non suoi.»

Luna restò a osservare il libro come fosse un volume sacro. Lo aprì, sfogliò le pagine, trovò una violetta rinsecchita sottile come carta velina, ma non c'erano né data né nome. Lo chiuse.

«Hai ragione, non ci avevo pensato. Il nonno ha buttato tutto quello che le apparteneva ma ha conservato i libri. Per lui sarebbe stato una specie di sacrilegio.»

Tornò al mobile a serrandina, prese tutte le carte, si accovacciò a terra e si mise a esaminarle. Erano vecchi certificati medici, radiografie, bollette di utenze, veline di fogli scritti a macchina con cancellature, buste gialle vuote di raccomandate. Qualche vecchia cartolina di persone sconosciute che gli inviavano *cordiali saluti*.

«Guarda, Maria Sole, qui ci sono delle nostre foto a Torre del Greco. Ancora ci vestivano uguali.»

La sorella le si avvicinò. Si intenerì alla vista di loro bambine. «Tu che ricordi di quel periodo?» chiese.

«Quando ci perdemmo. Se Gionni non ci trovava...» Annaluna rabbrividì al solo ricordo. Dopo tanti anni le capitava ancora di sognare che gridava e correva nel buio senza che le uscisse la voce.

«Ah, non voglio proprio parlare di quello. Un mese ingessata! Mi riferivo ai ricordi belli.»

«Il sapore delle albicocche. Le albicocche che prendevamo dagli alberi, dolci, buonissime. E quelle che rubavamo sui tetti. Quelle che mettevano aperte, snocciolate a seccare al sole.»

«Io ricordo il cielo» disse Maria Sole, continuando a sfogliare le fotografie che aveva in mano. «Quando salivamo sul terrazzo, insieme a quel ragazzo più grande. La nonna ci affidava a lui e lui ci faceva fare tante cose. Ricordo che raccoglieva le coccinelle e le metteva in un barattolo. Poi le tirava fuori le metteva in fila e faceva "la corsa delle coccinelle"».

«Marco, sì. Si chiamava Marco.»

Annaluna non aggiunse altro, ma di Marco ricordava tutto. Gli occhi dolci, il sorriso ironico con cui diceva le cose, e soprattutto ricordava quella volta che le aveva fatto una carezza e lei al contatto aveva avuto un brivido come quando si ha freddo.

«Guarda, questa è Maria quando era giovane.» Maria Sole interruppe il corso dei suoi pensieri indicandole con un dito sulla foto una donna in mezzo ad altre persone: bruna, formosa, dritta, impettita e con il mento in alto, come non volesse passare inosservata, e con un sorriso aperto sul volto che si intravedeva nell'immagine un po' consumata dal tempo.

Maria era sempre stata la loro roccia, pronta ad asciugare le lacrime o a cantare una canzone in napoletano per farle stare allegre. Sempre disponibile a venire da Torre a dare una mano, appena serviva, appena arrivava una chiamata di soccorso.

«Ti ricordi che ci faceva bere?»

«Il buon vino genuino non ha mai fatto male a nessuno. Il vino fa sangue!» rispose Maria Sole imitando la voce di Maria. «E papà o nonna non trovavano nulla da ribattere.»

«Ti ricordi le gite che ci faceva fare fin sotto al Vesuvio? Mi sembra ancora di sentire il profumo delle ginestre in fiore, d'estate, quel giallo oro colore del sole.» Annaluna era rapita dai ricordi.

Maria Sole si stese sul pavimento di riggiole, freddo e un po' impolverato.

«Eccome, se me le ricordo!»

«E il prete, quello che veniva a pranzo la domenica dopo la messa?»

«Certo! Don Fedele. Gli dovevamo baciare la mano, ma io una volta ci sputai su… e lui si pulì sulla tonaca.»

Maria Sole cominciò a ridere e non la finiva più.

Era bastata una foto, in mezzo a tante altre, che ritraeva un gruppo di famiglia riunito sulla scalinata della casa di nonna Angelina, a mettere in moto la macchina dei ricordi. Erano quasi tutti felici. I tristi, che pure sarebbero potuti restare nella loro memoria, per fortuna erano lontani. Restava solo un vago sentimento di inquietudine per quella casa, all'imbrunire, quando si aspettava che calasse il buio e si accendevano le luci, e alle sei in punto le corallare vestite di nero con voce cantilenante recitavano il rosario, pretendendo un silenzio assoluto. E poi la cena, sempre con le luci fioche, per risparmiare, e il rumore delle bocche che masticavano piano.

«Ma ti piacerebbe tornare a vivere nella casa di Torre del Greco?» chiese all'improvviso Annaluna.

«Come ti viene?»

«Quando morirà la nonna il laboratorio di corallo finirà nel nulla. Io, a volte, ci penso. È un peccato.»

«E quindi, che fai? Vuoi andare là? E i tuoi sogni di diventare qualcuno?» Maria Sole rise, poi cambiò discorso. «Questa foto di Torre come mai sta qui, a casa del nonno?»

«Che ne so, gliela avremo data noi oppure se l'è rubata da casa nostra.» Prese la foto dalla mano della sorella. «Già allora aveva la faccia un po' arcigna, zia Michelina.»

«Eppure Maria diceva che da giovane non era così, era molto più dolce.»

Continuarono a sfogliare e sistemare le immagini. Annaluna e Maria Sole passavano gran parte del loro tempo insieme, eppure era rarissimo che ripensassero al passato. Fra loro parlavano quasi sempre del futuro, di cosa avrebbero voluto fare.

«Ma papà» fece Annaluna «quand'è con precisione che ci portò a Torre del Greco?»

«Non avevamo nemmeno due anni, così ci ha sempre detto

Maria. Lo sai: chiedi qualcosa a papà, e figurati se ti risponde! O, se lo fa, dice giusto due parole, oppure che non ricorda. È fatto così. Un uomo di poche parole. La guerra in Africa, i bombardamenti qui a Napoli. E poi…»

Stava per dire "la mamma", ma Maria Sole troncò il discorso sul nascere. Ogni volta che in un modo o nell'altro si cominciava a parlare di Elena, lei cambiava argomento. Questo trucco Annaluna lo conosceva bene, e finiva sempre per assecondare la sorella.

«Annaluna, dài, smettiamola con le chiacchiere altrimenti non finiremo mai.»

Mentre Maria Sole trasferiva tutto negli scatoloni da consegnare allo spazzino, Annaluna si accorse che una cartolina era scivolata a terra. Si chinò per raccoglierla e vide che era la fotografia in bianco e nero di una donna appoggiata a un albero. Stava per scartarla, ma poi la osservò con più attenzione. La donna aveva un'espressione seria, quasi triste.

«Maria Sole…» mormorò, ma lo fece così piano che la sorella non sentì.

La donna della foto sembrava proprio lei, la mamma. Era però molto più magra rispetto all'immagine che conoscevano bene, quella dove era ritratta con loro due piccoline. Tuttavia era lei, senza dubbio, anche se sembrava diversa per il rossetto scuro sulle labbra e le guance scavate. Aveva un'aria più matura, più adulta. Quella donna dall'aria malinconica la osservava dalla foto nel suo tailleur di lana grezza con un piccolo vezzo di velluto intorno al collo. Chissà quando l'aveva scattata, forse appena sposata o prima della guerra.

La girò. Sul retro della foto c'era scritto: *Ismaning, 1950.*

12

«Maria Sole» mormorò ancora Annaluna in un soffio. La sorella non l'udì neanche stavolta.

«Maria Sole» ripeté, più forte, ma sempre restando immobile, con gli occhi fissi sull'immagine.

«Che succede?» rispose lei. «Non vedi che in mezzo a questo caos non mi posso muovere!»

Luna si alzò, come in stato di trance, e le si avvicinò tenendo in mano la fotografia.

«Guarda» disse. «Dimmi secondo te chi è questa.»

Le allungò la cartolina e spiò con attenzione le sue reazioni. Vide l'aria sufficiente e annoiata di Maria Sole trasformarsi per un attimo in un'espressione perplessa, per poi rompersi nella commozione.

«Mamma!»

«Ne sei certa, certissima?»

«Certo. È molto sciupata, magra, ma sembra proprio lei. Chissà quanti anni aveva qui.»

Annaluna sospirò, poi posò una mano sulla spalla della sorella.

«Leggi dietro.»

Maria Sole spalancò gli occhi.

«*Ismaning, 1950?* Ma… com'è possibile?»

Restarono a fissarsi ammutolite, senza osare formulare a voce ciò che stava a significare quella data inequivocabile.

Maria Sole alla fine saltò in piedi lasciando che i fogli che aveva in grembo si sparpagliassero in terra, e corse a prendere la fotografia della mamma da ragazza che il nonno aveva sulla scrivania.

«È lei, guarda la linea delle sopracciglia, così folte.»

Luna aveva preso la lente d'ingrandimento che il nonno usava per i francobolli. Le due sorelle se la passarono a turno e confrontarono ogni tratto del viso.

«Le rughe sotto gli occhi, certo, qui non le aveva. Ma sono passati circa dodici anni da questa fotografia. Il naso è uguale, la bocca... aveva dei lineamenti un po' marcati. Sì, è lei. È lei.»

«Facciamola vedere subito a papà.»

Annaluna scosse il capo con convinzione.

«No, aspetta. Non mi pare una buona idea. Prepariamolo, gli può venire un colpo. Riflettiamoci un poco. Certo, lui non ne sa niente. Ma il nonno... dove ha preso questa foto, chi gliel'ha data? E perché non ce l'ha mai fatta vedere?»

«Non lo so, ma che vuoi che mi importi ora. Capisci che significa? Che si è salvata, è viva! Mamma è viva! Come può non essere contento?»

«Maria Sole, calmati un momento. Primo, dimentichi che papà è sposato e ha un figlio. Pensa alle conseguenze. E poi non è affatto detto che sia ancora viva. Lo era nel 1950, ma poi che è successo? Come mai non è tornata, non ha scritto, non si è fatta sentire?»

Fecero mille ipotesi ma nessuna che risultasse soddisfacente. Poi, senza perdere ancora tempo, rovistarono ovunque, alla ricerca di qualche altro indizio che confermasse quanto lasciava intendere quella fotografia in bianco e nero. Cercavano prima di tutto lettere, o altri scatti. Si fermarono solo a notte inoltrata, quando parve evidente a entrambe che non avrebbero trovato altro. Non riuscirono a chiudere occhio, così eccitate com'erano e spaventate loro stesse dall'enormità della cosa che avevano scoperto. Sdraiate una accanto all'altra nel letto di Maria Sole, fissavano ogni particolare di quella fotografia come se nello sguardo, nelle mani, persino nella piuma del cappello si nascondesse la chiave per decifrare l'enigma. La donna guardava verso l'obiettivo senza l'ombra di un sorriso. Il cappello nascondeva in parte il suo volto, ma era senz'altro lei, ormai ne erano convinte.

«Forse è morta poco dopo, ed è per questo che hanno inviato la foto? Forse non sapevano che era viva? Forse per questo il nonno non ci ha detto niente, per non farci illudere?»

Annaluna se lo ricordava benissimo quel momento, quando avevano saputo la verità sulla morte della madre. Era una domenica. Quel giorno Melina aveva promesso loro di portarle al cinema, a vedere *Peter Pan* e per questo avevano pranzato un po' prima.

«Papà» aveva chiesto di punto in bianco Maria Sole «dov'è la tomba della mamma? Voglio portarle dei fiori per il Giorno dei Morti.»

Annaluna l'aveva guardata con gli occhi spalancati per l'ammirazione. Non avrebbe mai avuto il suo coraggio.

«I cimiteri non sono posti per bambini» aveva tagliato corto Alfredo.

«Io – anzi *noi*, vero Annaluna? – vogliamo andarci lo stesso. E tu perché non ci vai mai? E il nonno? La maestra ci ha fatto leggere una poesia e ci ha spiegato che tutti vanno a piangere sulle tombe dei loro cari, almeno il 2 novembre.»

Il padre aveva taciuto a lungo. Aveva posato la forchetta con cura, come un oggetto fragile, e solo dopo un po' aveva cominciato a parlare.

«Siete grandi abbastanza ormai, ragazze, ed è giusto che sappiate. Ed è bene che ve lo dica io prima che lo veniate a sapere da altri.»

In un istante Annaluna era stata travolta da tante confuse emozioni: ansia, angoscia, paura. Si ricordava ancora di aver stretto forte la mano della sorella.

«Vostra madre è stata presa e portata via dai tedeschi, il 28 settembre del 1943. E poi è stata uccisa. Non sappiamo se in un campo di concentramento, ma è probabile. La guerra è una cosa terribile. I tedeschi erano spietati. Voi eravate troppo piccole per capire. Non c'è nessuna tomba, non si sa dov'è stata sepolta. Nessuno lo sa.»

C'era il sole fuori. Era una splendida giornata: Annaluna se lo ricordava perfettamente perché alle parole del padre lei aveva spostato l'attenzione sul cielo blu che si intravedeva dalla finestra, e si era sforzata di concentrarsi su quello. Non voleva piangere, ma poi non era riuscita a frenarsi. E la sorella era accorsa a stringerla tra le braccia quasi a impedire che lo facesse il padre.

«Luna, ma che cambia? La mamma non c'è mai stata. Che differenza vuoi che faccia se i tedeschi l'hanno uccisa? Noi sapevamo che era morta durante la guerra. Non sapevamo come, ma sapevamo che era morta.»

Maria Sole diceva così, ma Annaluna era consapevole che anche lei era sconvolta.

Il padre non era riuscito a salvarla, questo era un dato di fatto. Ma perché non ci fosse riuscito, non avevano mai avuto il coraggio di chiederlo. Anche quando erano cresciute e avevano chiesto notizie più precise (come l'avevano portata via, e loro dov'erano, e lui che aveva fatto), il padre era stato elusivo. Rispondeva a monosillabi, come se fosse troppo doloroso ricordare quei momenti. Loro avevano avuto pena di quella sofferenza e non avevano più insistito.

E non avevano mai avuto il coraggio di affrontare l'argomento nemmeno con nonna Angela o con nonno Eugenio. Anche se erano bambine, capivano quanto era stato penoso per loro aver saputo come era morta la mamma. Impararono presto che non è bene parlare di tutto, che il dolore non è solo quello che si esprime con le lacrime e i singhiozzi, che i fatti più strazianti possono togliere le parole e il fiato e rimanere nel silenzio, in fondo al cuore.

Chiedevano invece spesso alla nonna di raccontare loro di quando la madre viveva a Torre del Greco.

Infatti il poco che sapevano della madre lo dovevano principalmente a nonna Angela o a Maria, che raccontavano di quando Elena era piccola.

«Il nonno» rifletté Annaluna. «Non ci siamo mai chieste veramente perché non andasse d'accordo con papà.»

«Come ti viene adesso?»

«Ci sono molte cose della nostra famiglia che noi non sappiamo, Maria Sole.»

«Avevano idee politiche diverse. Il nonno era sempre stato antifascista e papà da giovane era fascista. Quando si è arruolato volontario per andare in guerra il nonno non deve averla presa bene.»

«E se invece...» Annaluna esitò un istante. «E se invece fosse stato per qualcosa che riguardava la mamma? Forse il nonno non era stato contento del matrimonio, oppure...»

«Ma che importanza ha, ormai?»

«Tutto ha importanza. Perché c'è una fotografia datata 1950

quando tutti ci hanno sempre giurato che nostra madre è morta nel '43?»

Restarono in silenzio, al buio, con gli occhi spalancati e mille pensieri che si rincorrevano.

«Ma a te una mamma, quando eri piccola, quando stavamo a Torre del greco, ti mancava?» le aveva chiesto in un bisbiglio Annaluna.

«Siamo state fortunate» fece allora Maria Sole. «Noi abbiamo avuto tante madri, non una sola.»

Annaluna non rispose. Al contrario della sorella, lei pensava spesso e con rimpianto a come sarebbe stato crescere con una madre *vera*. Con Elena.

«Secondo te è ancora viva? Potrebbe mai essere?» sussurrò Luna, lasciandosi andare a una tenue speranza.

«Non lo so, ma so con chi possiamo parlarne.»

Maria Sole non parlò ma fissò la sorella con espressione interrogativa.

«Gionni» aggiunse Annaluna. «Se c'è qualcuno che può sapere qualcosa quello è lui.»

Maria Sole si illuminò. «Hai ragione. Domani andiamo a cercarlo.» E si addormentò con la foto della madre tra le mani.

13

Il giorno dopo, misero in atto il loro proposito. Non fu affatto facile rintracciare Gionni, era sempre in giro tutto il giorno, ma alla fine lo trovarono al bar verso l'ora del tramonto. Lo costrinsero ad alzarsi dal tavolino dove sedeva con gli amici e a recarsi insieme a loro nel suo alloggio, appena accanto al locale.

«Si può sapere che volete?» chiese lui, seccato.

«Ti dobbiamo parlare» dissero le sorelle quasi all'unisono. «Ma da solo.»

Entrando nell'abitazione di Gionni e vedendo come viveva si sentirono a disagio. Era la prima volta che andavano a casa sua, se *casa* si poteva definire quel basso al Pallonetto, composto da un'unica stanza in cui erano ammassati un fornello a gas con la bombola, un tavolo una volta celeste, due sedie e il divano letto dove erano sedute. Appeso a una parete con delle puntine da disegno un manifesto americano pubblicizzava un incontro di boxe.

Erano arrivate lì sovraeccitate dal ritrovamento e raccontarono quello che avevano scoperto accavallando le voci per l'agitazione.

Avevano riflettuto a lungo, quella mattina, prima di recarsi da Gionni. Annaluna era più decisa, perché non vedeva alternative, Maria Sole, invece, diceva che era una pazzia parlare prima con lui che con il padre, o con Maria. Annaluna, però, era stata irremovibile: «Se il nonno avesse voluto che papà fosse a conoscenza di quella fotografia, gliene avrebbe parlato. Dobbiamo rispettare la sua volontà. E capire i motivi del suo silenzio».

Gionni rimase in piedi ad ascoltarle, con un'espressione tra l'incuriosito e lo scettico ben stampata sulla faccia mentre Annaluna e Maria Sole sedevano, una attaccata all'altra come fossero incollate, in punta del divano letto ingombro di calzoni, camicie e biancheria.

«Zio Gionni, ti prego» disse alla fine Annaluna. «Solo tu ci puoi aiutare.»

«Io?» replicò lui, e si sistemò i capelli per coprire la calvizie con un riporto. «Ma che c'entro, io?»

«Non ne abbiamo parlato con nessuno. Ti immagini che succederebbe? Non sappiamo ancora niente. Non siamo certe né che sia lei, né che sia ancora viva.»

Gli mostrarono finalmente la foto e aspettarono con ansia che lui confermasse che la donna della fotografia era lei, Elena Manfredi.

«In questa storia io non ci voglio entrare. Sì, la foto è sua, va bene, e allora? Non si è fatta sentire, non è tornata. Non ha detto: *Ué, io sto ccà, songo viva, mo' prendo nu* treno e arrivo, o venitemi a prendere. Quindi di sicuro è morta.»

«Non possiamo saperlo!» protestò Annaluna.

«Scordatevi *'sta* storia, *'sta* cartolina. Qualcuno ci ha scritto una data, ma non prova niente. Non sollevate un casino. Sono passati vent'anni da quando i tedeschi l'hanno presa, voi siete cresciute, state bene... E a mia sorella ci pensate? A Duccio, a mia madre, a vostro padre? *Vulite creà nu casino pe' senza niente*?»

Annaluna era rossa in viso dalla rabbia.

Gionni si chinò per prendere due bottigliette di Coca Cola che teneva sotto al tavolo, le aprì e le allungò alle ragazze.

«Mi dispiace, sono calde. Non ho il frigorifero, io.»

Per lui si aprì una birra.

«Non capisci» riprese Annaluna. «Non possiamo restare nel dubbio. Non è affatto detto che sia necessario raccontarlo a qualcuno, ma noi dobbiamo assolutamente sapere!»

Gionni sorseggiava la birra in silenzio.

«Solo che non sappiamo nemmeno da dove cominciare. Non abbiamo ancora il passaporto e poi come potremmo giustificare la nostra partenza con papà? L'hai detto pure tu che per il momento è meglio non dirgli niente.»

«Tu la conoscevi. Non puoi essere così indifferente alla sua sorte, adesso» lo incalzò Maria Sole.

Sì, la conosceva, ma erano passati tanti anni da quando da bambini, a Torre del Greco, lui ed Elena erano stati compagni di gioco. Poi lei era partita per Napoli, e quando era tornata al paese l'estate successiva era diversa, come può essere diverso il corallo lavorato da quello grezzo. I calzini ai piedi ancora da bambina, ma per il resto... Aveva i seni e i fianchi di una donna dentro al vestito di una ragazzina. Quando lei l'aveva salutato lui era diventato tutto rosso, si era vergognato dei suoi calzoncini corti e della canottiera macchiata. Per la prima volta, aveva avvertito il disagio di essere ancora un bambino.

Tre anni dopo quell'incontro, quando lui era partito per il fronte, lei era già una donna maritata con un gran pancione.

«Che ti costa, tu proprio in Germania stai!»

«Già. Vado e dico: *addò sta* Elena Manfredi? E poi io sto a Monaco, quell'Ismaning non so nemmeno dov'è.»

Gionni lavorava in Germania da un anno, senza prospettive

sicure. Ci era andato per fare contenta la madre che lo tormentava, che gli diceva che doveva mettere la testa a posto. Ce l'aveva con lui da quando aveva lasciato l'ennesimo lavoro, quello per mare, imbarcato sulle coralline che andavano in Sardegna o fino alle coste dell'Africa. Era restato in mare per mesi, poi aveva stabilito che quel lavoro non faceva per lui, troppo sacrificato, sempre in barca. Da allora sua madre aveva cominciato la tiritera che ormai aveva quasi quarant'anni e qualcosa doveva pur fare, e come si era sistemato bene il figlio di una sua *commara*.

Lui, in realtà, voleva tornare in America. Era il suo chiodo fisso. Era abbagliato dalle possibilità che si offrivano a uno che avesse qualche idea in testa per fare soldi, e a lui di idee in testa gliene frullavano tante. Ma a New York era successo quel fattaccio, in un bar di Little Italy, quando durante una rissa per una questione banale, come ne avvenivano spesso tra immigrati, un polacco era stato accoltellato e lui si era trovato coinvolto ingiustamente. Sì, era vero che aveva preso a pugni uno, non sapeva nemmeno chi – è così che succede nelle risse –, ma non avevano potuto addebitargli niente, perché non gli avevano trovato addosso nessun coltello; altrimenti altro che rispedirlo a casa, lo avrebbero messo in galera. E quindi si era trovato di nuovo a dover ricominciare da capo. La malasorte lo perseguitava.

Poi un amico che lavorava a Monaco, in una fabbrica metalmeccanica, gli aveva detto di raggiungerlo lì; c'era la sede principale della BMW che dicevano assumesse senza passare per la trafila dell'immigrazione, e avrebbe evitato così domande imbarazzanti. Quello che aveva visto in Germania quando aveva lavorato per un anno in una pizzeria gli era piaciuto, soprattutto la solidarietà tra italiani che si aiutavano tra loro, e poi c'era un locale accogliente dove si riunivano il sabato e la domenica a giocare a carte o freccette, a sentire un po' di musica. Gli piaceva anche come gli italiani erano apprezzati sul lavoro.

Adesso, però, aveva già il suo bel da fare per essere assunto e di tempo per mettersi a fare ricerche su una donna scomparsa durante la guerra, in quell'immenso Paese che nemmeno conosceva, non ne aveva proprio. Da dove poteva partire?

Maria Sole pensò fosse arrivato il momento. Aprì la borsa, tirò fuori dal portafoglio delle banconote e gliele allungò.

«Un solo giorno. Ti chiediamo di dedicarci un solo giorno. Abbiamo controllato sulla cartina: Ismaning è un paese molto piccolo non lontano da Monaco. Ci sarà un treno, un autobus, un mezzo qualsiasi per arrivarci.»

«Sono centomila lire. Risparmi nostri» aggiunse Luna, accorata. «Prendili.»

Gionni guardò prima loro, poi i soldi, poi di nuovo loro.

«Datemi la fotografia. Non vi prometto niente, però. Avete capito bene? Posso solo andare con la fotografia e chiedere in giro. Niente di più.» Finì la birra in un sorso. «Ma non fatevi illusioni, sono passati tredici anni.»

14

Gionni era partito già da due settimane e Annaluna faceva il conto sul calendario di quanti giorni ci sarebbero voluti per avere qualche notizia. Per quanto cercasse di vivere la sua vita, il tempo sembrava non passare mai. Il pensiero correva sempre lì, anticipando il contenuto della lettera che Gionni avrebbe spedito.

La mattina prima aveva sostenuto l'ultimo esame della sessione estiva, Lingua e letteratura italiana, ed era riuscita a stento a strappare un ventiquattro che le abbassava di molto la media. Negli ultimi giorni non aveva avuto la concentrazione necessaria per calarsi nel saggio critico sul *Sentimento del contrario* di Pirandello che le avevano chiesto durante l'interrogazione.

«Annaluna» disse Melina entrando in cucina «guarda che il tempo non scorre più in fretta se stai lì piantata a guardare il calendario. Hai dei pensieri: credi che non me ne sono accorta? È successo qualcosa per cui mi devo preoccupare?»

Era diverso tempo che Melina la vedeva nervosa. La sentiva confabulare a bassa voce con Maria Sole e poi improvvisamente zittirsi, quando entrava lei. *Basta che non ha fatto una sciocchezza*, si diceva preoccupata. Annaluna, doveva ammetterlo, era la sua preferita. Aveva gli stessi occhi castani e gli stessi capelli lisci e sottili di Alfredo e di Duccio, e questo gliela rendeva più cara, come fosse non una figlia, perché la differenza di età era poca, ma una sorella più piccola, sì. Tra loro, però, non c'era quella complicità che c'era tra sorelle. E questo le dispiaceva. Annaluna aveva un carattere chiuso che senz'altro aveva ereditato dal padre, abituato a tenersi tutto dentro, e lei si sentiva sempre un po' esclusa dalle confidenze che si scambiavano le ragazze. Non era facile essere una seconda moglie e una matrigna. Le sembrava che lo spettro della prima moglie le girasse intorno. Quando era piccola, Elena era stata il suo punto di riferimento, sempre così sicura, piena di vita e allegria. E lei, all'epoca timidissima, aveva sempre cercato di prenderla a modello. Ma mentre lei imparava a fatica a parlare bene l'italiano, Elena già studiava il latino, il greco e sapeva il tedesco.

Fin dall'inizio del matrimonio con Alfredo aveva sempre avuto paura che il marito notasse la differenza di istruzione e aveva cercato in tutti i modi di migliorare la sua cultura. Temeva in cuor suo di averlo deluso: forse perciò non sembrava mai felice. Alfredo aveva ancora quella vena malinconica che l'aveva attratta all'inizio, e che aveva creduto di poter guarire. Quando si erano sposati aveva pregustato tutte le confidenze che si sarebbero scambiati la sera, nel grande letto, dopo aver fatto l'amore, e invece suo marito non si era mai aperto. Sentiva che c'era una parte di lui che non conosceva, pensieri a cui non aveva accesso. Amareggiata, aveva provato a parlargli, e lui aveva replicato che nel matrimonio il mistero è tutto: quando perdi il mistero, svanisce anche l'amore.

«Annaluna, perché non vieni con me e Duccio a Lucrino a farti un bagno? Ora hai finito gli esami, sei così pallida che fai impressione.»

«Non posso, grazie Mammelina.»

«Perché? Per caso ti sono venute le tue cose?» Mise la frittata di maccheroni nel contenitore di plastica, poi l'avvolse in uno strofinaccio, per tenerla calda.

«No, Mammelina, non mi sono venute le mie cose, non è ancora il periodo. Ma ho appuntamento con Mariano per fare delle fotografie.»

Melina l'aveva buttata lì di sfuggita, ma Annaluna aveva capito bene che voleva insinuare con tutti quei discorsi sul *calendario* e *le sue cose*. Offesa, uscì dalla stanza. Non voleva litigare con Melina, ma a volte era difficile avere a che fare con lei, che diceva e non diceva. Faceva così perché aveva paura di sbagliare e perché non era la madre. Lei capiva il suo imbarazzo; forse faceva bene Maria Sole, che se una cosa le andava storta le urlava contro senza tanti complimenti, ma lei non ne era capace. Melina era presente nelle loro vite da quando erano nate, prima a Napoli, poi a Torre e poi di nuovo a Napoli, dove era venuta a stare insieme alla madre Maria, che accudiva lei e Maria Sole. In quegli anni, Maria e Melina vivevano in un alloggio al pianterreno dello stabile, la vecchia portineria in disuso che il padre aveva preso in affitto per loro, anche se Maria passava tutta la giornata su da loro. Melina, invece, andava e veniva. Si era iscritta a un corso di dattilografia e frequentava quella specie di scuola tutti i giorni. Ma il pomeriggio non mancava mai di salire al terzo piano per farle giocare e controllare che facessero i compiti.

Appena però si era presa il suo bel diploma di dattilografa non aveva più avuto tempo per loro, perché aveva iniziato un tirocinio nella fabbrica. Era stata Maria che aveva pregato Alfredo di prenderla: tanto per farla impratichire, diceva, anche se non la pagate, per imparare, fatemi questo favore. Alfredo aveva il brutto ricordo di Giovannino, l'altro figlio di Maria, che in fabbrica aveva portato solo guai. Ma a lei non sapeva dire di no, così le aveva permesso di andare. E un giorno, di punto in bianco, senza che nessuno sospettasse niente, Alfredo le aveva chiamate in salotto e aveva annunciato che avrebbe sposato Melina. Aveva usato toni allegri, come fosse stata una buona notizia, invece loro erano rimaste deluse. Melina era la loro compagna di giochi, la figlia della loro bambinaia, un'amica quasi alla pari: come sarebbe stato, da qui in avanti? Avrebbe dormito nella camera matrimoniale, nello stesso letto del padre, e già questo sembrava strano. E poi che avrebbe fatto? Avrebbe continuato a giocare, sarebbe andata ancora in fabbrica o le avrebbe accompagnate a scuola, come facevano le madri? E soprattutto: loro come l'avrebbero dovuta chiamare, *mamma*? Era difficile immaginarla come tale, e forse la loro parziale incomprensione, la mancanza di confidenza o fiducia derivava proprio da lì.

Melina raggiunse Annaluna nella sua camera.

«Domani al lido c'è l'elezione di Miss Lido Napoli, vieni pure tu? Maria Sole ha già detto che c'è.»

Annaluna non rispose. Aprì l'armadio e tirò giù il vestito in tessuto vichy color ciliegia della sorella.

«Ma è di Maria Sole! Metti un vestito tuo.»

«No, va bene questo.»

«La verità è che...» Si interruppe, cercando le parole. «Annaluna, lo so che ti sembro indiscreta, che mi dirai di farmi i fatti miei e tutto il resto, ma te lo devo dire. Non mi piace che tu vada qua e là con questo Mariano. Te lo dico io, prima che lo venga a sapere tuo padre. Tu gli racconti un sacco di bugie: gli dici che vai all'associazione cattolica, all'università, ma lui lo sa che tutto ciò lo fai insieme a un ragazzo sposato?»

Annaluna si tolse l'abito e iniziò a infilarsi quello di Maria Sole senza parlare.

«Perché» proseguì l'altra, «questo è il punto: Mariano è sposato.»

«E tu come lo sai?» chiese Annaluna in un soffio.

«Me lo ha detto Maria Sole. Veramente, non è che me lo voleva proprio *dire*, ma le è scappato. Però adesso non te la prendere con lei...»

Annaluna continuò a vestirsi, senza girarsi. Che avrebbe detto se ora le avesse risposto che pure papà era ammogliato?

«Non hai bisogno di ricordarmi che è sposato. E Maria Sole è una stupida. Siamo solo amici, e poi siamo sempre insieme a tanta gente. C'è padre Mario, no?»

«Certo, però...»

«E comunque non sono più una bambina. Ho vent'anni.»

Già, aveva vent'anni, e come mai non aveva ancora un fidanzato, carina com'era? Ecco, *questo* era il punto.

Annaluna uscì di casa indispettita, ma le bastò vedere da lontano Mariano per cambiare completamente umore.

Si erano conosciuti quell'inverno all'università dove lui conduceva per la cattedra di Filologia romanza il seminario su *El Cantar de Mio Cid* a cui Annaluna era iscritta. Magro e dinoccolato, veniva in aula vestito come uno studente: senza la giacca, con un pullover sopra la camicia e la cravatta, e non mostrava, al contrario dei professori, alcuna alterigia. Si comportava come fosse uno di loro e aveva detto subito ai ragazzi di dargli del tu. Era riuscito a rendere interessanti le trasformazioni letterarie del poema nel tempo, con parole semplici e un tono di voce appassionato, ma soprattutto aveva saputo creare un bel clima di lavoro dove tutti si sentivano spronati a esprimere liberamente le proprie opinioni e a sbagliare, senza essere mal giudicati. Anche Annaluna che era timida e insicura era riuscita senza timore a proporre il proprio punto di vista: non vedeva l'ora che arrivasse il mercoledì.

Scoprirono per caso di amare entrambi la fotografia, e ben presto la loro amicizia si spinse fuori dall'aula dell'università. Si telefonavano di frequente con le scuse più banali; amavano parlare di quello che succedeva nel mondo, di giustizia sociale, e naturalmente di fotografia.

Quando Annaluna gli aveva mostrato alcune istantanee che aveva scattato ai bambini del Pallonetto a Santa Lucia, lui si era entusiasmato e aveva detto che avrebbe voluto farle conoscere don Mario, un gesuita che aveva creato un gruppo molto attivo dell'Azione cattolica. Padre Mario aveva dato vita in parrocchia a un piccolo giornale ciclostilato che veniva distribuito la domenica mattina davanti alle chiese. Ogni settimana usciva con un nuovo servizio che denunciava i problemi e il degrado in cui viveva quella povera gente. Mariano aveva proposto ad Annaluna di collaborare: a lei piaceva molto sentirsi utile, lavorare insieme agli altri a quel progetto, anche solo girare la manovella del ciclostile e sporcarsi d'inchiostro.

Annaluna aspettava Mariano all'angolo di via Toledo davanti all'ingresso della funicolare centrale. Appena lo riconobbe da lontano per quei suoi capelli neri un po' incolti e ribelli, avvertì quella sensazione a cui non sapeva dare un nome, ma che la faceva sentire bene, come se lei stessa fosse migliore e la sua vita meno insignificante.

Avevano appuntamento ai Quartieri con padre Mario e altri due ragazzi dell'associazione, per un servizio sulle famiglie che abitavano nei bassi della zona. Faceva troppo caldo per parlare, così si incamminarono in silenzio per raggiungere don Mario e gli altri che si erano già avviati verso il luogo dove era crollato un palazzo, a vico Noce. Il loro rapporto era strano, non etichettabile in nessun modo: professore-alunna? Amici? Volontari?

La cosa più strana era che non parlavano mai di fatti personali. Li evitavano deliberatamente? Si chiedeva ogni tanto. E lui come avrebbe reagito se adesso, di punto in bianco, gli avesse raccontato della fotografia ritrovata, della madre uccisa dai tedeschi, di Gionni partito alla sua ricerca, di Melina che si preoccupava di…? Sentiva di aver bisogno del suo consiglio, di condividere con lui anche le sue questioni più intime. Che cosa era quella reticenza che glielo impediva?

«Mariano, senti…»

«Napoli, l'unica città senza piano regolatore che permette questo scempio» la interruppe lui fermandosi a fotografare dei ragazzini che giocavano a pallone tra i ruderi del palazzo. «Tutto il centro storico è destinato allo sfacelo.»

«Già, è vero.»

15

Settembre 1963

Annaluna e Maria Sole, vestite di tutto punto per uscire, attraversarono la sala da pranzo con un saluto sbrigativo.

«Ciao papà, noi andiamo all'università.»

Era la frase di rito con cui si congedavano, dovunque poi andassero. Solo così erano certe che il padre non facesse altre domande.

Alfredo era di spalle, intento a guardare la posta appena arrivata.

«Un momento, ragazze, aspettate. C'è qui qualcosa per voi.»

Si girò volgendo loro uno sguardo accigliato.

«Cos'è questa lettera dalla Germania? Vi scrivete con Gionni? Vedo il mittente qui dietro.»

Alle ragazze si gelò il sangue nelle vene.

«Ma che storia è questa? Quando mai avete avuto familiarità con lui? Non ne sapevo niente. E poi: perché?»

Avevano fatto di tutto per evitare che succedesse proprio quello che era appena accaduto. Ogni giorno, Maria Sole e Annaluna si precipitavano giù a controllare la posta nella cassetta e avevano pregato il portiere che, se fosse arrivata una lettera indirizzata a loro, gliela consegnasse personalmente. Eppure qualcosa era andato storto.

«Come… l'hai avuta?»

«E come, secondo voi? Me l'ha portata su Evelina, la figlia del portiere. Oggi è malato» disse Alfredo, serissimo.

Maria Sole si precipitò su di lui e quasi gli strappò la lettera dalle mani.

«No, niente. Abbiamo chiesto a Gionni se ci trovava certi dischi che qui in Italia non arrivano.»

Ma non riuscì a frenare il rossore sul volto.

«E lui vi scrive una lettera addirittura?»

«Che doveva fare? Non credo abbia il telefono.»

Annaluna era paralizzata dall'emozione, non sapeva se per la lettera o per la paura della reazione di suo padre. Restò in silenzio, ma per fortuna la busta l'aveva ormai Maria Sole.

«Non me la contate giusta, con questa storia dei dischi. Va bene, andate. Ne riparliamo a pranzo.»

Le ragazze sgusciarono via senza aggiungere niente e scesero di corsa le scale per trovare un luogo sicuro dove poter leggere in pace. Fuori c'era un diluvio infernale e per non bagnarsi, ma soprattutto per non bagnare la preziosa lettera, girarono velocemente l'angolo e si infilarono nell'androne del palazzo accanto.

«Apri, presto, apri!»

Maria Sole era impaziente, il cuore le batteva all'impazzata. Annaluna le strappò la busta dalle mani. Cercando di placare l'ansia, emise un profondo respiro e con una penna lacerò la parte alta della busta.

«Care ragazze» lesse ad alta voce, ma poi la voce le mancò e continuò la lettura in silenzio.

«Che dice, caspita, che dice? La vuoi leggere solo tu?»

La lettera era breve, per cui poco dopo Annaluna la passò alla gemella e rimase immobile e zitta, come impietrita.

Care ragazze,
non sono molto bravo a scrivere e faccio uno sforzo enorme per non fare errori. Per ben tre giorni ho fatto avanti e indietro da Monaco e sono venuto a Ismaning per cercare quella donna e ogni volta c'è stato qualcuno che credeva di conoscerla e mi ha mandato a casa sua. Ma non era mai quella della fotografia. Adesso avrei un altro indirizzo, ma non posso più tornare perché devo fare gli straordinari al ristorante e non ho tempo per i viaggi. Forse può essere vostra madre, o forse no. Non vi fate troppe illusioni. Una donna che lavora in un emporio pare che l'ha riconosciuta: ha detto che era quasi sicura che era lei, un'italiana che abitava in Friedrichstrasse al n. 8. Non si ricordava il nome, sicuramente non Elena Manfredi, ma ha detto che chiedeva al marito che la conosceva meglio, perché le portava lui la spesa. In quei giorni non c'era, era andata a Monaco, come faceva spesso, quindi era inutile che andavo a suonare alla porta. Lei diceva che le somigliava moltissimo, ma non era sicura, perché nella foto era più giovane e più magra. E poi le foto in bianco e nero sono diverse. Mi ha lasciato il suo numero di telefono per farmi sapere come si chiama. Adesso dovete decidere voi. Ma poi, pure se è lei, che fate? Meglio che questa storia resta sepolta. Sapete sennò che casino va a succedere?
Non potete immaginare lo sforzo che ho fatto perché non parlo ancora bene il tedesco. Mi sono fatto scrivere da un amico la frase su un foglio e le risposte le capivo poco. Sono andato e tornato per tre volte, i soldi che mi avete dato hanno coperto a stento tutto il tempo che ho perso.
Non so come andrà a finire questa storia. Voi però per favore non mettetemi in mezzo. Non dite che ho fatto questa cosa. Non voglio storie con nessuno, ho già i miei problemi.

Qui per adesso ho trovato un lavoro in un'altra pizzeria come lavapiatti, ma la vita costa cara. La BMW non mi ha preso, credo perché sono troppo anziano, adesso provo con la Volkswagen a Wolfsburg. Parto tra tre giorni.
Vi rimando la fotografia di Elena che mi avevate dato e appena ce l'ho, vi faccio sapere anche il nome.
Saluti,

Gionni

Le gemelle rimasero a lungo in silenzio, ognuna chiusa nei suoi pensieri. All'improvviso Maria Sole si girò verso la sorella e la scosse per un braccio.

«Che ci agitiamo a fare? Mica è una notizia sicura. Figurati, quella donna avrà detto così per dire, o può essere che Gionni si è scocciato di cercare e ci ha mandato questo indirizzo per darci a bere che aveva fatto qualcosa, visto che l'abbiamo pagato.»

«Ma come facciamo a saperlo? Non saremo mai certe.»

«Era meglio che non facevamo niente o che andavamo da papà a sentire lui che pensava. Come ci è venuto di chiedere a Gionni!»

«Avevamo detto che se non era sicuro non volevamo turbare la vita di papà e Melina, ti sei scordata?»

Richiusero la lettera e cominciarono a camminare incuranti della pioggia che le bagnava.

«E *mo'* che facciamo?» disse a un tratto Annaluna.

Maria Sole scosse il capo. «Non lo so. Ci siamo messe in un bel pasticcio.»

Annaluna scoppiò in lacrime e, tra i singhiozzi, le sue parole si capivano a stento. «Mamma... tu non ti rendi conto... se fosse viva... perché non è tornata? Non è possibile... non sarà lei, sarebbe tornata! Perché?»

Maria Sole la abbracciò per cercare di calmarla.

«Non fare così. Non piangere, o per lo meno, non ancora... Conserva le tue lacrime per quando avremo delle certezze.»

Trascorsero la mattinata girovagando senza meta per la città, ormai fradicie, con l'ansia che montava dentro mentre facevano ogni possibile congettura.

«Parliamo con papà» dicevano. Poi subito cambiavano idea.

«Andiamo dalla polizia.»

La lettera che doveva chiarire loro le idee le aveva precipitate in uno stato di smarrimento e sconforto ancora più profondo.

Quando rientrarono, il padre era seduto sul divano ad attenderle per il pranzo. Era strano, perché di solito si tratteneva in ufficio.

«Finalmente a casa, signorine. Che avete fatto fino a quest'ora? E perché siete bagnate fino all'osso?»

«Papà, la segreteria! Non sai che fila. E poi ci siamo scordate l'ombrello» dissero, e si dileguarono nella loro stanza.

Il pranzo si svolse in un silenzio irreale. Dopo aver rassettato, Melina si ritirò per riposare, e Alfredo anziché tornare in fabbrica andò a chiamare le figlie in camera loro.

«Venite con me, in salotto» fece imperioso.

Le ragazze lo seguirono con l'aria di due condannate.

«Allora, adesso che siamo soli, mi volete dire che avete a che fare voi con quel bel tipo di Gionni? Non me la contate giusta.»

A Maria Sole bastò quel tono di voce inquisitorio per perdere il controllo così faticosamente mantenuto. In fondo, loro non gli avevano detto niente per non turbare l'equilibrio familiare.

Senza dire nulla ad Annaluna, scappò in camera e tornò stringendo tra le mani la fotografia.

«Fermati!» gridò la sorella quando realizzò cosa stava succedendo. Si lanciò su Maria Sole per cercare di strapparle la cartolina.

«Cosa vi prende?» sbottò Alfredo, e si alzò per separare le sorelle che si stavano azzuffando.

«Niente, papà» si affannò a dire Annaluna.

«Niente? Consegnatemi immediatamente quella fotografia. O c'è qualcosa di sconveniente che non posso vedere?

«Eccola. Adesso spiegaci tu questa foto.»

Annaluna s'immobilizzò mentre il cuore sembrava esplodere.

Il padre tirò fuori dal taschino gli occhiali da presbite e la osservò attentamente per diversi secondi; sbiancò come avesse visto un fantasma. La girò e lesse le parole sul retro. Poi si tolse di nuovo gli occhiali, li ripose e rivolse uno sguardo smarrito alle ragazze.

«Questa...» disse con un filo di voce «ve l'ha data Gionni?»

«No. L'abbiamo trovata noi.»

«E questa data... lo strano nome di questo paese?»

«Papà, noi non lo sappiamo.» Annaluna sembrava aver preso coraggio. «Si tratta di un paese vicino Monaco di Baviera.»

Il padre tacque e cadde seduto sulla poltrona con la foto tra le mani.

Un pesante silenzio calò nella stanza, un silenzio che nessuno osava rompere per paura che le parole potessero spezzare l'incantesimo della famiglia felice. Dopo, nulla sarebbe stato più come prima: lo sapevano anche le gemelle che niente sapevano.

«Papà, tu non vuoi mai parlare della mamma. Abbiamo sempre rispettato la tua reticenza a parlare perché pensavamo che ricordare ti procurasse dolore. Ma adesso tu devi rispettare noi e il nostro desiderio di sentir parlare di lei.»

«Dove l'avete trovata?» chiese con tono incolore.

«Era tra le carte del nonno, nel suo studio, dove tu stesso ci hai mandato a fare ordine. Il nonno era a conoscenza di una verità che non ci ha mai raccontato, capisci?»

Il padre continuava a fissarle senza dire niente.

«Allora abbiamo mandato Gionni con la foto nel paese indicato dietro alla cartolina. Non volevamo turbarti e perciò abbiamo preferito tenerti lontano da questa storia, fino a quando non avessimo avuto certezze.»

«E forse» aggiunse Annaluna «se tu non avessi intercettato la sua lettera, avremmo continuato a non dirti niente.»

Il padre, bianco come un cencio, continuava a fissare ora l'una ora l'altra, con aria smarrita. Ad Annaluna si strinse il cuore, pensò che era un colpo troppo forte per lui, dopo tutti quegli anni.

«E... cosa diceva, la lettera?»

«Gionni non ha avuto notizie precise, gli hanno parlato di una donna che potrebbe essere lei, ma che forse non lo è. Però magari sì.»

Per un istante, Alfredo parve perdere i sensi. Le ragazze gli si avvicinarono per sostenerlo.

«Ci dispiace, papà. Sappiamo che soprattutto per te è un forte shock... dopo tanto tempo scoprire che lei potrebbe essere ancora viva.»

«Così è» riuscì a dire lui con una voce roca, che non pareva nemmeno la sua.

«Ma adesso tu non ti preoccupare, non devi fare niente. Siamo noi che faremo qualcosa. Prima di tutto vogliamo portare questa foto alla polizia.»

«Voi non andrete da nessuna parte.» Il tono di voce di Alfredo cambiò improvvisamente, divenne alto e aspro mentre la faccia quasi si deformava per la collera. «Che polizia e polizia! Che volete fare, rimettere tutto in discussione, rivangare un passato ormai sepolto? Vostra madre è morta, mettetevelo bene in testa! Anche se non c'è una tomba, Elena non c'è più!»

«E basta!» esplose Maria Sole. «Era… *è* nostra madre, lo capisci? Forse c'è una verità diversa da quella che voi tutti credete!»

«La verità?» gridò lui come un pazzo, un invasato. Le ragazze si spaventarono. «La volete davvero? E allora ve la dico io. Ho cercato di proteggervi dalla verità, di proteggere tutta la famiglia: ma ora, eccola. Ammesso che una verità esista, e non sia ciò a cui vogliamo credere noi stessi.»

Si avvicinò alle bottiglie di liquori che erano sul carrello, prese un bicchiere e ci versò del cognac. «Ne avrò bisogno, se volete sentire la vostra verità.»

16

Eravamo giovani, molto giovani, quando ci conoscemmo, e giovani quando Elena accettò di fidanzarsi con me. Giovani e spensierati. Con la sua carnagione bianca e gli occhi sorridenti, Elena emanava come una luce. Aveva quindici anni ed era ingenua come una bambina. Io ero incantato dal suo candore e dalla sua spontaneità. Passarono settimane prima che le dessi il primo bacio.

Era felice quando ci fidanzammo perché il padre, dopo avermi conosciuto e accertato le mie intenzioni, ci permise di uscire, di andare a delle festicciole di ragazzi: pomeriggi alla buona, alla presenza di genitori, zie, nonne, durante i quali qualcuno suonava il piano o metteva un po' di musica al grammofono. Altre volte passeggiavamo per via Caracciolo, o andavamo a vedere un film alla Sala Roma. Una volta riuscii a portarla fino a via Manzoni a prendere un gelato al Giardino degli aranci, in quella splendida tenuta dove si tenevano feste da ballo. A me sembrava di toccare il cielo con un dito: essere fidanzato con una ragazza così bella, intelligente e di buona famiglia.

Furono i giorni più felici della mia vita. Forse, mi ostino a credere, anche della sua.

Problemi economici non ne avevamo: la fabbrica di mio padre andava a gonfie vele; amministrava tutto lui e mi lasciava libero di fare la vita dello studente. Ero iscritto alla facoltà di Legge; mio padre, poveretto, ci teneva tanto ad avere un figlio laureato, e anch'io lo volevo, anche se sapevo che un domani avrei preso il suo posto in fabbrica.

Io avevo un carattere allegro, aperto e socievole, per questo mi ero fatto molti amici. Elena era più riservata, ma aveva un'intelligenza vivace, così stare in sua compagnia era molto piacevole. Solo di rado la sua serenità si adombrava. Diceva che era perché le mancavano la campagna, la nonna, Torre del Greco, le corallare: a Napoli non si era mai ambientata davvero. In classe non aveva stretto molte amicizie e forse, proprio per questo, la sua vivacità si era solo un po' appannata. Aveva una sola amica, a cui era molto affezionata, una brava ragazza con cui faceva lunghe chiacchierate al ritorno da scuola, ma si frequentavano poco, abitava lontano. Ero io tutto il suo mondo.

Diceva che le avrebbe fatto piacere lavorare nel corallo. Altre volte che, chissà, forse dopo la laurea in Lingue, avrebbe voluto fare l'interprete. Era ancora così giovane, aveva idee confuse.

Le nostre famiglie erano felici di vederci insieme, eravamo una coppia ammirata e stimata da tutti. Ed Elena era felice. Le si leggeva nello sguardo.

Poi venne la guerra.

Feci un errore: il più stupido della mia vita. Credetti, come del resto tanti, che saremmo arrivati a una rapida soluzione, e un po' per spirito patriottico, un po' per desiderio di viaggiare e di conoscere paesi nuovi, per desiderio di sentirmi protagonista, decisi di arruolarmi volontario. Quando lo seppe, Elena pianse. Con il mio ingenuo ottimismo la convinsi che sarebbe stato per poco. Quando me ne andai non venne a salutarmi alla stazione. Disse che le causava troppo dolore. Io partii pieno di entusiasmo.

Come sottotenente, dopo sei mesi di corso, fui destinato al 49° reggimento fanteria ad Ascoli Piceno, e di lì fui spedito in Africa a combattere contro gli Alleati. Lo ricordo come se fosse ieri... ero appena arrivato che fui scaricato come un sacco di patate da una camionetta presso un reticolato. Dovevo prendere il comando di un plotone retto fino a quel momento da un sergente. Non ci fu nemmeno il tempo di fare il passaggio di consegne, di rendermi conto di dove fossi. Gli uomini ancora non mi conoscevano, io non sapevo neppure come si chiamassero e già dovevo assumermi la responsabilità di guidarli in battaglia.

Il sergente, nel frattempo, continuava a dare ordini concitati. «Scarpato spara, avanti spara!» Ma Scarpato, un ragazzino che forse non aveva nemmeno diciannove anni, non sparava. Rimaneva immobile, col fucile in mano, senza proteggersi. Non passò un minuto che fu raggiunto da un proiettile e il suo corpo mi cadde addosso esanime. Non ebbi il tempo di capire cosa stava succedendo che il sergente mi indicò una buca strettissima, coperta quasi per intero da sacchi di sabbia, nella quale non so come mi infilai per sfuggire alle bombe. Ero al centro di un fitto fuoco di cannoni, quando mi accorsi che il sergente, rimasto indietro, veniva schiacciato da un carro armato tedesco in manovra. Questo fu solo l'inizio.

Dopo qualche mese fui io a essere ferito perché continuavo a combattere in prima linea. Credetti di non farcela. Il tragitto della camionetta che mi portava all'ospedale da campo avvenne sotto i colpi dell'offensiva nemica. Lungo il percorso mi trovai in mezzo a una colonna di carri armati tedeschi bersagliati da bombardamenti aerei. Ma ce la feci. Di lì fui poi mandato all'ospedale di Derna.

Ho cercato di dimenticare, oppresso dalla delusione. Il ricordo della guerra, che pensavo sarebbe stato l'orgoglio della mia vita, si era tramutato nello sfacelo dei valori che mi avevano spinto ad arruolarmi prima di tutti i miei coetanei; e poi lasciare soldati più anziani di me a combattere mi procurava un senso di vergogna. Ma ero stato ferito, perciò tornavo a casa.

Lo stesso giorno in cui venni ricoverato, il 2 aprile del '42, mi raggiunse la notizia che mio padre era morto per un infarto fulminante, all'età di soli quarantanove anni.

La mia vita era cambiata per sempre.

Durante quei mesi in Africa ero sopravvissuto all'orrore solo grazie al pensiero di Elena. Le mandavo cartoline postali allegre per non deprimerla, dove la rassicuravo sul mio amore e sulla mia salute. Non so se le ricevette. Le sue mi arrivavano con difficoltà.

Quando finalmente con una nave-ospedale tornai a Napoli, lei venne subito a trovarmi e appena mi vide scoppiò a piangere. Capii che i suoi sentimenti per me erano immutati. Ne fui felice, eppure ci misi poco a comprendere che tutto era cambiato, a cominciare da me, che avevo perso tutta la mia allegra spensieratezza. Fui congedato. Mio fratello era al fronte e io rimasi a occuparmi della famiglia e dell'azienda.

La nostra fabbrica riceveva sempre meno commesse ed era sempre più dura. C'erano i bombardamenti e le operaie e gli operai più anziani, insieme a quei pochi giovani che non erano partiti per il fronte, spesso non riuscivano a raggiungere la fabbrica. Quando scendeva il buio, poi, bisognava spegnere le luci per non essere un obiettivo facile.

Gli agi economici erano un bel ricordo: come tutti iniziammo a fare rinunce.

Elena era impaurita, lo vedevo. E come poteva non esserlo, povera ragazza? Napoli era teatro di guerra, impossibile pensare a un'esistenza normale. Addentavamo la vita come e quando era possibile, e fu così che decidemmo di sposarci. In un mondo che crollava, noi volevamo costruire qualcosa di solido. Una promessa duratura, che ci avrebbe tenuti in vita.

E poi eravamo troppo innamorati per aspettare la fine della guerra. Volevamo condividere ogni momento della vita. Così annunciammo a tutti la nostra decisione e organizzammo un matrimonio semplice, da tempo di guerra. Una breve cerimonia in chiesa e poi tutti, cioè i familiari e i testimoni, a casa a brindare con quel poco che si aveva. Elena si rattristò solo perché nonna Angela e zia Michelina non poterono essere presenti.

Elena rimase subito incinta. Nonostante tutto, io ero felice ed Elena con me.

Ogni tanto, però, il suo sguardo così luminoso era velato da un'espressione malinconica. Era la paura del parto? Lei diceva che le mancavano la nonna e la zia, che in quel momento difficile le avrebbero fatto coraggio e compagnia. Ma sapeva che non potevano abbandonare le loro corallare. Per un po' vivemmo a Santa Lucia, nella casa di famiglia, ma io non ero tranquillo per via dei bombardamenti. Man mano che la pancia cresceva, Elena aveva sempre più difficoltà a correre giù al ricovero quando suonavano gli allarmi. Il padre se ne disinteressò e se ne andò a Giugliano, e fu così che io per farla stare tranquilla, presi in affitto un'abitazione al Vomero, in via Francanzano. Una casa rosa, in fondo alla strada, circondata da alberi. Appena la vidi, vi immaginai giorni felici, dopo la guerra, da soli, in un'oasi di tranquillità, tra alberi di mandarini che profumavano l'aria.

A Elena piacque perché le ricordava la casa di campagna a Torre del Greco dove era cresciuta. E io proprio per questo l'avevo scelta. Era il nostro nido d'amore. Nonostante la guerra eravamo felici.

Elena però appariva affaticata dalla gravidanza e aveva paura di restare sola quando io andavo al lavoro e, su questo, avevo dovuto fare i conti anche con la nonna, che appena saputo che la nipote era sola, al Vomero e incinta, aveva manifestato l'intenzione di venire anche a piedi da Torre del Greco per assisterla, se necessario. Riuscii a convincerla a desistere; già immaginavo la nonna dare ordini a casa nostra e la fine dell'intimità domestica. Con che animo, le avevo detto, lasciava la casa di campagna dove avevano trovato rifugio in quei giorni tante corallare? Che avrebbero fatto senza di lei? E il laboratorio... È vero che l'attività era ferma, ma poteva mai lasciarlo senza controllo, sotto i bombardamenti? Così nonna Angela si era lasciata convincere e aveva mandato al suo posto Maria, che era venuta a Napoli portando con sé Melina che allora aveva solo quindici anni.

Ero riuscito a far mettere a posto alla bell'e meglio due locali al pianoterra con un piccolo bagno proprio di fronte casa nostra, una bombola di gas per un fornello, e il resto lo avrebbero trovato da noi. Per convincerla, le avevo promesso che quando suo figlio, Giovannino, fosse tornato dal fronte, l'avrei preso a lavorare in fabbrica.

Cercavo in tutti modi di non far mancare niente a Elena, avevo pagato in anticipo la levatrice per essere certo che sarebbe venuta al momento del parto; la rassicuravo come potevo, la confortavo con mille premure. Non ho da incolparmi di niente. Io avevo le mie preoccupazioni, che non erano poche, ma cercavo in tutti i modi di non fargliele pesare.

E poi un giorno, in anticipo sui tempi, mi telefonarono al lavoro: erano iniziate le doglie, ma ci sarebbe voluto tempo, mi dissero, potevo arrivare con calma. Ci volle tutta la notte. Sentii prima il pianto di un bambino, dopo un po' un altro: erano nate due gemelle. Impossibile dire quanto grandi fossero la sorpresa e la felicità.

Però mi accorsi ben presto che a Elena fare la madre non riusciva naturale come avviene per tutte le donne. Maria e Melina la aiutavano come potevano, ma io purtroppo non c'ero mai per i tantissimi problemi che gravavano sulla fabbrica. E poi, come uomo, avrei potuto fare ben poco. La maternità non aveva fatto nascere in mia moglie l'istinto che hanno le madri di accudire loro piccoli. Io però ero sicuro che avrebbe imparato, e la incoraggiavo, la sostenevo.

Dopo l'armistizio dell'8 settembre vennero giorni, se possibile, ancora più terribili. Per rappresaglia al voltafaccia dell'Italia, i tedeschi prendevano gli uomini per strada e li spedivano nei campi di prigionia in Germania. Nemmeno in Africa avevo vissuto un terrore così grande. Gli uomini cercavano di nascondersi, era meglio non circolare per strada. Io, però, con tutte le precauzioni, ero costretto ad andare in fabbrica: non potevo abbandonarla, né fuggire dalle mie responsabilità.

E poi arrivò la giornata che non dimenticherò mai più. La più terribile di tutta la mia vita.

Quando uscii di casa la mattina per andare al lavoro, vidi delle persone che sembravano scappare. C'era una strana frenesia per strada. Mi chiesi che cosa stava succedendo. Qualcosa mi diceva che dovevo restare accanto a mia moglie e alle mie figlie.

Sentii uno sparo. Io non lo sapevo, ma erano scoppiate quelle che passarono alla storia come le Quattro giornate di Napoli.

Eppure per me la tragedia più grande non si consumò per le strade, ma nella mia famiglia.

Inquieto, tornai subito indietro. Mi mossi con mille accorgimenti per nascondermi dai tedeschi che rastrellavano gli uomini per strada. Appena salito in casa, mi diressi nella camera da letto, sentendo le bambine piangere. Entrai, vidi che erano al sicuro, nella loro culla, però Elena non faceva nulla per farle smettere, e questo mi colpì. Era strana. Mentre prendevo in braccio le piccole per calmarle, udii lo scatto della porta di casa che si chiudeva. Il sangue mi si gelò nelle vene. Dove andava con quella situazione così incerta, pericolosa? Non aveva sentito lo sparo? Aprii la porta, scesi a chiamare Maria per non lasciare da sole le gemelle e poi corsi in strada, mentre i disordini si moltiplicavano anche intorno a casa nostra. Non sapevo dove cercarla. Mi guardavo intorno sperando di scorgerla. Mi scambiarono per un rivoltoso, pensarono che fossi uscito perché avevo il desiderio di combattere, mi offrirono delle armi. Scappavano tutti, e io invece mi dirigevo verso i luoghi degli scontri.

Come impazzito giravo per le vie alla ricerca di lei, fra la gente sconcertata e furente. E all'improvviso la vidi da lontano. Guardai bene per esserne sicuro. Poi non ebbi più dubbi. Mi accorsi allora che aveva in mano una valigia. Dal suo atteggiamento non sembrava affatto che avesse paura né che fosse costretta. Elena stava lì, vicino a una camionetta tedesca. Un ufficiale le disse qualcosa, lei annuì e pronunciò una frase che non compresi. Mi folgorò il suo sorriso, il sorriso che rivolgeva ai tedeschi.

La scena mi colpì come una fucilata. Poi l'autista gridò qualcosa, altri militari la presero per le braccia e la tirarono su. Gridai il suo nome. Per un attimo mi sembrò che mi avesse visto e mi rivolgesse uno sguardo. Non capii se mi avesse riconosciuto o se era tutto un sogno. Tutto si svolse in pochi attimi, non ebbi il tempo di raggiungerla.

Sentii che la testa mi girava e mi accasciai a terra, mentre un terribile acquazzone si abbatteva su di noi.

«I tedeschi si sono portati via quella giovane!» gridavano le persone intorno a me. «La conosceva? Mamma mia, poveretta!»

Li guardai, senza capire.

«Sì» risposi di getto. «Era mia moglie. L'hanno presa i tedeschi!» E invece non era vero.

Non so perché dissi che l'avevano catturata. Tornai a casa camminando a tentoni, come un ubriaco. Quando tornai in me, e iniziai lentamente a realizzare cos'era successo, compresi un fatto fondamentale. Io non potevo dire a nessuno che Elena mi aveva abbandonato: non ci sarei riuscito. Perché questa era la verità, e pure se la negavo sapevo che non ce ne erano altre.

Elena era scappata. Ci aveva abbandonato, e l'aveva fatto di sua volontà.

17

Era passato qualche giorno da che Maria Sole e Annaluna se ne erano andate di casa. Non avevano voluto parlare con nessuno: né con il padre, né con l'incredula Melina, cui avevano detto solo: «Chiedi a papà, ti dirà lui». Poi avevano preso in fretta e furia qualche vestito dall'armadio, la biancheria dai cassetti, gli spazzolini nel bagno e si erano trasferite nell'appartamento del nonno.

Lì, nell'imponente camera da letto, si erano stese sfinite sul materasso privo di lenzuola senza riuscire a levarsi dalla mente le parole di Alfredo.

Questa era la cosa incredibile: lui aveva sempre saputo tutto. La mamma non era stata rapita.

«Ma poi perché è *scappata con i tedeschi*?» si interrogò Annaluna. «Papà ha mai saputo perché?»

Quello che non gli perdonavano era la menzogna. Aveva mentito per anni, con crudeltà, senza remore. Si era difeso dicendo che era stato per proteggerle. Invece era solo un bugiardo, un ipocrita, lui, con tutta la sua moralità sbandierata ai quattro venti, questo non si fa, questo non sta bene, e loro sempre a preoccuparsi di non dargli dispiaceri.

«La bella notizia è che lei è viva» aveva detto Annaluna.

«Come puoi dire questo?» aveva ribattuto Maria Sole. «Non

c'è nessuna bella notizia in questa vicenda. La mamma ci ha abbandonato da piccole, questa è la sola verità.»

Melina era venuta a chiamarle per il pranzo e poi per la cena, ma loro avevano risposto: no, grazie. E la donna non aveva più insistito.

Le ragazze si sentivano avvilite, frastornate; macinavano ipotesi e scenari senza riuscire a fermarsi. Dovevano trovare l'energia, la lucidità per analizzare con serenità tutte quelle sconvolgenti notizie.

Il giorno dopo Annaluna si svegliò per i morsi della fame e ricordò che la sera prima non avevano cenato. Senza fare rumore per non svegliare la sorella scese dal letto, si vestì e uscì di casa.

Non erano nemmeno le sette e le saracinesche dei negozi erano ancora abbassate. Le strade silenziose, senza traffico, sembravano in sintonia con il suo umore. Attraversò i giardini del Molosiglio, deserti e umidi di rugiada, e arrivò al porto. Entrò in un piccolo bar; l'odore forte del caffè le diede un senso di benessere. Chiese un cappuccino e una brioche. Si girò a osservare dietro i vetri gli operai che scaricavano e caricavano merci, come se non avessero altro pensiero al mondo che la fatica; una barca a motore scivolava sul mare piatto e liscio e si allontanava lenta dalla banchina per iniziare il suo viaggio. Improvvisamente le venne voglia di essere a Torre, nella casa della nonna, nella cucina sempre uguale dalla sua infanzia, dove avrebbe trovato l'abbraccio accogliente di Angela e di Maria. In accordo con Maria Sole, avevano deciso per il momento di non rivelare niente nemmeno a loro. Ma ad Annaluna pesava. Sapeva che Angela, per quanto anziana, avrebbe saputo trovare le parole per consolarle. Torre era il rifugio contro le sue pene, le sue malinconie. Era il luogo dove si rintanava quando il presente le faceva troppo male. «È una fuga» la rimproverava Maria Sole «è non voler affrontare i problemi. Tu non crescerai mai. Ma poi, quali sono questi tuoi grandi problemi?» le chiedeva, e lei non sapeva rispondere. Non erano i problemi reali, con quelli sapeva convivere. Era una sensazione di malessere che si portava dentro da quando era piccola. Una sensazione che non avrebbe saputo spiegare, nemmeno alla sorella.

Prese dalla tasca un gettone e fece il numero di Mariano. *Speriamo che risponda lui. Dio mio, fa' che risponda lui.*

«Pronto, chi è?» fece una voce assonnata di donna.

Annaluna abbassò la cornetta.

Gironzolò per il porto fino al molo Beverello dove si imbatté in un gruppo di giapponesi con le loro macchinette fotografiche a tracolla, che le chiesero se quello in arrivo era il traghetto per Capri. Era uscita una splendida giornata di sole, avrebbero fatto belle fotografie, pensò. E si avviò verso via Marina per prendere il tram.

Appena sveglia, Maria Sole capì da tanti segnali che fuori era assolato: la luce filtrava decisa tra le doghe delle persiane, i rumori giù in strada erano forti, il vociare dei passanti si sollevava fino all'altezza del balcone. Istintivamente se ne dispiacque. Avrebbe preferito la pioggia, sarebbe stata più adatta al suo stato d'animo. Si sarebbe rannicchiata sotto le lenzuola e avrebbe ripreso a dormire.

Aprì le persiane e fu inondata dal sole caldo di settembre. In altri tempi avrebbe preso il costume e l'asciugamano, sarebbe salita sul 140 e scesa a Capo Posillipo, e poi avrebbe fatto l'autostop fino a Marechiaro. Ma adesso si sentiva avvilita, frastornata. Non era ancora riuscita a organizzare i suoi pensieri.

Annaluna non c'era. Forse era uscita per comprare qualcosa da mangiare.

Si girò verso la stanza immersa nel buio. Sapeva che se fosse rientrata, sarebbe precipitata dentro. Allora decise di reagire. Senza pensarci, uscì sul ballatoio e a Melina, che le aprì la porta, disse tutto d'un fiato: «Vado a prendere la roba del mare. Scusami», e la spostò con una mano. Venne fuori poco dopo come una freccia, chiuse la porta e scese giù per le scale.

Basta, pensava. *Basta.*

Alla fermata dell'autobus si sentì chiamare da una voce conosciuta.

«Marisol! Dove stai andando?»

Si girò, e si trovò di fronte Mike su una Triumph Bonneville fiammeggiante. In quei giorni, dopo la gita alla portaerei, aveva pensato a lui solo raramente. La storia della fotografia di sua madre l'aveva travolta, e anche il ricordo di quel bacio rubato si era affievolito nel tempo. Lo guardò, e lo trovò carino.

«Che c'è?» rispose bruscamente. «Che ci fai qui? E perché mi chiami Marisol?»

«È spagnolo, è più facile da dire… Passavo di qui e mi sono detto: adesso la chiamo, ma sono stato fortunato. Dove stai andando?»

«Al mare.»

«Dài, sali, ti accompagno io.»

Maria Sole indugiò un po' prima di rispondere.

«Perché no?» disse alla fine. E montò sulla moto.

«Ti piace eh? Guardala, sembra veloce anche da ferma.»

Come resistergli? E poi, *perché*?

Il vento tra i capelli, il ragazzo davanti a sé. *Non mi conosce, non sa niente di me*, pensava mentre la moto correva veloce sul lungomare, e questo la confortava. Insieme a lui poteva dimenticare, poteva inventarsi diversa. Il cumulo di rancori che si portava dentro sembravano sciogliersi al sole.

Arrivati giù a Marechiaro lei lo ringraziò e lo salutò; e mentre lo faceva si augurava che lui le dicesse che sarebbe restato con lei. E così fu.

«Sai che ti dico, vengo con te: ho degli slip neri che possono sembrare un costume. Tu hai l'asciugamano, no?»

Prima di scendere l'ultima rampa di scale che portavano al Lido delle Rose, lui si fermò a guardare il panorama del golfo, poi volse lo sguardo giù, verso gli scogli e le barche dei pescatori ancorate lì sotto. Fece un lungo respiro e disse: «Bello qui, non ci ero mai stato».

Poi si girò verso di lei e senza aggiungere niente la baciò con la stessa naturalezza spavalda con cui l'aveva fatto sulla portaerei. A lei piacque, ma non si abbandonò al bacio, anzi scostò il ragazzo.

«Ma che fai, qui in pubblico, davanti alla gente! Hai il vizio. Ti piace mettermi in imbarazzo. Non scherzare.»

«Ma io non scherzo affatto. Tu mi piaci, e molto.»

Lei non disse altro; ripresero a scendere le scale fino all'ingresso del lido che era tutto su palafitte di legno appoggiate sugli scogli. Una fila di cabine azzurre e bianche correva sui tavolati e tanti ragazzi e ragazze ne entravano e uscivano. Era un lido frequentato da giovani, perché non c'era la spiaggia e ci si tuffava dai trampolini e quindi non era adatto alle famiglie o agli anziani.

«Aspettami, vado a mettere il costume» disse Maria Sole.

Entrò in cabina per spogliarsi e quando ne uscì vide che Mike era al bar a bere una birra.

«Voi americani bevete molto, si vede anche nei film.»

«Dài, tu non bevi, con questo caldo?»

«Sì. Una Coca Cola con una fetta di limone.»

«Voi bevete vino, è buono il vostro vino! Non vuoi un bicchiere di vino?»

«Ma che stai dicendo! A quest'ora, e con questo sole. Finirei con l'ubriacarmi.»

«Non sarebbe male, no?»

E le dette un piccolo bacio sul collo, scostando la spallina del costume. Maria Sole la tirò su, lanciandogli uno sguardo complice, ma al tempo stesso lo spinse via dicendo: «Vai, va', vatti a spogliare!».

Mentre Mike si allontanava ridendo, Maria Sole cominciò a chiedersi quali potessero essere le espressioni adatte a una ragazza spregiudicata quale lei voleva apparire. Ma quando il giovane tornò trovò solo frasi goffe, come: «Andiamo in mare, ti va? Ci tuffiamo insieme?».

In acqua, lui le si avvicinò e la strinse a sé un attimo, ma lei gli sfuggì. Si avvicinò alla scaletta e risalì, voltandosi e sorridendo con aria civettuola. Stesi sulle sedie a sdraio, si godettero il sole sulla pelle mentre dal jukebox risuonavano le note di una canzone sensuale e struggente. «*Qui il tempo è dei giorni | che passano pigri | e lasciano in bocca | il gusto del sale.*»

Lui la prese per mano. «Vieni!» disse, e la portò verso la cabina. Maria Sole lo lasciò fare, curiosa, lui aprì la porta e la spinse dentro. Lì cominciò a baciarla e carezzarle la schiena, a toccarle i seni. Maria Sole lo bloccò. «Che fai, sei pazzo? Qui, in cabina, no.»

Si staccò, si ricompose e uscì fuori.

«Facciamoci una doccia, dài» gli propose. «Poi andiamo a mangiare qualche pizzetta al bar. Ti va?»

Mike non capiva, allora aveva frainteso. *Come sono strane le donne. Vai a capirle*... Ma lui era un ragazzo semplice, solare, insolito a contorsioni mentali o retropensieri.

«Okay, come vuoi tu.»

Mangiarono le pizzette, si fecero altri bagni. Si stesero al sole e lei disse: «Resterei qui in eterno. La bellezza di questi riflessi del mare, la pace, averti vicino...».

Frasi apparentemente semplici, che in realtà nascevano da un groviglio di risentimenti.

«Dài, andiamo» disse poi di punto in bianco, e Mike ancora una volta l'assecondò.

«Che hai, Marisol? Mi sembri strana, c'è qualcosa che ti turba?» le chiese dolcemente, passandole un braccio intorno alle spalle mentre risalivano le scale.

«Ma no, sto benissimo.» L'ultima cosa che voleva fare era confidarsi con lui. E tanto meno essere compatita.

Arrivati sotto casa, Maria Sole scese dalla moto. Mike stava per salutarla, quando lei lo guardò fissa negli occhi e gli disse: «Vuoi salire?».

18

Era buio ormai quando Maria Sole sentì la porta che si apriva e vide Annaluna rientrare.

«Sei tu? Hai portato qualcosa da mangiare? Sto morendo di fame.»

«Sì, sì.»

Maria Sole si precipitò in cucina e cominciò ad aprire le buste che la sorella aveva deposto sul tavolo di marmo. Trovò del pane, ne strappò un pezzo e se lo infilò in bocca. Masticando, disse senza preamboli: «Non sono più vergine. Mi sono tolta questo pensiero».

Annaluna si bloccò come pietrificata.

«Ma che dici? Tu? Ma non sei mica fidanzata!» Poi fece una lunga pausa e sgranò gli occhi. «O… ti hanno costretta?»

«Stai tranquilla. Nessuna costrizione. L'ho voluto io. Tutte quelle chiacchiere sul sesso dopo il matrimonio… Tutti moralismi, poi invece ognuno fa come gli pare e anche io ho fatto come mi pareva, anzi, come mi *piaceva.*»

«Non è vero. Non è così.»

«Ah, no? I nostri genitori forse rappresentano un esempio di morale da seguire? Una ci ha abbandonato da neonate, l'altro ci ha riempito di menzogne senza nessuna remora.»

Mentre parlava gironzolava intorno al tavolo con i pantaloncini corti e i piedi scalzi, in un atteggiamento provocatorio. Allungò la mano sul mobile accanto, prese un pacchetto di sigarette e se ne accese una.

«Che fai, fumi le Marlboro? Dove hai preso delle sigarette così forti?»

Maria Sole fece un tiro, ma subito tossì. Annaluna le tolse la sigaretta dalle dita, la spense sotto l'acqua del rubinetto e la buttò nella pattumiera.

«Sei diventata scema?»

«Niente affatto. Sono le sigarette di Mike, le ha dimenticate qui.»

Annaluna la osservò a lungo, con sguardo indagatore. «Allora è vero, hai fatto l'amore con lui. Ma se non lo vedevi da tanto! Per lo meno così mi hai sempre detto.»

«Infatti.»

Annaluna la guardò con tristezza.

«Come hai potuto, Sole. Ci eravamo sempre dette che la prima volta sarebbe stata solo con l'uomo che avremmo amato per sempre. Che sarebbe stato tutto perfetto.»

Maria Sole rispose con un'alzata di spalle.

«E insomma… com'è stato?» si azzardò a chiedere Annaluna. «Ti è piaciuto?»

«Che vuoi che importi se mi è piaciuto. L'importante è che sia successo.»

Annaluna capì che la sorella l'aveva fatto per rabbia, per solitudine, per delusione, e non per reale desiderio. E non seppe cosa dirle.

Più tardi, in cucina, mentre stavano mangiando, Annaluna le confidò che la mattina era uscita di casa con la precisa intenzione di andare a parlare col padre, ma che poi aveva cambiato idea.

«Ho riflettuto che non era corretto che andassi io sola, senza dirti niente. Magari saresti voluta venire anche tu.»

«Che volevi dirgli?»

«E me lo chiedi? Ci deve delle spiegazioni. La foto, per cominciare: perché il nonno non gli avrebbe detto niente? E poi la fuga, o quello che lui crede di aver visto. Può davvero esserne certo? In mezzo a tutta quella confusione, gli spari, la pioggia? Non potrebbe essersi sbagliato? E poi, è vero, come lui ha sempre detto, che l'ha cercata, o è un'ennesima bugia? Pure se mamma adesso è morta, noi dobbiamo saperlo.»

Maria Sole balzò in piedi, girò intorno alla sedia, la afferrò per lo schienale con tutte e due le mani e la sbatté violentemente a terra.

«Queste domande non mi riguardano! Non voglio sapere più niente: so già abbastanza.»

«Ma...»

Maria Sole alzò la voce.

«Mamma ci ha abbandonate e papà ci ha mentito! Cos'altro vuoi sapere? I particolari? E perché? Per soffrire di più? Basta. Io voglio vivere la mia vita senza ipocrisie. Non so ancora che farò. So solo che già domani andrò a cercarmi un lavoro.»

Uscì dalla cucina e si chiuse in camera, lasciando Annaluna sola con i suoi pensieri e i suoi dubbi.

19

Annaluna scese dal tram a piazza Nazionale. Ci volevano ancora una ventina di minuti a piedi fino a piazza Giambattista Vico, ma lei aveva voglia di fare due passi, per riordinare le idee e decidere bene cosa avrebbe detto. L'aria era ormai rinfrescata e la luce all'orizzonte aveva assunto quella sfumatura autunnale che a lei piaceva catturare nelle fotografie. Ma qui, tra i grandi palazzi vetusti e malridotti e le macchine in fila nel traffico, le sembrava grigiastra.

Aveva atteso diversi giorni prima di decidersi a parlare con il padre, perché aspettava di sentirsi più calma. Non voleva farsi prendere dai sentimentalismi, aveva intenzione di andare fino in fondo, come un chirurgo che deve asportare un organo malato. Sì, così doveva fare.

In fabbrica tutto sarebbe stato più anonimo rispetto a casa. Non aveva più rivisto il padre dalla sera della sua confessione e non sapeva in che condizioni di spirito lo avrebbe trovato.

Vide da lontano che la vecchia insegna, *Buffetteria in cuoio e metallo*, era stata sostituita da una semplice targa *Ditta Minardi*. Si rese conto che erano passati molti anni da quando era venuta l'ultima volta. All'epoca, zio Enrico era ancora in sede, invece di andare girando per prendere commesse. Scorse subito nel cortile, dove sostavano i camion, la Giulietta nuova di zecca. Suo padre l'aveva acquistata da pochi mesi, al posto della piccola Seicento comprata a rate che aveva avuto per tanti anni. Era il primo lusso che si era concesso da quando la fabbrica aveva ricominciato a ingranare. Raccontava spesso degli anni in cui andava a lavorare a piedi, mettendoci più di un'ora, quando, dopo la guerra, le linee non erano state ancora ripristinate. A ripensarci ora, Annaluna ebbe il sospetto che Alfredo a quei tempi non avesse nemmeno i soldi per il biglietto.

Al primo piano, in segreteria, l'accolse la signorina Gagliardi, che scattò in piedi sorridente per andarle incontro.

«Signorina Minardi, che piacere. È da tanto tempo che non vi vedevo. Come state?»

«Bene, grazie» tagliò corto Annaluna. «Ma non mi annunciate, se non vi dispiace faccio il giro dall'ingresso principale: mi fa piacere rivedere la fabbrica. Posso?»

«Certo» disse l'altra con tono sostenuto e, sistemandosi la giacca, tornò dietro alla scrivania. «Se avete bisogno di qualcosa chiamatemi. Io sono qui, oberata dal lavoro.»

In un altro momento Annaluna avrebbe scambiato due parole di cortesia con la signorina Gagliardi, che le sembrava avere sempre la stessa età dalla prima volta in cui l'aveva vista, ma quel giorno non aveva nessuna voglia di convenevoli. E se la donna si era offesa, pazienza.

Le tornò in mente quando da bambina lei e Maria Sole passavano il tempo in quella stanza, stese sul pavimento a scacchi a giocare con i rocchetti di legno che non servivano più.

Il lungo corridoio era rimasto uguale, con le foto storiche della fabbrica sui muri, gli attestati e le onorificenze risalenti all'epoca della monarchia. Attraversarlo, così immutato, le diede un senso di sicurezza e di calore. Poi pensò che, al posto di quei cimeli, sarebbero state più opportune fotografie di attori famosi con indosso giubbotti di pelle nera. Sulla sinistra, la vecchia sala delle sciabole era ora diventata un museo, mentre nel grande salone erano esposte le nuove produzioni. La stanzetta accanto, dove era solita giocare con quel piccolo strumento a manovella che serviva a incidere strisce di pelle, adesso era un deposito.

La fabbrica di suo padre, come poche altre cose, le dava l'idea del tempo che era passato, con un misto di rimpianto, nostalgia e, adesso, una sorta di insofferenza.

Davanti alla porta della presidenza ebbe un attimo di esitazione, ma poi bussò ed entrò decisa. Suo padre stava esaminando delle carte dietro la scrivania.

«Papà.»

Lui, sussultando, sollevò la testa di scatto.

«Annaluna.»

Entrambi restarono per un attimo in silenzio, come impacciati. Era la prima volta che non riuscivano a trovare le parole da dirsi.

«Vuoi sederti?» si tolse gli occhiali e piegò con esagerata cura le asticelle.

Lei restò in piedi, dietro la scrivania.

«Sono venuta per sapere…»

«Non ho nient'altro da aggiungere. Lasciatemi in pace, con questa storia.»

«È una storia piena di vuoti. Come puoi avere avuto la certezza che le cose siano andate come dici?»

Lui lasciò andare il respiro, come se fino ad allora l'avesse trattenuto.

«Vieni, sediamoci qui» disse indicandole le poltrone di cuoio in fondo alla stanza.

Si accomodarono. Lui cominciò a rigirarsi tra le mani il fermacarte di cristallo che stava sul tavolino, evitando di guardarla.

Annaluna lo osservò come si guarda un estraneo.

Era ancora un bell'uomo anche se aveva la fronte stempiata e qualche filo bianco fra i capelli. Cercò di immaginarselo come doveva essere stato a vent'anni, quando lui e la mamma si erano innamorati.

«Allora?»

«Era stato...» Gli venne fuori una voce innaturale, come se si fosse appena svegliato e non parlasse da tempo. «Era stato firmato l'armistizio. Ricordo che eravamo seduti nella sala da pranzo, davanti alla radio, a sentire l'annuncio. Esultiamo, ci abbracciamo: per un attimo, come tanti, crediamo che la guerra sia finita, che siamo liberi di riprendere le nostre vite. Brindiamo addirittura, con del vermuth. Penso sia stato il mio ultimo giorno felice, l'8 settembre. La verità, però, era che da un po' di tempo mi rodeva un tarlo. Mi ero accorto che Elena si stava allontanando, che era fredda, distante, che non mi cercava più. Davo la colpa alla guerra, alla maternità, ma dentro di me sospettavo che doveva esserci dell'altro. Poi, preso da tanti altri problemi, smisi di pensarci. Neanche tre giorni dopo l'armistizio cominciarono le sparatorie. I tedeschi ci davano addosso, nello sgomento generale. Non era finito niente, per i napoletani il peggio era appena iniziato.»

Annaluna annuì. Conosceva già quei fatti terribili: Napoli doveva essere ridotta *a fango e cenere,* come aveva comandato Hitler.

Dopo l'armistizio erano iniziati i rastrellamenti e feroci atti di violenza contro la popolazione, e i bassi della povera gente erano stati incendiati. Per la prima volta, Annaluna ebbe davvero contezza che i suoi genitori avevano vissuto in prima persona un inferno.

«Misi al corrente Elena di quanto stava accadendo» proseguì Alfredo. «Che bisognava rimanere rintanati in casa, che i tedeschi, quei maledetti, erano diventati i nostri più spietati nemici. Aggiunsi che io li odiavo, che *tutti* li odiavano, e che li avremmo uccisi uno a uno. Elena scoppiò a piangere. Volevo prenderla tra le braccia per consolarla, ma lei mi scostò quasi con fastidio e scappò in camera. Rovesciata sul letto, iniziò a singhiozzare in maniera convulsa.»

Alfredo si interruppe, sopraffatto dall'emozione.

«Credetti» riprese con la voce che gli tremava «credetti che fosse una delle sue crisi dovute al gravoso compito di accudire due gemelle, ma invece no, non si trattava di questo. Come ero stato cieco. Io che ritenevo tra i due di essere il più esperto della vita, l'uomo navigato, mi ero lasciato prendere per i fondelli da una ragazza dall'aria innocente! La sua reazione mi insospettì, era troppo violenta. Mi misi a cercare tra le sue cose, non so nemmeno io cosa, e saltò fuori una cartolina postale delle forze armate tedesche, scivolata fuori da un libro che lei teneva sul comodino, che diceva: *Amore mio, come farò a vivere senza di te?* E sotto c'era una firma: *Wilhelm*.»

Annaluna spalancò gli occhi, ammutolita.

«Fa troppo male ricordare» disse ancora lui. «È stato il momento più buio della mia vita. Si vedeva di nascosto con un ufficiale tedesco, lo capisci? E lasciava voi, le sue bambine, per correre tra le sue braccia. Diceva di amarvi, ma che amore e amore! Fingeva di essere presa dalla maternità e invece… Se non avessi avuto voi, l'avrei cacciata di casa, ma che dovevo fare? Dovevo pensare prima di tutto alle mie figlie. E mi stetti zitto. Prima o poi i tedeschi se ne sarebbero andati. Soffrii in silenzio. Puoi immaginare quanto.»

Alfredo si accasciò sulla sedia prendendosi la testa tra le mani e scoppiò in singhiozzi.

Annaluna si alzò e andò verso di lui.

«Vuoi un bicchiere d'acqua? Vuoi fermarti?» gli chiese.

Il padre si asciugò le lacrime con il dorso della mano e fece cenno di no. «È tanto che mi porto dentro questo segreto, adesso voglio andare fino in fondo.»

Annaluna annuì e tornò a sedersi. «Ti ascolto.»

Alfredo raddrizzò la schiena e proseguì.

«Quel giorno, quando mi accorsi che era andata via, ebbi un brutto presentimento, ma non volevo credere... Il resto lo sai. Quando poi mi ripresi, e riuscii a tornare a casa, andai in camera da letto per guardare nell'armadio. I suoi abiti non c'erano più.»

Annaluna rimase in silenzio, guardando fuori dalla finestra. Il cielo si era fatto nero. Pensò che forse avrebbe piovuto.

«E Maria» riuscì infine a dire. «Non aveva capito niente? Com'è possibile? Non si accorse mai che la valigia non c'era più, che erano scomparsi i vestiti?»

«Non lo so. A me non disse mai niente.»

«Ma lei non lasciò nemmeno un biglietto?»

«No.»

Sfinito, Alfredo si passò le mani tra i capelli in un gesto di disperato sconforto, come stesse rivivendo la scena.

Annaluna parlò con tono appena percepibile. «Come hai potuto tenere dentro di te per tanti anni questa menzogna? Come potevi guardarci in faccia la mattina? Ci hai mentito.»

Il padre tacque. Che ne sapevano loro di quello che si prova, del dolore che lo aveva annientato?

Era sempre stato abituato, fin da piccolo, a tenere per sé le sue emozioni: le sue tristezze, la madre malata, il padre morto… Questo per lui non era mentire, era custodire dei segreti intimi, che riguardavano solo lui. Perché si sarebbe dovuto esporre alla vergogna di far conoscere a tutti le sue miserie? Se non poteva cambiare il fatto che era successo, poteva almeno correggere il *perché*. E questo gli aveva dato sollievo. Più passavano i giorni, più si accorgeva che la sua versione dei fatti lo aiutava a sopravvivere. Poteva addirittura farla morire, ucciderla nella sua mente. Uccidere la donna che aveva abbandonato le figlie ed era scappata con il nemico.

«Voi accusate me, che sono innocente? Io che ho avuto l'unico torto di voler vivere in pace con la mia famiglia? L'ho fatto per voi, per proteggervi.»

«Proteggerci da che cosa? Pensi davvero che dire la verità sarebbe stato più crudele che inventare la morte di mamma per mano dei tedeschi? È stato meglio farci credere che è stata assassinata in un campo di concentramento piuttosto che sapere che è viva e ci ha abbandonate?»

«Voi non potete capire che cosa furono quei momenti. Non sono cose che avevo studiato di dire. Mi sono state messe in bocca. Ho ripetuto solo sì, sì, l'hanno catturata. In fondo era la cosa migliore. Credevo, speravo, mi illudevo che sarebbe tornata e che si potesse mettere tutto a tacere. Se nessuno avesse saputo nulla, forse avrei potuto perdonarla.»

«Quindi l'unica cosa importante per te era che non si sapesse?» Annaluna restò a fissarlo. Si era imposta di restare fredda.

Di tutto il racconto, quello che la faceva soffrire di più, quello che le dava un dolore lancinante, era che la madre non avesse pensato a loro prima di decidere di andarsene. Nessun rimorso, nessuna raccomandazione per la cura delle sue figlie.

«E la fotografia come arrivò? Con una lettera, o la portò qualcuno?»

«Della fotografia ti ho già detto che non so niente. Ti ho raccontato tutto quello che sapevo.»

«Pensi che io ti possa credere, dopo quello che hai fatto?»

«Non ho altro da aggiungere. Spero che questa storia sia chiusa una volta per tutte e che si possa tornare alle nostre vite.»

«Non abbiamo chiuso un bel niente. Io non mi muovo da qui se non so della fotografia. Sono sicura che il nonno te l'ha mostrata. Lui che sapeva?»

Annaluna lesse negli occhi del padre un attimo di incertezza, forse si voleva liberare fino in fondo del fardello. Quanto doveva essere stato pesante, anche per lui, fingere! Sempre attento a non tradirsi. Capì che suo padre era sul punto di crollare: la maschera di sicurezza dietro cui si era sempre nascosto era sparita dal suo volto. Era il momento di tentare l'ultimo affondo.

«Ho intenzione di dire ogni cosa a Melina, appena torno a casa. Deve sapere che ha sposato un bigamo.»

«Questo no!» gridò Alfredo. «Non lo permetterò mai, non ti consento di rovinare la vita di Melina e di Duccio.»

Divenne rosso, si alzò in piedi e tornò ad assumere il tono autoritario che usava con loro. Ma ormai non aveva più nessuna presa su di lei. Annaluna non gli riconosceva più l'autorità di padre.

«Allora parla, di' tutto. Non ti do altra scelta.»

Si vergognò di se stessa, lo stava ricattando. A questo l'aveva costretta. Ma vide che le sue parole facevano effetto. Alfredo cominciò a camminare avanti e indietro per la stanza, con il sudore che gli scorreva sulla fronte. Lui, sempre così attento al suo aspetto, non si curò di asciugarsi.

«Parlo. Tu però lasciami il tempo di spiegare le cose per bene. Giura che non dirai niente a Melina. Non sai nemmeno se quella donna è veramente Elena. Se non fosse lei, se invece fosse morta?»

«Per il momento resterò in silenzio. Ma voglio tutta la verità. E che sia convincente.»

Lui si fermò accanto alla finestra e rimase a guardare fuori. Aveva iniziato a piovere, larghe gocce battevano sui vetri.

«La fotografia, sì: tuo nonno me la mostrò. Venne da me tutto eccitato, aveva ritrovato Elena. Lei gli aveva scritto.»

«C'era anche una lettera? Cosa diceva?»

«Non lo so, non volli saperlo. È la verità e devi credermi. Non volli saperlo e lui non me lo disse, perché io spensi subito i suoi entusiasmi. Gli raccontai tutto, che sua figlia ci aveva abbandonati per correre dietro a un tedesco.»

Annaluna tremò.

«E lui?»

«Restò annichilito. Una figlia degenere, una madre degenere. Una donna degenere. Un tedesco. Come aveva potuto fare una cosa così infame! Non ebbe un attimo di esitazione. Tirò fuori dalla tasca l'accendino e diede fuoco alla lettera di Elena di fronte ai miei occhi. Non restò che cenere. Poi se ne tornò a casa, senza aggiungere altro.»

Annaluna, che conosceva bene suo nonno, capiva la situazione. I suoi principi morali non gli avrebbero mai permesso di perdonarla. Però la fotografia l'aveva conservata. Non aveva avuto cuore di liberarsene.

«Non ne parlammo più» riprese Alfredo. «Ma il colpo per lui fu pesante e dopo poco diede le dimissioni e andò in pensione anzitempo.»

Il nonno, quindi, aveva scoperto che Elena era viva, ma non

aveva mai detto niente a nessuno di loro. Nemmeno quando le due ragazze erano diventate grandi e in grado di accettare la verità. Poi ad Annaluna tornò in mente il giorno prima della morte del nonno. Ricordò che aveva nominato Elena, cercando di dirle qualcosa che lei non aveva capito: «È tardi, è tardi ormai...».

«E tu, papà, davvero in tutti questi anni non l'hai sentita? Lei non ha mai chiesto di noi, neanche una volta? Non si è fatta viva? Com'è possibile?»

Lui, ormai, aveva abbassato tutte le sue difese. Sospirò.

«Una volta mi scrisse, sì. Fu prima di mandare la foto a tuo nonno. Disse che voleva tornare. Era pentita, e voleva rivedervi.»

Annaluna sgranò gli occhi. Fuori un tuono fece tremare i vetri delle finestre.

«Le risposi che se rimetteva piede in Italia, l'avrei fatta arrestare per l'abbandono del tetto coniugale e delle figlie. Nessun tribunale l'avrebbe assolta.»

20

Stanca e avvilita, Annaluna aprì la pesante anta del portone di casa che a quell'ora era già chiuso. Con disappunto, si accorse che sulla grata dell'ascensore era appeso un cartello con su scritto "GUASTO". Ebbe un moto di stizza e malvolentieri si accinse a salire i tre piani che tante altre volte aveva percorso con la disinvoltura della sua età.

Sembrava che a ogni gradino nella sua testa si producesse un rimbombo. Non riusciva più a concepire un pensiero logico. Le parole che aveva udito da suo padre e quelle che lei stessa aveva pronunciato le volteggiavano in mente senza ricomporsi in frasi dotate di senso.

«Tu le hai impedito di tornare, hai impedito a noi di rivederla?»

«Vi ho protette da una madre malvagia. Una donna crudele che non era stata capace di prendersi cura di voi. Chi avrebbe accolto una donna del genere? Troppo comodo, non credi? Il tedesco la lascia e lei allora si ricorda che ha un marito e due figlie. La Legge era dalla mia parte, per fortuna. Che avrei detto alla gente: mia moglie mi ha tradito con un nazista e ora è tornata a casa, fatele festa? Nessuna famiglia perbene l'avrebbe accettata. Sarebbe stato un grave scandalo. Anche la vostra reputazione ne avrebbe sofferto. E io, che figura avrei fatto?»

«Ti senti quando parli? Che m'importa a me di quello che avrebbe pensato la gente! Eravamo ancora bambine, potevamo avere una madre! Non tutte le madri sono buone, ma per i figli non è questo l'importante.»

Annaluna l'aveva visto che serrava forte la mascella, e aveva notato un leggero tremito delle labbra.

«Annaluna, non possiamo dimenticare tutto? Non credo di essere stato un cattivo padre. Volete rovinare la nostra vita, la vita di Melina, di Duccio?»

«Non c'è più una *nostra* vita! Da oggi c'è la *tua* vita e la *nostra*, la mia e quella di Maria Sole. E sono due cose separate!»

Entrata finalmente in casa, buttò sul tavolino la borsa e senza nemmeno togliersi la giacca si accasciò sulla poltrona.

«Annaluna» la chiamò la sorella «sei tu?»

Non ricevette risposta. La chiamò di nuovo, ma l'altra non aveva la forza di fiatare.

Maria Sole si affacciò in salotto e quando vide la sorella pallida come un fantasma si preoccupò.

«Che hai, stai male? Ti è successo qualcosa?»

«Abbiamo qualcosa da mangiare in casa? È da stamattina che sono digiuna. Non avevo soldi. Gli ultimi li ho spesi per il tram.»

«Sei fortunata, ho preparato un sugo con i pelati che il nonno aveva in dispensa. Adesso ti preparo uno spaghetto.»

«Sì, mangiamo, che dopo ti devo parlare. Ma se non mangio svengo.»

Annaluna si ritirò in camera, andò in bagno e tornò in cucina con la vestaglia addosso. Bianca in volto, gli occhi rossi.

«Non chiedermi niente, ti prego. Ti racconterò dopo.»

«Non ti preoccupare, aspetto. Ti voglio dire solo una cosa. Non credere che voglia accrescere le tue preoccupazioni, ma dobbiamo decidere insieme un piano d'azione. I soldi sono finiti. Quel poco di paghetta settimanale che per fortuna avevamo già ricevuto sta finendo. Non moriremo di fame perché ci sono ancora le provviste del nonno, scatolette di tonno e pasta.» Eugenio era rimasto al tempo di guerra e amava avere in casa sempre qualcosa. «Per ora ci possiamo arrangiare. Ma occorre una strategia.»

Annaluna non rispose. La sorella le mise davanti un piatto di spaghetti e lei mangiò in silenzio.

Anche Maria Sole smise di parlare. In fondo erano gemelle e, per quanto diverse, se una stava soffrendo anche l'altra avvertiva l'eco di quel dolore.

Quando ebbero finito Maria Sole abbracciò Annaluna e le disse dolcemente: «Andiamo di là. Sdraiamoci sul letto e parliamo».

Annaluna cominciò a raccontare quello che aveva scoperto. Non appena però Maria Sole capì dove andava a parare il discorso, cominciò a gridare che non voleva sapere niente, che lei con questa storia aveva chiuso per sempre. Ma la sorella proseguì paziente, e poco a poco Maria Sole si calmò e ascoltò fino in fondo.

«Ma tu non l'avevi capito che era fuggita con un uomo? Io l'ho pensato subito. Per quale altro motivo poteva essere scappata con i tedeschi?»

Annaluna non rispose, e Maria Sole proseguì: «La nonna Angela secondo te sa qualcosa?».

«Non credo. Lei ce l'avrebbe detto.»

«Non mi fido più di nessuno.»

«Secondo me la nonna l'avrebbe perdonata. Non avrebbe fatto l'errore di papà, che le ha impedito di tornare e ha impedito a noi di rivedere nostra madre.»

«Una madre orribile, una madre che non si è mai curata di noi.»

Annaluna guardò la gemella.

«Questo lo dice lui. Sarà vero, oppure è un'altra bugia?»

Maria Sole comprese che non solo non avevano conosciuto la madre, ma non sapevano nemmeno chi fosse veramente il padre.

Chi era in realtà quell'uomo così taciturno e compito? Uno a cui piaceva la vita semplice e abitudinaria, che aveva sempre mostrato rispetto per la Legge, che teneva nella giusta considerazione la fatica degli operai, che mostrava compassione per i poveri. Un uomo inflessibile, con opinioni morali rigide. Loro lo avevano sempre rispettato e ammirato per questa sua rettitudine, che anzi trovavano addirittura esagerata.

E ora scoprivano che era tutto un bluff.

Non sapevano nulla neppure di Elena: chi era davvero? Era una santa, come loro avevano sempre creduto, una povera vittima della guerra, come diceva il padre, una mamma premurosa, come l'aveva raccontata Maria, una nipote devota come l'aveva descritta nonna Angela, o piuttosto la donna snaturata ed egoista di cui adesso parlava il padre dando una nuova versione dei fatti?

«Va bene. Ma adesso che sappiamo tutto, o per lo meno *crediamo* di sapere tutto, tu che hai intenzione di fare? Io, quell'uomo che stento a chiamare padre, non lo voglio più vedere. Con lui ho chiuso.»

«Non lo so» disse Annaluna. «Certo non posso deciderlo stasera. Sono stanca, più che stanca: distrutta.» Poi andò verso la sorella e l'abbracciò. «Meno male che ci sei tu.»

Maria Sole posò la testa sulla sua spalla e restarono così, strette l'una con l'altra, sedute sul letto, come tante altre volte avevano fatto. Sapevano entrambe, senza bisogno di dirselo, che avrebbero sempre potuto contare l'una sull'altra.

«Io ci sarò sempre, per te, Maria Sole. Anche quando faremo scelte diverse o avremo opinioni discordanti. Niente e nessuno potrà frapporsi tra noi.»

«Lo so. E so anche quello che deciderai prima ancora che tu lo metta in pratica. Come tu sai già quello che farò io.»

Annaluna annuì.

«Adesso andiamo a letto, che è tardi.»

21

Annaluna attese di essere sola in casa e compose in fretta un numero telefonico. All'altro capo rispose la moglie di Mariano Chinni. Annaluna si fece coraggio.

«Potete passarmi il professore? Sono una sua studentessa.»

Sentì che lei lo chiamava, poi lui che diceva: «Pronto?».

«Sono Annaluna. Ho bisogno di parlarti. Vediamoci davanti al Maschio Angioino fra mezz'ora.»

Annaluna buttò giù il telefono senza aspettare la risposta, sicura che lui sarebbe andato all'appuntamento.

Mariano, infatti, arrivò puntuale sulla sua Vespa 50 di seconda mano dalla marmitta bucata. Questo le piaceva di Mariano: se lo chiamava, correva sempre da lei. Salì agile sul sellino.

«Andiamo al cortile di San Marcellino, all'università. Il sabato non c'è nessuno.»

Le piaceva anche tenersi aggrappata a lui, con le braccia che circondavano il suo torace. Le dava un senso di sicurezza.

Lasciarono la Vespa accostata al marciapiede e si diressero al cortile. Il porticato era deserto. Era una bellissima giornata di sole e la maggior parte degli studenti e dei professori era da qualche parte a godersi quella coda imprevista di caldo che chiudeva la stagione, in attesa che il nuovo anno accademico iniziasse.

Si sedettero su un muretto per godersi la frescura delle piante rigogliose. Mariano pulì gli occhiali dalla montatura nera e aspettò che Annaluna gli dicesse qualcosa.

«Mi puoi prestare dei soldi?» disse lei, tutto d'un fiato.

«Cosa?»

«A mio padre non posso chiederli.»

«Quanto ti serve?»

«Nemmeno mi domandi perché mi servono, o perché a mio padre non posso chiederli?»

«Vuoi che te lo domandi?»

Annaluna sospirò esasperata. Se non avesse saputo che era una specie di genio, laureato con il massimo dei voti e futuro accademico, avrebbe pensato che era uno stupido. «Sì, chiedimelo.»

«D'accordo. Perché? Insomma, perché tutte le cose che hai detto?»

«Maria Sole e io ce ne siamo andate via di casa. Non torneremo. Abbiamo litigato con papà. Ora, però, abbiamo bisogno di soldi.»

«Spiegami meglio.»

Senza entrare troppo nei dettagli, Annaluna raccontò che c'era stato un grave litigio, che suo padre aveva fatto a lei e a sua sorella un grave torto. E che adesso loro erano sole, e non sapevano da che parte voltarsi. Lui ascoltava silenzioso e lei si accorse che faticava a proseguire, distratta com'era dai suoi occhi neri che apparivano così grandi dietro le lenti, e che sembravano guardarla con un'intensità diversa. Erano seduti vicinissimi, uno di fianco all'altro sul muretto. Percepì che tra loro stava succedendo qualcosa di indefinibile. Forse perché, per la prima volta da quando si conoscevano, si stava confidando con lui. Non parlava come al solito di fotografia o di progetti. Parlava di se stessa, e nel farlo i loro visi si avvicinavano sempre di più. Ora si stavano quasi sfiorando. Le loro labbra si unirono per un istante.

Con il cuore che stava per esploderle scese rapida dal muretto. Che stava facendo? Che cosa diavolo stava combinando?

In un attimo, lui tornò a essere il solito Mariano, si tolse e rimise gli occhiali, balzò giù anche lui e disse, come se niente fosse: «Ti posso fare un prestito, nessun problema. Cosa devi comprare?».

«I biglietti del treno. Io e Maria Sole vorremmo andare a Torre del Greco a trovare la nostra bisnonna. È il suo compleanno.»

«Non vi serve il treno. Posso accompagnarvi io con la macchina di mio fratello. Se usciamo presto, ma per presto intendo all'alba, facciamo un salto al mercato di Resina, vicino agli scavi di Ercolano. Ci siete mai state? Vendono cose usate, abiti di seconda mano e surplus militare. Sai, ci vengono anche da Cinecittà.»

Annaluna scosse la testa, in segno di diniego. Non era sicura che, se avesse parlato, le sarebbe uscita fuori la voce.

«Bisogna trovarsi lì la mattina presto, appena aprono le balle di pezze che arrivano con le navi dall'America. Se siamo fortunati troviamo blue jeans e giacconi della marina. Quando vorresti andare?»

Due giorni dopo le due sorelle scesero sotto casa all'ora convenuta. Annaluna sedette dietro nella Due cavalli, perché Maria Sole si era piazzata sul sedile davanti. Annaluna sentiva la sorella parlare ininterrottamente. Erano le sei del mattino: da dove la prendeva, si chiese, tutta quella energia? E Mariano, sempre così serioso, le teneva testa, faceva battute idiote per fare il simpatico. Dio, che fastidio! Quando aveva visto che la macchina era decappottabile, Maria Sole aveva lanciato un gridolino di gioia e aveva preteso di tenere il tettuccio aperto, benché fosse ottobre inoltrato. E ora lei, per non fare la figura della lagnosa, doveva starsene lì con i capelli spettinati che le volavano in faccia. In più il frastuono del motore e il gracchiare della radiolina a transistor che Maria Sole teneva ostinatamente accesa non le permettevano di partecipare alla conversazione. Il vento le fece lacrimare gli occhi, o forse fu la dolce voce di Francois Hardy che venne fuori tutt'a un tratto nitida dalla radiolina: *Tous les garçons et les filles de mon âge*… Prese un fazzoletto dalla borsa.

«Annaluna che fai, dormi?»

Mariano le aveva lanciato uno sguardo dallo specchietto retrovisore.

Dopo "i fatti del porticato", come Annaluna li chiamava dentro di sé, era la prima volta che rivedeva Mariano, e se da un lato era stata contenta che la presenza della sorella le risparmiasse un'intimità imbarazzante, dall'altro aveva immaginato tutt'altra atmosfera: sguardi sorridenti e complici, con Maria Sole sul sedile dietro, esclusa dai loro discorsi e relegata a pensare ai fatti suoi.

Ma in fondo era meglio così, non doveva abbandonarsi a fantasie irrealizzabili, anche se erano un modo per farla andare avanti, qualcosa a cui aggrapparsi in un momento così difficile. No, non era pronta a distaccarsene. In una delle sue contorsioni mentali, infine, si chiese se la sorella l'avesse fatto apposta: aveva deliberatamente voluto tenerli a distanza? A volte Maria Sole si arrogava il diritto di voler decidere per lei, perché era convinta che avesse bisogno di essere protetta dai suoi stessi sogni.

Alla fine arrivarono a Resina. Naturalmente non riuscirono

a trovare il mercato e persero tempo a chiedere agli assonnati passanti per strada. Quando arrivarono, i sacchi erano già stati aperti e i marciapiedi erano tutti un susseguirsi di matasse di vestiti, biancheria, cinture, equipaggiamenti delle truppe americane. C'era chi comprava le balle intere con l'intenzione di dividerle poi tra amici e parenti, al buio, senza sapere cosa contenessero. Annaluna non era capace di mettere le mani tra le pezze. Le dava fastidio il tanfo di quella merce, che dopo essere stata disinfettata era rimasta chiusa per giorni durante il viaggio in mare. Si limitava incuriosita a osservare e a fare qualche fotografia. Maria Sole e Mariano, invece, passavano da una balla all'altra spulciando tra i capi, in cerca di qualcosa d'interessante. Annaluna capì perché tanta gente ci venisse da Napoli: i prezzi erano davvero irrisori. Mariano fu contento: trovò il Peacoat blu della Marina americana che cercava da tempo, due Levi's molto scoloriti e una maglia di lana blu a mezzo collo, in gran parte infeltrita, ma che gli piacque molto.

«Se volete comprare qualcosa posso prestarvi i soldi» disse.

«Non preoccuparti. I soldi ci faranno comodo, ma non qui al mercato. Abbiamo racimolato un po' di risparmi, ma ora non ci serve niente.»

Le ragazze si guardarono senza aggiungere altro. Per il momento, avevano venduto alcuni oggettini d'oro della prima comunione e con il ricavato avevano preso un foulard alla nonna, ma si vergognavano a confessarlo.

22

Melina, a casa, a Napoli, lavorava ai ferri davanti alla televisione, occhieggiando la nuova puntata de *Ai confini della realtà*. Le toccava guardare il programma per fare compagnia a Duccio, che andava a chiamarla appena partiva la sigla. Una volta, il ragazzino aveva confessato a Maria Sole che quelle storie lo affascinavano, ma aveva paura a guardarle da solo. Maria Sole gli aveva spiegato che tutti provano quelle sensazioni, non era l'unico: gli sceneggiatori facevano leva sulla paura dell'ignoto, e proprio per questo quei telefilm piacevano tanto.

In quel momento tornò Alfredo dalla fabbrica. Era l'unico in famiglia a non guardare mai telefilm. Quel giorno invece sedette con Melina e Duccio.

Era la storia di un uomo che modificava la propria espressione facciale in modo da assumere le sembianze di chiunque. A metà, senza nemmeno aspettare la fine, Alfredo disse che era una storia assurda e se ne andò.

Melina, invece, lo guardò tutto e ne fu colpita. Certo, era solo un telefilm di fantascienza, eppure è vero che ogni individuo è un mistero e nessuno può dire con certezza cosa pensi davvero. Quando ride appare in un modo, ma quando si arrabbia diventa una persona del tutto diversa. Ciò che vedeva in televisione, del resto, per lei era sempre fonte di riflessione.

Quella sera, però, nemmeno il telefilm riusciva a distoglierla dalle sue preoccupazioni. Era passato ormai diverso tempo dal litigio con il padre, ma Annaluna e Maria Sole non erano più tornate indietro. La cosa, naturalmente, le dispiaceva molto. Tutti i suoi sforzi per creare una famiglia unita e felice sembravano essere improvvisamente naufragati. Così quella sera, dopo avere messo a letto Duccio, si avvicinò ad Alfredo e decise di affrontarlo. Lei cercava sempre di essere comprensiva, quando il marito tornava dall'ufficio si faceva trovare sorridente, e gli evitava il resoconto delle seccature domestiche che possono solo infastidire un uomo. Si comprava abiti carini e biancheria adeguata, era sempre disponibile senza mai accampare la scusa del mal di testa che, dicevano le sue amiche, ogni tanto era sacrosanta. Ma a tutto c'era un limite, e adesso Alfredo lo stava superando. Ormai da giorni si rifiutava di rivelarle il motivo del litigio con le figlie, trattandola come se fosse un'estranea, non facesse parte della famiglia.

«Alfredo» cominciò «io ho bisogno di sapere. Per essere andate via di casa si deve trattare di una cosa molto grave.»

«Non è niente di grave, è una ragazzata» rispose lui con noncuranza, senza nemmeno alzare gli occhi dal giornale.

Ormai, però, era passato troppo tempo. Forse era qualcosa che aveva a che fare con i loro studi universitari, qualcosa che lei non era in grado di comprendere: ma cosa poteva essere tanto tremendo da tagliare i ponti così? E se una delle due fosse rimasta incinta? Quel Mariano, sposato, a lei d'istinto non piaceva. Però si disse che, in questo caso, si sarebbero rivolte a lei prima di affrontare il padre. E se invece fosse stato lui a cacciarle di casa? Melina non si dava pace.

«Io sono preoccupata per loro! Si può sapere che è successo?»

Alfredo la fissò, e poi scandì lentamente: «Non è cosa che ti riguardi».

La risposta per la donna fu una pugnalata.

Guardò quell'uomo sconosciuto e irriconoscente, che viveva la sua vita come se riguardasse solo lui. Sì, certo, ogni tanto andavano insieme a vedere un film al Santa Lucia, o a mangiare da Zi' Teresa, dividevano lo stesso letto, lei conosceva i suoi gusti a tavola, che giornale leggeva, quanto gli piaceva essere ammirato dalle persone. Sapeva che era sempre perfetto nell'abito e nell'aspetto, diceva sempre le cose giuste, era buono e affettuoso: chi poteva negarlo? Ma poi la verità era che dei suoi pensieri più profondi nessuno conosceva niente. Le decisioni importanti venivano prese senza di lei, era sempre stato così e lei, fino ad allora, l'aveva trovato rassicurante. Ma adesso si accorse che questo non le bastava più.

Per la prima volta gli si parò davanti e pronunciò una parola che prima di allora non aveva mai detto: *pretendo*.

«Pretendo di sapere.»

E poi non si contenne più. Alzando la voce gli disse che si sentiva offesa nella sua dignità, e lei alla sua dignità ci aveva sempre tenuto, anche se forse lui non se ne era mai accorto. Aveva fatto di tutto perché lui non dovesse vergognarsi della nuova moglie e della sua condizione sociale, e perché tutti loro fossero felici.

Lui la osservò con gli occhi spalancati per la meraviglia, esterrefatto.

«E che c'entra, adesso, tutto questo?» Alfredo annaspò alla ricerca di qualcosa da dirle.

«Te l'ho detto, è solo una sciocchezza. Le ragazze volevano fare un viaggio da sole, all'estero, e io mi sono opposto.»

Lei restò a fissarlo dritto negli occhi fino a che lui non distolse lo sguardo. Allora ebbe la certezza che mentiva.

«Non puoi sapere quanto ti ami. Mai come in questo momento.» Alfredo alzò lo sguardo per incrociare di nuovo i suoi occhi, e lei sentì che in quel momento era sincero.

Ma questo non mise fine alla sua inquietudine. Gli disse solo: «Tu le perderai, se continui così. Sono adulte».

«Vedrai, torneranno. Non sono forse io che le mantengo?»

23

Già dalla mattina, in casa di Angela fervevano i preparativi. Erano venute le donne del paese a cucinare, e in tante avevano portato ceste piene di verdure, pomodori, peperoni e melanzane. Dalla campagna erano arrivati polli e cosciotti di agnello e maiale da cuocere sulla brace.

Donna Angela aveva protestato a lungo, ma stavolta nessuno l'aveva ascoltata. Non volevano sentire ragioni: gli ottant'anni andavano festeggiati. Già alle sette del mattino, in cucina volava farina da impastare per il pane, per le focacce, per i dolci, e quando sull'uscio apparve donna Angela ci fu un coro di via, via di qui, sciò, sciò e le più giovani corsero a portarla fuori.

Lei brontolava.

«Ma vi pare possibile che io a questa età devo festeggiare? Ma che c'è da festeggiare, arrivati a ottant'anni?»

Maria, che dopo la morte di nonno Eugenio era tornata a Torre del Greco, le andò vicino.

«Ma come, donna Angela? C'è da festeggiare che qui tutti vi vogliono bene, tutti *ve vonno fa' vede'* il loro affetto e voi li dovete lasciar fare. Oggi dovete solo essere contenta.»

Angela annuì.

«E lo sapete che ieri hanno telefonato pure le ragazze da Napoli? Stanno arrivando ma saranno solo loro due, pare che

Alfredo e Melina avevano da fare. Veramente Melina voleva venire, ma poi *aggio* capito che Alfredo ha fatto storie.»

«Possibile? Nemmeno Duccio? Poteva venire con le ragazze» obiettò Angela. «Mi faceva piacere vedere com'è cresciuto. Ma quello, Alfredo, lo conosco: quando si mette una cosa in testa... Va be', non fa niente. Va bene così.»

In quel momento entrò in cucina zia Michelina. Camminava a passettini, con i capelli un po' scarmigliati, una vecchia vestaglia addosso e lo sguardo vacuo.

«Che succede qua? Perché tutta questa gente in cucina?»

Maria le andò subito incontro.

«Ma come, donna Michelina, non vi ricordate? È il compleanno di vostra sorella. È nata giusto il giorno di San Raffaele, si vede che il Santo fece il miracolo a vostra madre. Ve l'eravate dimenticato? Compie ottant' anni. Le avete fatto gli auguri?»

«Il compleanno di *'Ngiulina*, la mia amata sorella, è vero. Vieni qua, *fatte da' nu vaso*!» Le andò incontro e l'abbracciò.

La sorella ricambiò l'abbraccio e poi fece segno a Maria. «Portala di sopra e falla mettere un po' in ordine. In tutto questo trambusto nessuno si cura di lei.»

«Cose da pazzi» fece notare Ninetta, dando di gomito alle donne che impastavano vicino a lei e le fece il verso: «"*Fatte da' nu vaso*"... per anni Michelina non ha fatto altro che *appiccicarsi c' 'a sora, mo'* è diventata *'Ngiulina, l'amata sorellina*!».

Michelina, più giovane di Angela di quattro anni, era ridotta male a causa di una forma precoce di degenerazione senile che aveva indebolito già da un po' le sue capacità mentali. Gli anni e le delusioni le avevano segnato il carattere, e ora era tornata bambina.

«Vai, vai, cara» Angela le fece una veloce carezza. «Maria ti porta su. Ti devi preparare perché oggi abbiamo gente. E mettiti il profumo che ti hanno regalato le ragazze, vengono anche loro. Mi raccomando.»

Maria, con la massima cura, indirizzò il cammino dell'anziana al piano superiore.

Che brava donna, la nostra Maria, pensò tra sé Angela. *È proprio una di famiglia, ormai.*

«Allora, donna Angela, volete uscire dalla cucina?»

Una delle donne si allontanò dal tavolo infarinato e la spinse fuori con le mani sporche.

«Stai attenta, mi imbratti di farina. Sì, sì, me ne vado, ma voi sapete quanti saremo a pranzo? E avete calcolato quanti verranno il pomeriggio? Per i dolci, i liquori o le bibite?»

Mentre se ne andava, si voltava all'indietro per fare altre raccomandazioni.

«Donna Angela, *sapimmo tutt'e cose*, andate a riposarvi, dovete essere fresca e tosta quando arriveranno gli ospiti. Conservate le forze per dopo. E andatevi a cambiare, mettetevi quella bella camicia bianca, vi sta tanto bene. E pure la collana di corallo e onice col pendente, quello che vi incise il maestro Cosimo per i settant'anni.»

Verso mezzogiorno, proprio mentre le campane di Santa Croce battevano l'ora, si udì il rumore di un'auto nell'aia. Ci fu grande eccitazione. «Le ragazze, sono arrivate le ragazze!»

Tutte le persone che abitualmente frequentavano la casa conoscevano bene Annaluna e Maria Sole. Le avevano viste da bambine, quando vivevano lì, e poi ogni volta che erano tornate a trascorrere l'estate dalla nonna.

Mettevano tanta allegria, specie quando, da più grandi, accendevano il giradischi che la nonna aveva comprato per loro e mettevano su musica moderna.

Ninetta ricordava bene quando si erano fissate con quel cantante americano che si chiamava Elvis: le ragazze si agitavano tutte nel sentire la sua musica; oppure quelli che chiamavano Urlatori: Mina, Celentano e anche uno che aveva vinto il festival di Sanremo.

A lei piaceva tanto tutto questo e, qualche volta, si era messa anche a ballare con loro. Quando accadeva, le corallare lasciavano il lavoro e si avvicinavano curiose per ascoltare la musica, fin quando poi non interveniva Michelina a rimettere ordine e a dire alle ragazze di spegnere quel giradischi.

Annaluna e Maria Sole entrarono festose.

«Che profumo squisito! State facendo il ragù? Che buono!» Chiesero della nonna e corsero su.

Quando erano scese dall'auto, avevano ringraziato Mariano, non prima di averlo invitato a entrare anche solo per conoscere la nonna, ma lui aveva rifiutato con la scusa che doveva tornare in tempo per incontrare il suo professore all'università. Ma quale professore e professore, aveva commentato poi in disparte malignamente Maria Sole. È perché sennò la moglie gli dava *le totò.*

Si precipitarono senza chiedere permesso nella stanza della nonna che si stava vestendo con l'aiuto di Maria davanti allo specchio dell'armadio.

«Nonnina!» disse una. «Nonnina!» fece eco l'altra, e corsero ad abbracciarla facendole scivolare la gonna per terra.

«Ragazze!» protestò Maria. «La camicia bianca, si sgualcisce tutta...»

«Le mie bambine... venite qua, venite dalla nonna. Fosse solo il fatto di vedere voi mi fa piacere questo ridicolo festeggiamento.»

«Li fanno i fuochi d'artificio?» domandò Maria Sole ridendo.

Maria però le spinse fuori dalla porta e le convinse ad aspettare che la nonna finisse di vestirsi e pettinarsi.

Quando fu pronta, con indosso anche la giacca blu che usava al lavoro per ricevere i clienti, Maria le richiamò.

«Come sei bella, nonna. Dovresti pettinarti sempre così, e ora ti metto un po' di rossetto, un tocco di colore.»

«Non mi voglio mettere nessun rossetto, lasciate stare, già vedete come mi ha combinato Maria, con *'sti* capelli tutti gonfi. Sedetevi accanto a me. È tanto che non vi vedo. Raccontatemi, come state? Annaluna, ti vedo un po' sciupata, hai le occhiaie. C'è qualcosa che non va?»

La nonna le fece una carezza.

«No, tutto bene.» E distolse lo sguardo. Sua nonna aveva sempre saputo leggerle dentro.

Per paura che Annaluna potesse scoppiare a piangere da un momento all'altro, Maria Sole prese in fretta dalla borsa il pacchetto e lo porse alla nonna.

«Ecco, nonna, questo è il nostro regalo.»

Con l'età Angela era diventata più dolce, come non avesse più bisogno di dimostrare la sua *tostaggine*, e nel vedere il pacchetto si commosse. Aprì la carta velina e ne tirò fuori il foulard di seta dai colori lucenti, a fondo bianco e turchese con disegni di staffe e selle lungo i bordi, e teste di cavallo all'interno.

«È bellissimo, ragazze. Ma chissà quanto avete speso! E quando me lo metto un foulard così bello?»

«Oggi, per esempio, o quando vai a messa. È di Hermès: lo sai chi è?»

«No, chi è?»

Annaluna guardò la sorella sbalordita e le fece un gesto come a dire: sei pazza, quanto lo hai pagato?

Maria Sole, ridendo, aggiunse: «È vero, costa molto ma io l'ho avuto da un mio amico americano che sta alla NATO e l'ho pagato poco, non ti preoccupare».

Annaluna scosse la testa in segno di disapprovazione, ma senza farsi vedere dalla nonna. Sua sorella continuava a vedere Mike, dunque. Però non gliene parlava mai. Nemmeno lei le aveva detto di Mariano, del resto. Che ne era della loro antica confidenza?

«Ragazze, voi siete *'nu* poco pazzerelle... comunque grazie.»

La nonna volle baciarle di nuovo.

«E questa sciarpa di maglia te la manda Melina, l'ha fatta lei.»

«Che bel pensiero, ne avevo proprio bisogno, e che bel colore verde» osservò la nonna togliendola dalla carta. «Mi dispiace che non è potuta venire.»

«Già.» Annaluna si sentì in colpa. Sapeva che Melina aspettava da tempo quella festa, era l'occasione per rivedere la gente del paese. Era sicura che il padre le avesse impedito di venire: dopo quello che era successo, aveva paura che lei o Maria Sole le dicessero qualcosa.

«Vi devo parlare, ragazze, ma non oggi. Oggi pensiamo a festeggiare. Domani ci facciamo una bella chiacchierata tutte e tre. Ho ottant'anni ed è arrivato il momento.»

«Sì, nonna, oggi non ci pensare» si affrettò ad aggiungere Maria Sole. Era certa che volesse parlare del suo funerale o di altre cose macabre.

«Come sei bella, nonna, con questi orecchini di corallo e questa collana.»

«Sembro la Madonna di Montevergine! Quando li volete, sono vostri: ad Annaluna gli orecchini e a Maria Sole la collana. Oppure al contrario, come volete voi.»

«Non dire così, li porterai ancora tu per tantissimi anni» disse Annaluna.

Angela sorrise.

«Andiamo giù. Ci aspettano.»

Una volta nell'aia trovarono un lungo tavolo apparecchiato per quattordici.

«Maria!» chiamò Angela «Ma chi sono tutte queste persone che hai invitato a pranzo?»

«Donna Angela, lo sapete: il sindaco, don Peppino, il parroco di Santa Croce, il fioraio, don Giustino o *fioricoltore, comme vo' essere chiammato, chillo ca tene e' serre cca vicino*; non potevo non invitarlo. Poi le due corallare più anziane: Sisina e Nunziatina; il signor Cosimo, il vecchio maestro incisore, potevamo non invitarlo? E Piscopo e Ascione non li volevate invitare? *Chille so' 'e cchiù* importanti *corallari 'e* tutta Torre e *so' pure* amici *vuoste,* anche se in passato avete avuto qualche dissapore, ma *fessarie…* Comunque vi sono affezionati e ci tenevano tanto a venire a farvi gli auguri.»

«Santo Iddio, ma siamo quattordici? Come facciamo con il servizio di piatti con i fiori, quello buono è per dodici.»

«Lo so» ribatté pronta Maria «ma sennò eravamo tredici a tavola e non si può, così ho invitato anche Nunziatina per fare quattordici.»

«Ma pensi che *mi sono scimunita*? Casomai ne dovevi invitare una in meno, non in più.»

«Uh, come la fate lunga! Per le corallare, due piatti del servizio di tutti i giorni. Che volete *che se ne importano*, sono di casa, e poi le mettiamo lontane dal sindaco e dalla signora Ascione. State tranquilla.»

Angela si fece una risata. Era contenta di questo festeggiamento le faceva piacere, anche se, schiva com'era, si sentiva in dovere di mostrare il contrario.

Le ragazze risalirono in camera a lavarsi e vestirsi. Maria Sole si sdraiò sul letto, quello con la testiera di legno intagliato e i puttini scolpiti che le piaceva tanto, mentre Annaluna riponeva le loro poche cose nell'armadio basso che era rimasto lo stesso di quando erano bambine. Piano, perché nessuno sentisse, ricordò alla sorella il vero motivo per cui erano lì.

«Quando glielo diciamo?»

Maria Sole si guardò allo specchio per valutare meglio l'effetto del vestito che aveva indossato.

«Tra qualche giorno. Lasciamo che si goda la festa e prendiamoci anche noi qualche giorno di vacanza. Non ci pensiamoci, adesso, a questa cosa.»

Quando le ragazze tornarono giù furono sorprese dalla bellezza degli addobbi. Vista la bella giornata di sole il tavolo era stato portato fuori, nell'aia davanti alla casa, e per riparare gli ospiti dal sole era stata montata una tenda su pali in legno. Alle estremità della tavolata c'erano vasi con variopinti fiori di campo, mentre al centro troneggiava una delicata composizione di dalie, anemoni, garofani, fresie e rose autunnali, che le ragazze seppero poi provenire dai vivai di Giustino.

Tutti sedettero e Maria, che faceva un po' il maestro di cerimonie, annunciò: «Adesso che avete ammirato i bei fiori offerti da don Giustino possiamo pure toglierli dalla tavola per fare posto alle pietanze. Non vi offendete Giustino, eh!».

Ci fu un grande applauso quando arrivò la zuppiera con gli ziti spezzati al ragù, il piatto forte, e poi la carne alla brace, il pollo, la pizza di scarola e gli ortaggi di stagione. Un buon vino rosso scorreva abbondante, rendendo l'atmosfera ancora più serena e conviviale. Le ragazze avrebbero voluto sedersi vicino alla nonna, ma Maria glielo impedì: erano i posti riservati a sindaco e parroco.

Arrivati alla frutta, il sindaco si alzò per parlare. Tra i commensali calò il silenzio.

«Festeggiamo oggi gli ottant'anni di una cittadina speciale di Torre del Greco» disse. «Una donna piena di forza, di umanità e, non da ultimo, di eccezionali qualità imprenditoriali.»

«Ben detto!» urlò qualcuno. Lui proseguì.

«Trovatasi da sola a dover mandare avanti la produzione e anche la famiglia, donna Angela si è rimboccata le maniche e ha affrontato tutte le difficoltà del mondo del lavoro. Una donna, e sottolineo *donna*, che con le sue capacità e qualità umane è riuscita a guadagnarsi il rispetto e la stima di tutti, facendo prosperare l'azienda.»

I presenti annuirono, seri.

Il sindaco volle ricordare poi come Angela avesse aiutato le sue corallare nel momento del bisogno, non solo con il conforto psicologico ma anche e soprattutto con il supporto pratico. In alcuni casi l'intervento di Angela era stato risolutivo. Maria si accorse che gli occhi di donna Angela erano diventati lucidi, allora interruppe il sindaco con un caloroso applauso a cui si unirono tutti.

«Viva il sindaco, viva donna Angela!»

«Un brindisi per donna Angela!»

Giustino prese in mano la bottiglia di spumante e lo stappò proprio al momento giusto.

Angela ringraziò con voce tremante. Avrebbe voluto fare un discorso sulla sua vita dolorosa, la vedovanza precoce, la scomparsa della figlia e poi la tragedia di Elena, la luce dei suoi occhi, e come solo grazie al lavoro era riuscita ad andare avanti. Ma prima di cominciare a parlare passò in rassegna i volti sorridenti dei commensali, quasi tutti ormai anziani. Ognuno di loro nascondeva dietro il sorriso i propri dolori: don Cosimo, che aveva perso l'unico figlio in guerra, Maria, a cui era morto il marito nella sciagura del peschereccio, Nunziatina, abbandonata dal marito con due figli da far campare e poi Ninetta, cresciuta in orfanatrofio. Ogni ruga un dolore. Il suo non era diverso da quello degli altri. Allora sorrise, si alzò in piedi e sollevò il calice:

«Auguri anche a tutti voi di lunga vita. Siete stati la mia famiglia. Scusatemi, però, se non taglierò ora la torta che avete preparato per me. Voglio aspettare che ci raggiungano le mie corallare. Le avrei invitate tutte a pranzo, ma… come si faceva?»

E giù ancora tanti applausi e tanti viva, viva donna Angela.

Le ragazze corsero a baciare la nonna, prima che altri si avvicinassero a lei per abbracciarla. Il parroco, don Peppino, le si avvicinò e quando lei stava per prendergli la mano, la fermò.

«Oggi sono io che devo farvi il baciamano, donna Angela» e atteggiò un inchino. «Avete sentito: a mezzogiorno ho fatto suonare le campane per voi, ve l'avevo promesso. Ora vi aspetto in chiesa per una benedizione.»

Anche Piscopo e Ascione, gli imprenditori, le si avvicinarono.

«Dobbiamo incontrarci presto donna Angela, ci sono tante cose di cui parlare, e alcune novità su cui ci dobbiamo accordare.»

«Siete tanto generosi a considerarmi una di voi, ma io sono vecchia ormai. Vedete, queste sono le mie nipoti. Sono loro che adesso dovrebbero interessarsi di tutto. Ma…» alzò le spalle e fece un sospiro in segno di sconforto. «Si vedrà.»

Nel pomeriggio arrivarono le corallare, tante, tutte quelle che avevano lavorato a vario modo per donna Angela: le più anziane, quelle ancora vive e che potevano camminare, e le più giovani. Arrivarono vestite a festa. Avevano dismesso gli abiti da lavoro e indossato vestiti colorati, e tutte portavano una collana di corallo o degli orecchini pendenti. Si avvicinarono ad Angela e le baciarono la mano. Le più giovani e spigliate la baciarono sulle guance. Alcune si erano portate i bambini e li spingevano avanti, per fare vedere come erano diventati belli e sani. Altre presentavano donne che Angela non riconobbe: «*'A sora e' Pascale, 'a cugina e' Cunsiglia*, non vi ricordate?».

Si creò una grande confusione, le sedie messe fuori, sull'aia, non bastavano per tutti, ma in un modo o in un altro alla fine si sistemarono. Appena il chiasso diminuì, le corallare fecero segno a Principia, detta *'a Lumacona*, che si alzò e andò verso Angela consegnandole un dono avvolto nella carta velina bianca.

Angela sciolse il nastro di raso azzurro e scartò con delicatezza la carta che lo ricopriva. In una gabbia di legno c'erano tre figure in terracotta, vestite di tessuti ricamati con piccolissimi coralli rossi, che rappresentavano Maria, Giuseppe e il bambin Gesù tra le braccia della madre.

«Donna Angela, questo l'abbiamo fatto noi, con le nostre mani. Ognuna è brava in qualcosa, e tutto è stato realizzato dalle vostre corallare, dalla gabbietta alle statuette, con tanto affetto e riconoscenza.»

E mentre donna Angela ringraziava commossa, don Peppino disse tutto orgoglioso, quasi fosse merito suo: «Le donne di Torre del Greco sono la forza di questo paese».

Don Giustino intervenne con una battuta.

«Permettete? *'E zuoccole de' femmine fecero scappà 'e sorece d'e' funtane.*»

E tutti risero, assentendo.

24

Nei giorni successivi alla festa in casa non si parlò d'altro: c'era ancora fermento, come se tutta l'energia sprigionata circolasse ancora nell'aria. Anche Michelina sembrava più allegra e girava per la cucina ripetendo: «Viva Angela», «Auguri Angela», e ogni tanto andava ad abbracciare la sorella. «Quando si fa la festa?» chiedeva.

«Donna Angela, alla fine siete stata contenta, no? Avete visto quanta gente vi vuole bene?» Maria era soddisfatta di avere insistito per celebrare quel compleanno così importante.

Come era stato bello il discorso del sindaco, e che impressione aveva fatto a tutti la presenza di Piscopo, così ben disposto a dimenticare gli antichi dissapori, e della signora Ascione, così elegante con quella meravigliosa collana di corallo. Dicevano che fosse la copia di una realizzata per Carolina Bonaparte, una grande estimatrice del corallo di Torre che aveva contribuito a diffondere in Francia. Tutte le dame di corte, allora, dovevano avere un gioiello di corallo, ma anche un cammeo con figure neoclassiche.

«Pensate, Maria» disse Angela «Piscopo mi ha detto che mi voleva incontrare per parlare delle "nuove prospettive del corallo". È stato gentile, ma gliel'ho detto: che *prospettive* posso avere io, alla mia età?»

Angela era fiera di quanto aveva realizzato in tanti anni. Chissà come sarebbe stato orgoglioso il padre di vedere quello che era diventata l'azienda. Il vecchio capannone accanto alla casa padronale, dove lui aveva cominciato, era stato sostituito da un edificio di diversi locali dove lei aveva un suo ufficio con la scrivania e una collaboratrice addetta alla corrispondenza.

Ma da qualche tempo Angela cominciava a preoccuparsi per il futuro della sua ditta che continuava a essere in crescita e avrebbe potuto svilupparsi se solo lei fosse stata più giovane. Era un periodo d'oro per le manifatture di corallo. E anche se a Torre ce n'erano tante, c'era lavoro per tutti. Molti avevano assunto orafi e avevano allestito laboratori dove i gioielli venivano disegnati, realizzati, e infine incastonati di coralli.

Il vero rilancio, però, era avvenuto quando i più grandi gioiellieri d'Europa, Van Cleef, Cartier e tanti ancora, avevano preso a commissionare loro coralli da inserire in prestigiosi monili; e Angela si rammaricava di non avere più l'energia e la forza di affrontare nuove avventure.

«Ah, se le mie nipoti potessero prendere in mano l'azienda, o almeno collaborare! Ma loro non ne vogliono sapere, Maria mia.»

«È sempre così, con i giovani di oggi» rispose Maria. «Lasciano andare in malora l'operato di generazioni, pur di difendere la tanto sbandierata libertà. Che lusso!»

«Ai miei tempi un'impresa così si teneva stretta e si tramandava di padre in figlio.»

Maria annuì. Era vero. Quella di Angela era un'azienda solida, e il momento era favorevole alla diffusione del corallo nel mondo: sarebbe stato un vero peccato chiuderla.

A volte, quando la sentiva parlare in questo modo, Maria si lasciava andare alle sue fantasie e volava con l'immaginazione.

Allora si vedeva ereditare quell'impresa e dirigerla con successo. E se non lei, sua figlia Melina, perché no? Era giovane, aveva lavorato come segretaria d'azienda nella ditta del marito e sapeva tutto sul corallo fin da quando era piccola. Ma erano sogni: dove avrebbe preso il denaro per rilevarla? Le ragazze avrebbero venduto l'azienda e tutto sarebbe finito in mano a degli estranei!

«Donna Angela, non ci pensate! Voi state così bene in salute, camperete fino a cento anni!»

«Sì, sì... va be'. Ma pure se campo, prima o poi dovrò smettere di lavorare. Devo parlare con le mie nipoti.»

Dopo la festa le ragazze avevano comunicato alla nonna che intendevano restare lì qualche giorno e lei ne era stata molto contenta. A Torre si sentivano coccolate e tornavano bambine. Parevano aver dimenticato tutti i problemi che le avevano afflitte nei mesi precedenti.

Perfino Annaluna, che era arrivata con un groviglio di pensieri e sensazioni inestricabile, si era lasciata andare alla dolcezza di quei luoghi. Il pensiero di sua madre si era fatto meno ossessivo, così come quello di Mariano. Complici le belle giornate dell'estate di San Martino faceva lunghe passeggiate alle falde del Vesuvio, arrampicandosi sulle rocce per godersi il panorama da lassù. Un tempo la nonna indicava loro i luoghi più lontani, le teneva strette per mano con la paura che, lasciate libere nella discesa, potessero farsi male.

Quante ginocchia si erano sbucciate da bambine!

E quella volta che Maria Sole si era rotta la caviglia e la nonna aveva regalato a lei e non alla sorella il ciondolo di corallo della mamma...

Maria Sole, invece, preferiva andare in paese. Gironzolava tra le botteghe, attraversava le stradine fino a corso Garibaldi, poi la ferrovia per arrivare giù, alla marina, e fermarsi a guardare il mare e le barche che entravano e uscivano dal porto. Sognava terre lontane e viaggi avventurosi, così come faceva da bambina.

I suoi sogni non erano cambiati poi tanto. Il desiderio di conoscere posti nuovi, gente diversa, altre abitudini di vita, magari lontanissime dalle loro, continuava ad affascinarla.

In questo era diversa da Luna. Oddio, non solo in questo, a dire il vero. Annaluna non sarebbe mai andata a letto con uno sconosciuto. Perché sì, Mike era per lei quasi uno sconosciuto. E di certo non l'avrebbe mai fatto solo per fare un dispetto al mondo, quel mondo ipocrita e meschino che purtroppo era il suo. A quell'episodio non aveva più ripensato. In fondo, si rese conto, l'aveva fatto solo per togliersi il peso della verginità. Adesso aveva decisamente altro a cui pensare.

La sera si ritrovavano a cena con la nonna e zia Michelina, e raccontavano come avevano trascorso la giornata. Era il tempo delle castagne: Maria le faceva arrostire sul fuoco e loro le mangiavano con grande piacere.

Come era rassicurante tutto ciò… Annaluna, avvolta in un vecchio scialle di zia Michelina, pensava che avrebbe voluto restare lì per sempre. Lei e sua sorella, senza dirselo, continuavano a rimandare il momento in cui avrebbero svelato alla nonna la verità su Elena. Sarebbe stato un discorso complesso e doloroso, e non volevano violare quella quiete così perfetta, così dolce.

Una sera, però, la nonna si fece seria e annunciò che era giunto il momento di fare un certo discorso; uno importante, che aveva sempre rimandato. Le sorelle si dettero di gomito e si lanciarono uno sguardo preoccupato. Entrambe pensarono che magari, chissà come, la nonna fosse venuta a conoscenza di tutte quelle cose che loro, man mano che passavano le giornate, avevano sempre meno voglia di raccontarle.

«Ragazze» esordì «la nonna ha compiuto ottant'anni. Si è fatta proprio vecchia.»

Le gemelle tirarono un sospiro di sollievo.

«*Maronna*, cosa dici.»

«Lasciatemi parlare. Per quanto tempo ancora potrò dirigere questa azienda? Uno, due anni al massimo.»

Prese un respiro e andò avanti.

«Adesso non è più il caso di girarci intorno. Voi dovete riflettere se avete o meno intenzione di occuparvi di tutto questo» e fece un ampio gesto con le braccia.

Le ragazze non risposero.

«Avete capito cosa vi ho detto?»

Loro annuirono, mute.

«Voi sapete bene cosa comporta questo lavoro e questa azienda, perché li conoscete da vicino, fin da quando siete nate. Vi do tempo fino alla fine dell'anno. Per allora dovete prendere una decisione. Se non vi interessa, comincerò a cercare qualcuno a cui cedere l'azienda. Se invece almeno una di voi avesse intenzione di farsene carico, io sono qui, ancora in salute e, cosa più importante, con la testa a posto, pronta a insegnarvi quello che dovete sapere. Se lo vorrete, potrete cominciare subito a lavorare insieme a me.»

Per un po' tacque. Sperava in una risposta, ma le ragazze abbassarono gli occhi per sfuggire allo sguardo indagatore della nonna. Allora proseguì.

«Capisco che ci volete riflettere, e infatti vi lascio un po' di tempo ancora. Vi dico solo che questo è un lavoro meraviglioso. Voi nemmeno sapete quanto è bello il rapporto umano con le corallare, con gli incisori, e poi la soddisfazione di veder nascere da quello che era un piccolo arboscello in fondo al mare un oggetto lucente che riprende vita sulla pelle di chi lo indossa.» Mise un ciocco sul fuoco, che scoppiettò allegramente.

«La libertà, lo so: voi sognate la libertà. Ma che ve ne fate, poi, di questa libertà? Prima o dopo tutti siamo chiamati a un impegno, e questo è il più bell'impegno che potete immaginare.»

«Sì, nonna» disse allora Annaluna. «Ti prometto che, per quanto mi riguarda, ci penserò seriamente e ti darò una risposta.»

Maria Sole stava per rispondere subito che no, lei non ci pensava nemmeno. Figuriamoci, seppellirsi a Torre del Greco per tutta la vita! Ma qualcosa la trattenne: non sapeva nemmeno lei cosa: forse la dolcezza della risposta della sorella, forse il pensiero di dare proprio adesso un dispiacere alla nonna che amava tanto il suo lavoro. Così disse: «Va bene, giuro che ci rifletterò anche io».

25

Le gemelle decisero di partire il lunedì successivo. Ancora due giorni e poi sarebbero tornate alla triste realtà di Napoli, con tutto quello che comportava. Dovevano rientrare all'università e trovare un lavoro, anche il più umile, per mantenersi. E poi chissà. Alla nonna non avevano detto niente, nemmeno che erano andate via di casa. Annaluna, tra le due sorelle, era quella più determinata a parlare ma poi, a malincuore, aveva dato ragione a Maria Sole che invece nicchiava: a nessuna delle due andava l'idea di turbare la nonna. Un'altra volta, forse. Più avanti, con le idee più chiare.

Come accadeva sempre quando andavano a trovarla, la nonna aveva regalato loro un po' di soldi: nientemeno che cinquantamila lire a testa.

«Siete grandi ormai, potete depositarli in un libretto postale.»

Il giorno prima della partenza le due ragazze si chiusero in camera per fare le valige, e soprattutto il punto della situazione.

«Meno male la nonna ci ha regalato quei soldi, così abbiamo il tempo per cercare con calma un lavoro» disse Maria Sole.

Annaluna alzò la voce.

«Abbiamo tempo, sì. Bada che se spendi tutto subito poi non devi venire da me a piangere miseria. Sarebbe meglio che li tenessi tutti io, questi soldi vanno amministrati bene.»

«Sei la solita» gridò Maria Sole. «Signorina *sofaretuttoio*! E non ne imbrocchi una, poi! Se davo retta a te a quest'ora avevi già spifferato tutto alla nonna!»

In quel momento Angela si trovò a passare davanti alla loro camera e, credendo che stessero discutendo del futuro della Manifattura Ammaturo, si fermò ad ascoltare e colse delle frasi.

«Non sono ancora sicura che non dirle niente sia la cosa migliore.»

«Ah, no? Vuoi che alla nonna venga un colpo?»

Angela non riusciva a capire di cosa stavano discutendo così animatamente. Aveva però percepito che parlavano di lei. Accostò l'orecchio e distinse nitidamente queste parole: «Se mamma è viva, poi glielo diremo. Anche se sarà uno shock».

A quel punto, la donna non ebbe alcuna esitazione. Aprì di scatto la porta:

«Che state dicendo?»

Alle ragazze parve di vedere comparire sull'uscio uno spettro.

«Nonna!» gridarono stupefatte.

«Mi dovete una spiegazione. E non pensate di cavarvela con pietose bugie.»

Le ragazze si lasciarono cadere sul letto, prive di forze.

«Va bene, nonna. Siediti qui, accanto a noi.»

Non omisero nulla. Un poco alla volta, con tatto e cautela, informarono la nonna di quello che era successo a Napoli, partendo dal giorno in cui avevano trovato la fotografia a casa del nonno fino a quello in cui Alfredo aveva raccontato la sua versione dei fatti. Angela ascoltò, come in trance, senza interrompere. Dopo che ebbero finito, continuò a fissare il vuoto.

«Nonna?» la chiamò Annaluna.

Lei non rispose.

«Nonna, ti senti bene?»

Si guardarono spaventate.

L'aiutarono a sdraiarsi. La donna era bianca in volto, come morta. Per parecchio tempo restò così, immobile, nella stessa posizione. Nella stanza si avvertiva solo il suo respiro lieve. Poi, all'improvviso, cominciò a tremare.

«Nonna, non fare così! Annaluna, sta morendo!»

A quelle parole, lei parve riaversi. Le guardò, con un'espressione nuova, vaga; gli occhi sembravano più piccoli e sbiaditi. Era come se si fosse raggrinzita tutta, in un attimo. Finalmente riuscì a parlare.

«Per tanto ho sperato... l'ho attesa... ho pregato. Ma questo, questo...» Le tornò un po' di colorito. «Me lo sono sempre sentita, che era viva.»

«Nonna, non ne siamo sicure» le ricordò Annaluna stringendole la mano.

«Vuoi un po' d'acqua?» chiese Maria Sole.

«State tranquille, ragazze. Sto bene, ma lasciatemi il tempo. Sono vecchia, ne ho bisogno.»

Fece cenno di volersi alzare. Le nipoti la aiutarono a mettersi seduta, poi si sistemarono al suo fianco.

«Ho sempre pensato che Elena non fosse felice con Alfredo. Ma fuggire con un tedesco? Chi lo dice? Lui, lo dice. Ha detto tante cose» mormorò.

«Nonna, non vogliamo che ti agiti.»

Maria Sole scivolò a sedere per terra e le pose la testa in grembo.

«Vostro padre... Da un simile bugiardo ci si può aspettare di tutto. Come ha potuto farmi una simile cattiveria!? E come ha potuto farla a voi!?»

«Povera nonna...»

«Quell'uomo mi ha lasciata sempre perplessa. Da ragazzo

rideva e scherzava, poi è diventato all'improvviso un uomo rigido, tutto d'un pezzo. Ma che avesse qualcosa di strano, qualcosa in corpo, l'ho sempre pensato. Cosa le ha fatto, per spingerla a prendere una decisione così?»

«Non lo sappiamo, nonna.»

«Non dite niente a Maria, niente a Melina. Non voglio che si sappia di tutta questa storia fino a quando non siamo sicure.»

«Non diremo niente a nessuno. Melina, poi... ci dispiace per lei, e per Duccio.»

Angela si chiuse di nuovo nei suoi pensieri. Poi, quasi piangendo, aggiunse: «Non riesco a capire come ha potuto abbandonarvi. È impossibile».

«È possibile, eccome. Ha pensato a se stessa e non a noi. È una persona molto diversa dall'idea che avevi di lei.»

«Non dire così, Maria Sole; non giudicare senza sapere. Io l'ho imparato tardi nella vita. Bisognerebbe sentire vostra madre, prima di condannarla. Per ora io vi dico: non chiudete il vostro cuore, non fatelo diventare di pietra. Che sia così come il corallo, poroso: che possa entrarvi amore, se amore c'è.» Gli occhi le brillarono. Afferrò le mani delle nipoti, improvvisamente tornata vitale. «Dovete andare in Germania. Dovete capire se quella donna è veramente Elena. E ascoltare le sue ragioni.»

26

Qualche giorno dopo, a Napoli, le gemelle richiesero il passaporto. Il pomeriggio in cui avrebbero dovuto ritirare il documento pioveva a dirotto; forse non era il caso di uscire. Annaluna era un po' raffreddata e cercava di convincere la sorella a rimandare. Ma Maria Sole insisteva: ormai avevano preso l'appuntamento e non le andava di ripetere tutta la trafila.

«Perché non telefoni al tuo amico Mariano? Magari può venire a prenderci con la macchina.»

Annaluna non era sicura di voler rivedere Mariano. Durante i giorni a Torre del Greco aveva deciso di allentare quel rapporto che non poteva condurla da nessuna parte; adesso però, solo a sentirlo nominare, si accorse che vacillava.

«Non so...» disse.

Non gli aveva ancora detto che aveva intenzione di partire, temeva che lui potesse dissuaderla.

«Allora, ti decidi a chiamarlo, sì o no? Altrimenti lo faccio io, dammi il numero!»

«Va bene, va bene, gli telefono. Ma la macchina è del fratello, non so se può prenderla.»

Dopo nemmeno mezz'ora Mariano era al loro portone. Le ragazze entrarono in auto.

«Ci sei anche tu, Maria Sole?» Ad Annaluna Mariano parve deluso.

«Certo che ci sono; che credevi, di farti la passeggiatina cuore a cuore con mia sorella?»

«Ma che dici» replicò Annaluna, «piuttosto, ringrazialo.»

«Grazie, Mariano» recitò a pappagallo Maria Sole.

«Ti piace scherzare, eh? A studiare, invece, non ci pensi proprio. Sei sempre ferma al primo esame?»

«Sono cose che non ti riguardano... Non ti impicciare! Io leggo quello che mi pare, non quei ridicoli testi universitari... Adesso sto leggendo Orwell, *1984*. Lo conosci?»

Mariano non reagì alla provocazione e continuò a guidare in silenzio. Non c'era più traccia dell'armonia che li aveva uniti quando erano andati al mercato di Resina.

Maria Sole si pentì di essere stata brusca.

«Vuoi sapere perché non studio? Mio padre mi ha costretta a iscrivermi all'università, come Annaluna, ma io non sono come lei, che era così brava a scuola. Avrei preferito smettere di studiare e andare a lavorare. Lui, però, non ha voluto sentire ragioni, mi dovevo assolutamente laureare. Forse era il sogno che non era riuscito a realizzare.»

«Ti capisco, ognuno dovrebbe poter seguire le sue inclinazioni. Ecco ragazze, siamo arrivati» disse Mariano parcheggiando di fronte alla questura.

«Meno male, ha smesso di piovere!»

Si sbrigarono in fretta. Una volta fuori, Mariano, che aspettava appoggiato alla portiera dell'auto, rivolse a entrambe un largo sorriso.

«Adesso che avete il passaporto che ve ne fate?»

«Ma come» rispose pronta Maria Sole «non te lo ha detto Annaluna? Partiamo.»

«Come partite? Quando?»

Mariano rivolse uno sguardo angosciato e interrogativo ad Annaluna.

«Sì, è vero. Andiamo in Germania.»

«Che dici, te ne vai?» Parve quasi sul punto di mettersi a piangere per la delusione.

Un signore, che aspettava in seconda fila che Mariano gli lasciasse il posto, suonò impaziente il clacson, lui allora si girò di scatto e gli lanciò un improperio.

«Non me ne vado! Resto fino a quando mi pare.»

Dall'auto uscì un energumeno che si avvicinò minaccioso.

«Vai, Mariano, lascia perdere. Noi torniamo a piedi. Non piove più. Grazie, ci sentiamo presto.»

Mariano, rabbioso, entrò in macchina, chiuse con violenza la portiera e sgommò, andando via.

Lungo il tragitto verso casa, le ragazze decisero di fermarsi in un bar a bere una Coca Cola.

«Certo che ci è rimasto male, il tuo amichetto» commentò Maria Sole. «È successo qualcosa tra voi che lo faceva ben sperare?»

Maria Sole aprì una busta di patatine e cominciò a sgranocchiare mentre parlava.

«Dài, Sole, non scherzare...» Ma a quel punto Annaluna decise che era arrivato il momento di dirle tutto. «Sì... è successo. Ci siamo dati un bacio.»

«Non ci credo!» esclamò la sorella con la bocca piena. «Lo sapevo che andava a finire così.»

«Ma che sapevi, che sapevi...»

«Raccontami tutto.»

La gemella le fece un breve resoconto e l'altra ascoltò con

attenzione, poi le chiese: «Ma a te piace tanto da metterti in un casino?».

«Non lo so. Sì, mi piace più di quanto dovrebbe. Ma adesso voglio pensare solo al nostro a viaggio a Monaco.»

«Ci ho ripensato, Annaluna. Te lo volevo dire, ma… insomma ho deciso. Io non vengo con te in Germania.»

Annaluna la prese per un braccio e cominciò a scuoterla.

«Che dici? E il passaporto, allora, perché ci tenevi tanto ad averlo? Ti prego non parlare a vanvera.»

«Il passaporto mi serve, sì. Solo non per andare in Germania. Ma tu vai, non tento nemmeno di convincerti a rinunciare. So che non ci riuscirei.»

Annaluna la guardò con espressione smarrita.

«Ci separiamo questa volta, Annaluna.»

L'altra non replicò e rimase a lungo in silenzio. Conosceva la sorella e sapeva che, se aveva deciso di non partire per la Germania, qualunque cosa avesse detto non sarebbe servita a farle cambiare idea. Erano così legate che si capivano senza parlare.

«Ma perché, dimmi: perché non vuoi venire?»

«Vieni, usciamo di qui, c'è troppa confusione. Camminiamo.»

Era ormai buio, le strade erano bagnate e le luci dei lampioni si riflettevano nelle pozzanghere.

«Ma se lei è viva, non la vuoi conoscere? Non le vuoi chiedere *perché*?»

«Se è viva? Buon per lei. Proprio questo non le perdono: di non essere morta.»

Annaluna la fissò senza capire.

«Per anni, per me, mamma è stata una testa rasata, una figura scheletrica torturata nei campi di concentramento, un cadavere decomposto, un mucchio d'ossa. Questa era l'immagine che avevo. E adesso ci dicono che è viva – sempre che lo sia davvero, sempre che sia lei...»

«Tu sai che è così! Lo sai come me!» Annaluna gridava.

«E credi che questa verità possa annullare l'altra, quella con cui abbiamo dovuto fare i conti fino ad oggi? Che possa farmi dimenticare le visioni che hanno ossessionato e condizionato i miei anni? Dovremmo cancellare tutto il nostro passato per proiettarci in un futuro che forse nemmeno esiste?»

Annaluna scosse il capo.

«Ti sei mai chiesta perché siamo diventate così? Tu che hai paura di vivere, che ti affezioni all'idea di un amore impossibile per non doverti trovare un fidanzato reale, e io che, al contrario, la vita me la voglio godere tutta, divorarla prima che lei divori me. E non voglio legami. Le mie amiche sognano il matrimonio: sai per me cos'è, il matrimonio? Una testa rasata in abito da sposa. Non te l'ho mai detto, per non impressionarti.»

«Maria Sole, aspetta. Papà ci ha raccontato una verità in cui pure lui ha finito col credere: la *sua* verità. Ma adesso noi dobbiamo avere il coraggio di affrontare le cose come stanno.»

«Come si fa a passare da una verità all'altra? Nessuno di noi sarà capace di uscirne.»

Camminarono in silenzio, senza guardarsi.

«Non mi hai detto dove vuoi andare» osservò alla fine Annaluna.

«A Parigi, da Marisa. Te la ricordi, no? Lei studia lì, ha avuto una borsa di studio.»

«Sì.»

«Mi ha scritto che posso raggiungerla quando voglio. Mi ospita nella sua stanza alla Cité Internationale Universitaire. Non posso restare qui a guardare Mammelina in faccia e non dirle niente. Non posso pensare che le sto nascondendo la verità, che sono peggio di papà. Poi vedrò. Ma non chiedermi di cercare una sconosciuta.»

«Non capisco perché andare fino a Parigi, ma fai come vuoi. Ti chiedo solo di starmi vicina. Solo questo.»

Maria Sole afferrò la mano della sorella e insieme continuarono ad avanzare nella sera.

TERZA PARTE

27

Trafelata per la corsa, Annaluna arrivò al binario all'ultimo momento. Salì sul vagone un attimo prima che il capostazione desse il fischio di partenza, ma ormai le carrozze erano già piene.

Viaggiare da sola, senza la sorella, di notte poi, era una cosa che non aveva mai fatto. Il litigio con Mariano l'aveva confusa ancora di più e aveva rischiato di perdere il treno. Non sapeva quasi nulla della sua destinazione finale: come arrivare in quel luogo, dove andare a dormire, chi cercare. Era quanto di più avventato, anzi, quanto di più audace avesse mai fatto fino ad allora.

Cercò di mantenersi in equilibrio e non cadere tenendo la valigia, la macchina fotografica appesa al collo, mentre caracollava sui mantici a soffietto passando tra un vagone e l'altro. Pensava a suo padre e a quanto avrebbe disapprovato il suo viaggio. Era sempre la stessa storia: per ogni cosa che faceva le sembrava di sentire la sua voce e il peso del suo giudizio. Ma adesso basta. Aveva bisogno di rompere con imposizioni, divieti, consigli, raccomandazioni, suggerimenti, obblighi, insomma con tutto ciò di cui lui l'aveva caricata così ipocritamente per anni, come diceva Maria Sole. Le serviva una cura di disintossicazione, quasi fosse avvelenata.

Ma ciò che veramente la turbava era non avere l'approvazione di Maria Sole. La sorella in realtà non la biasimava, sosteneva semplicemente che le loro posizioni sulla questione erano differenti, e che ognuna doveva fare come riteneva più giusto. E lei, dopo tanti dubbi, pensava appunto di fare la cosa giusta. Però si dispiaceva di aver preso una decisione su una faccenda così importante senza che lei la condividesse.

Dopo aver aperto e chiuso diversi scompartimenti, tutti troppo affollati e maleodoranti, trovò un posto libero alla fine del vagone. C'erano solo un uomo e una donna seduti vicino al finestrino. Sistemò la valigia sulla rete del bagagliaio, lasciò accanto a sé il borsone con l'acqua e un panino per la cena e ci ficcò dentro la macchina fotografica. Si accomodò accanto all'uscita, dove si sentiva più sicura e libera di andare e venire, e verificò ancora una volta di avere con sé il passaporto. Non sapeva bene quando avrebbe dovuto presentarlo, se alla frontiera dovesse scendere dal vagone o se la polizia salisse a controllare i documenti dei passeggeri. Pensò che Maria Sole avrebbe sicuramente saputo come comportarsi, e se no avrebbe chiesto a mezzo treno che fare. Sentiva già fortissima la sua mancanza.

Scoprì che aveva ragione Mariano quando le aveva detto di non preoccuparsi, e che i sedili si abbassavano e si reclinavano quel tanto che consentiva di essere più comodi per dormire. Naturalmente non aveva preso il wagon-lit, troppo costoso, anche perché non le era chiaro quanti soldi le sarebbero serviti, né sapeva quanti giorni sarebbe rimasta. Era meglio, quindi, non sprecare denaro.

Non era così che aveva immaginato il suo primo viaggio da sola, e soprattutto mai si sarebbe sognata che il primo Paese visitato fosse la Germania, o meglio uno sconosciuto paesino vicino Monaco. La vita le si parava davanti improvvisamente piena di incognite. Doveva imparare a tenere bene i piedi a terra, a non farsi prendere dall'ansia e ad affrontare i problemi man mano che si presentavano.

Il problema *Mariano*, per esempio. Ecco, a Mariano adesso non voleva pensare. Era ancora caldo il litigio, quelle parole infuocate con cui si erano lasciati alla stazione. Lui l'aveva supplicata di non partire. Non capiva bene cosa andasse a fare a Monaco, da sola, così a un tratto. Le aveva detto che presto tutto sarebbe cambiato, anche se non era chiaro a cosa si riferisse: al loro rapporto o ai problemi familiari di Annaluna – di cui, fra l'altro, lei ancora una volta non era riuscita a parlare? O, piuttosto, al rapporto suo con la moglie?

Annaluna aveva assunto un tono stridulo e Mariano era impallidito; l'aveva guardata in modo strano, come se non la riconoscesse, e infine le aveva detto: «Fai come credi».

Si era appena appisolata che il treno si fermò alla stazione di Roma svegliandola di soprassalto. Rassegnata, decise di esercitarsi con il cambio. Aveva già convertito le lire in marchi; in banca le avevano dato qualche spiegazione sul valore della valuta, ma non era sicura di ricordare bene tutto. Prese con sé il borsone verde per avere tutto a portata di mano, uscì nel corridoio e si sedette su uno strapuntino con l'intenzione di fare i conti, e poi di leggere un po'. Si accorse ben presto, tuttavia, che non era in grado di fare niente. Le lacrime cominciarono a offuscarle gli occhi, e non sapeva bene nemmeno lei perché o per chi piangesse.

«Vuoi una sigaretta?»

Un ragazzo alto e magro, affacciato al finestrino, si girò verso di lei e le porse il pacchetto.

«Hai tutta l'aria di una che ne ha bisogno.»

Luna si chiese se accettarla significasse incoraggiarlo, quando lei invece voleva solo starsene tranquilla. E poi non aveva ancora mangiato il panino, e a digiuno la sigaretta le faceva bruciare lo stomaco. Fino a pochi mesi prima, fumare era una cosa che aveva sempre fatto di nascosto. Suo padre disapprovava, ovviamente.

«Uno, due, tre… tra poco scade il tempo e si chiude l'offerta. Sai, è un'asta.»

Annaluna sorrise.

«Grazie. È vero, ne ho bisogno.»

«Ci metti sempre tanto tempo per decidere, anche nella vita?»

«Questa volta ho deciso in fretta.»

Lui le porse l'accendino e Annaluna si piegò sulla fiamma. Tirò una boccata, ma subito dopo tossì.

«Lo sapevo» disse il ragazzo. «Tu non fumi di solito, vero?»

Passarono delle persone lungo il corridoio e Annaluna fu costretta ad alzarsi.

«Dopo Bologna si viaggia meglio, molti scendono.»

«Com'è che lo sai? Viaggi spesso?» gli chiese per educazione.

«Praticamente io vivo in treno da quando sono nato, o quasi. Mia madre sta a Roma con un tizio sposato, mio padre a Bologna con un'altra donna e un altro figlio, e io faccio la spola. Chiamami Train, è il mio nome d'arte» le sussurrò strizzando l'occhio. «Tra poco però farò ventun anni e questa storia finirà. Andrò a vivere dove mi pare.»

Luna lo guardò con un nuovo interesse. Parlava con disinvoltura di fatti intimi come lei non aveva mai immaginato che si potesse fare. A casa sua parlare di certe cose era considerato sconveniente, parlarne con degli sconosciuti poi… Molte cose venivano taciute per rispetto delle convenzioni. E si era visto bene fino a che punto l'ipocrisia poteva arrivare. Provò un moto di disgusto, la solita sensazione che l'attanagliava quando ripensava a tutto quello che era successo. Quel "tutto" che era stato taciuto in nome di che cosa? Del perbenismo, della tranquillità, del buon nome da salvaguardare?

Osservò il ragazzo attraverso il fumo della sigaretta. Portava degli occhiali in celluloide rettangolari e i capelli avevano bisogno urgente di un taglio, però era carino quando, con un movimento del capo, cercava di buttare all'indietro il ciuffo che gli ricadeva continuamente sulla fronte. Prima che lei aprisse bocca, lui la anticipò: «Assomigli a Francoise Hardy, lo sai? *Tous les garçons et les filles de mon âge,* eccetera».

«Buffo, io invece stavo pensando che tu somigli a Peppino di Capri.»

Train si mise a cantare ad alta voce con la mano sul cuore. *Lo sai, non è vero che non ti voglio più... Roberta, ascoltami... ritorna ancor...* Lei rise.

«Ma sei pazzo? Qui dormono tutti. Smettila subito, ci cacciano dal treno.»

«Peppino di Capri, mah! Quelle canzoni sdolcinate... per ragazzette che non sanno niente di musica.»

Luna aggrottò la fronte.

«Quando mai, e *Let's Twist Again*? Pure quella è per ragazzette? E *Saint Tropez Twist*? Non ti piace?»

«Sì, certo, ma... *Please Please Me* dei Beatles la conosci? In Inghilterra stanno avendo un successo incredibile.» Prese lo zaino da boy scout che aveva con sé e tirò fuori un 33 giri. «Ricordati la data di oggi, 22 novembre 1963, perché cambierà la storia» recitò con un tono volutamente plateale. «Oggi è uscito in Italia il loro primo long play.»

Glielo mise in mano e lei osservò incuriosita quella copertina, con l'immagine di quattro ragazzi dai capelli lunghi, a caschetto; era forse per imitarli che li portava così anche lui?

«Non li conosco» disse restituendogli il disco.

«Stai sicura che a breve li amerai anche tu. Questi rivoluzioneranno tutta la musica, credimi.»

Ripose il 33 giri nello zaino e ne tirò fuori un altro.

«Questo lo conosci, spero» e le mostrò *Blowin' In The Wind.*

«Certo che lo conosco, per chi mi prendi? E mi piace molto. Ma tu hai lo zaino pieno di dischi?»

«Quasi. Se non ho la mia musica con me, ovunque vado, non sopravvivo. Comunque, ragazza dal borsone verde, ti devo chiamare così per tutto il viaggio, o un nome ce l'hai? Pensa: "La ragazza dal borsone verde", che bel titolo per un giallo! Alla fine, si scopre che dentro a quel borsone nasconde un cadavere a pezzi. Sembra un film di Hitchcock.»

«Mi sa piuttosto di un fumetto. Mi chiamo Annaluna, ma puoi chiamarmi Luna.»

«Piacere, Luna. Io sono Francesco Notaro, incidente di percorso.» Le diede la mano cerimoniosamente. «Ma preferisco Train, il pacco postale.»

Restarono in silenzio, lasciandosi cullare dal movimento del treno.

«Che dici, creatura lunare, se ora andiamo al vagone ristorante in prima classe? Anche se non so se a quest'ora si trova ancora qualcosa da mangiare» propose Francesco dando uno sguardo all'orologio.

«Ho un panino con me, ma non ho fame, non riesco a ingoiare niente. Ma forse un caffè, visto che tanto non dormiamo.»

Il vagone ristorante era deserto.

«Stiamo chiudendo» disse il barista. «Possiamo servirvi al massimo un caffè.»

«Vada per i caffè! Due espresso, grazie» rispose Francesco. Poi si girò verso di lei. «Allora, ti chiami Annaluna, viaggi da sola, ti piace Peppino di Capri, il twist e sei diretta in Germania, giusto? E poi? Mi sembra troppo poco per iniziare un'amicizia di lunga durata, come sono sicuro sarà la nostra.»

«Non credo. Io vivo a Napoli e tu tra Roma e Bologna, sarà difficile che ci rincontriamo.»

«Dimentichi che sono "The Train", l'uomo che viaggiava sempre. Forse vengo dallo spazio. Insomma Annaluna, che vuoi fare da grande? Comincio da domande facili facili, come un vecchio zio, quelle che si fanno ai bambini.»

Da grande? Annaluna si accorse che non era affatto una domanda facile.

«Ho sempre pensato che avrei fatto l'insegnante. Sono iscritta al secondo anno di Lettere moderne. Non è che mio padre abbia proprio obbligato me e mia sorella a iscriverci a questa facoltà, ma diciamo che sa bene come convincere una persona a fare ciò che lui desidera.»

«Interessante. Spiegami meglio.»

«Praticamente ci ha fatto il lavaggio del cervello: che per una ragazza l'insegnamento è l'unico lavoro giusto, che è un mestiere fatto apposta per le donne, che non le espone al rischio di incontrare chissà quali mascalzoni, che è una professione dignitosa, che è un ambiente quasi tutto al femminile, eccetera. Insomma, una tiritera ripetuta in continuazione. Ma io non so se l'avrei scelto. L'ho semplicemente accettato. Però gli studi che sto facendo per ora mi piacciono. Mia sorella, anzi la mia gemella, invece, non studia e non dà esami. Non le interessa affatto.»

«Ah, hai una gemella? E com'è, carina come te? Anche lei somiglia a Francoise Hardy?»

«Certo che è carina, ma non mi somiglia, siamo diverse. Lei non è un'alice come me, è più... più...»

Era in imbarazzo, non sapeva come descriverla.

«Va be', non fa niente, lascia perdere. Torniamo a te. Allora farai l'insegnante?»

Annaluna tacque a lungo. Pensò al suo amore per la fotografia, al piacere che provava a scrivere articoli e far uscire il giornale della parrocchia. Poi, a un tratto e senza sapere nemmeno lei perché, si mise a raccontargli quello che più le piaceva: girare con la macchina fotografica tra i quartieri poveri di Napoli. Voleva provare a raccontare la sua città in modo diverso, non solo pizza e mandolini, *o'* sole, *o'* mare e *Pusilleco addiruso*. Avrebbe voluto che le sue foto parlassero della gente comune, con i loro problemi, magari attraverso ritratti di volti interessanti.

Lui si mise a ridere.

«Com'è, com'è, ripeti? *Puselleco adduriso*?»

«Non mi prendere in giro.»

«Non ti prendo in giro. Mi piace il napoletano. E mi piacciono anche queste tue idee. E, visto che me lo chiedi con insistenza, ti parlerò di me. Il 4 gennaio compio ventun anni. Mancano esattamente quarantatré giorni...» guardò l'orologio «... un'ora e venticinque minuti, dopo di che sarò libero di costruirmi la vita che voglio. Per prima cosa, lascerò quello schifo di facoltà che è inutile pure che te la racconti, tanto mi fa venire il voltastomaco. Non voglio finire sepolto dalle carte come mio padre, un morto vivente. Per il momento ho intenzione di vedere un po' il mondo. Vorrei fare un viaggio *on the road* in autostop, per l'Europa. Genere Kerouac, per intenderci. Per ora, non ho fretta di fare una scelta sbagliata di cui potrei pentirmi.»

Annaluna pensò che anche lei e Maria Sole tra pochi mesi sarebbero state maggiorenni, ma non provava tutta quella smania di arrivarci. Forse perché non sapeva bene che farsene della maggiore età e della libertà a cui lui invece tanto anelava. Si sentiva spaesata, come un animale nato e cresciuto allo zoo che a un certo punto viene rimandato nella foresta. Che avrebbe fatto, dopo?

«Che cos'è quel libro che stai leggendo?»

«Oh, l'ho appena cominciato» disse lei, accorgendosi di non averlo riposto nella borsa. «*Il giovane Holden*. Ti piacerebbe. Non so perché ma mi fai pensare al protagonista.»

«Sicuro che l'ho letto. *Se davvero avete voglia di sentire questa storia, magari vorrete sapere prima di tutto dove sono nato e com'è stata la mia infanzia schifa*... Non mi somiglia affatto.»

Uno stridio di freni annunciò che il treno si era fermato alla stazione di Firenze. Si sentirono le voci di passeggeri che scendevano o salivano, e sbattere di portiere.

«E come mai vai a Monaco?»

«Non è una domanda a cui voglio rispondere.»

«È legato al fatto che piangevi poco fa?»

«Problemi di famiglia. Ma saranno fatti miei, no? Non ti hanno mai parlato della parola *discrezione*?»

«Non so cosa intendi. A casa mia, quando ero piccolo, c'era teatro tutti i giorni. È così che sono cresciuto.»

Si girò risentito verso il finestrino e restò in silenzio a guardare i contorni bui del paesaggio che aveva ripreso a sfilare veloce.

Teatro tutti i giorni? Cosa voleva dire? L'infanzia di Annaluna, invece, era scivolata nel silenzio, nelle parole dette a bassa voce, nelle stanze chiuse per non essere sentite dalle bambine che magari ne sarebbero state turbate. All'epoca credeva che fosse giusto così, che solo ai bambini fosse concesso gridare, fare chiasso, piangere, esprimere emozioni. Gli adulti erano avvolti nelle loro vite cristallizzate, prive di emozioni, sempre corrette. Lei si riteneva fortunata ad avere una gemella, un'altra persona con cui condividere tutto. Suo padre, forse, a modo suo era stato amorevole, ma non poteva saperlo: forse erano così tutti i padri. E le madri? Come manifestano il loro affetto? Quante volte se lo era chiesto spiando i comportamenti di quelle delle sue amiche. Una volta aveva comprato dei fiori e li aveva regalati alla madre di una compagna di banco, che naturalmente si era molto meravigliata. Neanche lei sapeva perché l'avesse fatto, ma sicuramente aveva a che fare con sua madre. Non aveva mai potuto portare un fiore sulla sua tomba, perché non c'era nemmeno quella. Quante volte avrebbe voluto chiedere al padre com'era davvero la mamma, quali erano stati i suoi sentimenti per lei, ma non c'era nessuna confidenza tra loro, e se qualche domanda era stata fatta, lui si era sempre rintanato dietro frasi generiche, racconti banali, che la scoraggiavano dal chiedere ancora.

Persa nei suoi pensieri non si rese conto che anche Francesco rimaneva stranamente in silenzio.

«Un giorno» disse alla fine lui, la voce più fioca «tornai da scuola in anticipo, accompagnato dalla maestra; ora non ricordo bene perché. Lei mi affidò al portiere e io gli chiesi di accompagnarmi su con le chiavi: volevo fare una sorpresa a mia madre. Entrai zitto zitto in casa e aperta la porta della camera mi lanciai come un fulmine sul letto gridando: sorpresa! Mia madre era a letto con un uomo. Erano nudi, avvinghiati l'uno all'altra. Io ero talmente piccolo che non capii cosa succedeva, mi resi conto però che era una cosa brutta.»

Annaluna lo fissò inorridita, senza sapere che dire. Lui si

accese un'altra sigaretta e la guardò tranquillo, almeno in apparenza, attraverso il fumo.

«Dopo poco la mia vita cambiò, anzi, la vita di tutti noi. Si passò dalle urla, dai piatti rotti, al silenzio più totale. Per un po' andarono via sia mio padre che mia madre e io rimasi con la governante. Poi iniziai a fare il pacco postale.»

«Mi dispiace, deve essere stato terribile per te, eri un bambino. Ma come fai a raccontare tutto questo e a non volerlo dimenticare?»

Lui alzò le spalle.

«Perché mai non dovrei raccontarlo? Fa parte della mia vita. Io sono quel che sono per via di tutte le esperienze che ho fatto fino a oggi. Va bene così. I miei non mi hanno mai nascosto niente. Sarebbero potuti restare insieme e obbligarmi a una vita di menzogne, come migliaia di coppie che si odiano e fingono per convenzione, per i figli, per paura di quello che dirà la gente. Loro oggi si sono rifatti una vita e sono felici. Chi sono io per giudicare?»

Annaluna annuì, e lui le indirizzò un sorriso complice.

«Te l'ho raccontato perché mi è sembrato che tu avessi bisogno di una scrollata. Ognuno ha i suoi guai familiari. E può avere una vita felice lo stesso.» Spense la sigaretta nel posacenere. «Qualunque sia il motivo delle tue lacrime, credimi, domani starai meglio. Pensa a me che fra poche ore sarò obbligato dalla nuova fidanzata di mio padre a sentir parlare solo francese, perché lo trova chic! Ti rendi conto? Ma come diavolo ha fatto a innamorarsi di una così?»

Nonostante tutto, Annaluna sorrise pensando a Melina che si sforzava di parlare bene in italiano, ed ebbe un moto di affetto verso di lei, così semplice, buona e dignitosa. Tutto il resto del racconto, però, l'aveva profondamente colpita. Restò muta mentre continuava a rimuginare su quello che lui le aveva detto. Si rese conto di aver vissuto in un mondo ovattato, irreale. Le era stato precluso il contatto con la vita vera.

«Vado a cercare mia madre.»

Le uscì così, senza nemmeno volerlo. Mai avrebbe pensato di essere in grado di parlare di quanto era successo, con uno sconosciuto poi. E invece si trovò a raccontargli tutto, dall'inizio, anzi da prima della loro nascita, addirittura di tutto quello che le era stato nascosto e delle menzogne con cui era stata cresciuta. Lui ascoltò fino a che ebbe terminato, senza interromperla.

«È gentile tuo padre? È più difficile odiarli, se sono sempre gentili.»

Certo che era gentile. Annaluna, spontaneamente, riprese a parlare e gli raccontò di quel giorno, tanti anni prima, in cui Maria era andata via da casa per tornare a Torre del Greco. Loro erano grandicelle e potevano fare a meno di una governante, aveva detto il padre. Probabilmente non aveva più la possibilità di pagarla e mantenerne la figlia, era un momento nero per la fabbrica. Annaluna si era rintanata in camera sua a piangere e nessuno aveva compreso il suo dolore, nemmeno Maria Sole, che invece era contenta al pensiero di poter essere più libera. Allora suo padre, stanco e segnato in volto dalle preoccupazioni, le era venuto vicino e le aveva detto che quella domenica l'avrebbe accompagnata a Torre dalla nonna, dove si trasferiva Maria, e sarebbe potuta restare lì tutto il tempo che voleva, e così ogni volta che avesse voluto rivederla.

Aveva ragione Francesco: per quanto fosse arrabbiata con lui, non riusciva a odiare suo padre.

Il cameriere venne a dire che la carrozza ristorante chiudeva.

Si alzarono per andarsene.

Nel corridoio, prima di rientrare nello scompartimento, lui si voltò e la bloccò.

«Che diresti, ora, se io ti dicessi che proseguo per Monaco insieme a te, invece di fermarmi a Bologna?»

«Che sono contenta.»

28

Nessuno dei due aveva sonno, o voglia di dormire. Si sedettero sul pavimento del corridoio, appoggiati alla parete, a gambe incrociate, come su un prato.

Continuarono a chiacchierare senza sosta. Annaluna non aveva mai provato una simile facilità nel parlare di se stessa. Forse nemmeno con Maria Sole si era aperta in quel modo. Francesco era un buon ascoltatore e soprattutto non le metteva soggezione, sentiva che poteva raccontargli qualsiasi cosa e che lui non l'avrebbe giudicata, qualunque cosa lei avesse detto, anche la più bizzarra.

Gli confidò perfino della sua paura del buio, che l'accompagnava da quando, bambine, lei e la sorella si erano perse di notte alle falde del Vesuvio.

Lui le fece scivolare le dita tra i capelli, e le raccontò che esiste un posto in Norvegia dove il sole non tramonta mai e la luce ha dei riflessi meravigliosi; avrebbero potuto vivere lì, durante tutti i mesi di luce. Lui avrebbe pescato le trote e lei filato la lana. Le raccontò della casa dove avrebbero abitato con gli slittini fuori dalla porta, dei fiumi e dei ruscelli, delle colline verdi, dei pascoli, delle mandrie, e delle foreste di abeti.

Annaluna scoppiò a ridere. «Sei matto? Ci siamo appena conosciuti!»

Lui rispose: «Ecco, hai distrutto tutta la poesia!».

Lei rise ancora. «Ma sei sicuro ci sia tutto questo: gli slittini, le mandrie? Ci sei mai stato?»

«No, ma proprio perché non ne so niente e me lo devo inventare, mi piace immaginarlo così.»

«E tu di che hai paura?»

«Di tante cose, ma reali, quindi cambiano volta per volta. Non ne ho una fissa. Sono volubile anche nelle paure. Ti dico invece cosa non mi spaventa: non ho paura di vivere.»

E io? si chiese Annaluna; era questo il suo problema, la sua insicurezza. Il timore di non fare la cosa giusta, di sbagliare, di non poter tornare indietro nelle sue scelte, o di non essere mai all'altezza. Tutto questo le impediva di vivere a pieno la vita. Ma come uscire da questo labirinto?

Un rumore di freni annunciò che erano arrivati a Bologna. Si alzarono da terra per fare spazio a dei passeggeri con le valigie pronti a scendere. Lei rientrò nella sua carrozza e lui mise in spalla il suo zaino.

«Scendo per telefonare a mio padre e fare il biglietto per Monaco. Ci metto un attimo.»

Dopo un po', non vedendolo tornare, Annaluna ebbe timore che non l'avrebbe rivisto, e si accorse che già le mancava. Com'era possibile? L'aveva appena conosciuto. Solo poche ore prima stava litigando con Mariano alla stazione di Napoli e le pareva passato un secolo. Si ritrovò a pensare a lui. Come sempre provava sentimenti contrastanti nei suoi riguardi: oltre l'attrazione, che non poteva negare, c'era qualcosa in Mariano che la disturbava, ma che non era mai riuscita a definire. E ora Francesco, con la sua disarmante schiettezza, aveva messo in luce la disonestà dell'altro; Mariano, in fondo, era dello stesso stampo di suo padre. In apparenza serio, buono, generoso, pieno di grandi ideali, ma poi a ben guardare, un ipocrita. Si comportava come non avesse una moglie, e aveva nei confronti di Annaluna un atteggiamento ambiguo. La baciava, ma poi ritornava nel suo comodo guscio di uomo sposato. Lo sai, le dicevano i suoi sguardi rammaricati, vorrei ma non posso. Però non parlava apertamente della questione. Stavano sempre insieme, fingeva che fossero solo grandi amici, ma poi la baciava. Non voleva che lei partisse, e tuttavia non si esponeva più di tanto. Sì, aveva fatto quella scena alla stazione, ma appunto: solo una scena. Tutto a un tratto, Annaluna si accorse che lo disprezzava. Si rese conto di aver idealizzato una persona meschina. Aveva ragione Maria Sole: si era comportata come una ragazzina.

E d'improvviso le fu chiaro perché non era mai riuscita a parlargli della madre e di quello che stava succedendo. Perché nel loro rapporto mancava la sincerità. Anche lei non aveva voluto vedere, se ne assumeva la colpa. Si stupì di come le cose ora apparissero tanto chiare. La distanza le aveva reso evidente tutto.

Alcuni passeggeri appena saliti cercavano il loro posto a sedere parlando a voce alta, incuranti di quanti ancora dormivano.

Si aprì la porta dello scompartimento.

«È libero qui?»

«No, è occupato» rispose Annaluna, sistemando il suo borsone sulla poltrona accanto a lei.

Sentì le porte dei vagoni chiudersi e il fischio di partenza. Uscì in corridoio e si affacciò al finestrino per vedere se, nel buio della stazione, riuscisse a scorgere Francesco. Poi il treno ripartì e lei tornò al suo posto. *Ecco qui*, si disse. *Ritorna in te, non lo vedrai mai più. E non hai nemmeno uno straccio di numero di telefono.*

Proprio in quel momento la porta si aprì e Francesco comparve ansimante, con lo zaino in spalla, una sciarpa rossa al collo, e due cornetti in mano.

«Hanno ucciso Kennedy.»

«Cosa?»

«Gli hanno sparato mentre sfilava in macchina con la moglie, a Dallas.»

Annaluna si svegliò tardi, la testa appoggiata sul petto di Francesco che dormiva ancora. Si spostò lentamente per non svegliarlo. Aveva riposato poco ed era ancora insonnolita. Si era fatto giorno, ormai, e lei non aveva idea di dove fossero. Aveva addosso la sensazione tipica del risveglio, quando ancora non riesci a mettere a fuoco dove ti trovi. Si rese conto di provare uno strano malessere e, per un istante, pensò di aver fatto un brutto sogno. Tentò di ricacciare indietro la sensazione sgradevole ma, ben presto, le tornò in mente quello che avrebbe voluto cancellare: Kennedy era stato ucciso. Era terribile, non poteva essere vero.

Voleva scendere, comprare un giornale per saperne qualcosa in più. E avvertì forte la mancanza di Maria Sole. Avrebbe tanto voluto essere a casa con lei a guardare la TV, commentando insieme l'accaduto. Era turbata, come se avesse subito una perdita personale ed era sicura che la sua gemella provasse le stesse emozioni. Uscì nel corridoio e sentì che anche altri commentavano l'assassinio. Allora era vero: Kennedy era morto. Una donna, doveva essere salita a Verona, aveva con sé una copia del *Corriere della Sera*. *UNA TRAGICA PAGINA DELLA STORIA DEL MONDO: KENNEDY ASSASSINATO.* Le sembrò che la realtà fosse diventata peggiore, senza di lui. Come se con lui fosse morta anche l'America che amava. Adesso tutto sembrava perdere senso e anche quella giornata di luglio a Napoli diventava un sogno lontano.

Vide passare controllori o poliziotti di frontiera dalle facce severe. Erano arrivati al Brennero, quasi al confine.

29

A Monaco l'aria era fredda. Annaluna tirò fuori dal borsone il berretto di lana e chiuse la lampo della giacca a vento, quella da neve, con cui era partita. Avrebbe tanto voluto parlare con Maria Sole, ma non era certo quello il momento di telefonarle. Era confusa: stava lì, in un Paese che non conosceva, in una stazione grande, moderna, affollata, dove gli altoparlanti davano continue informazioni in una lingua che non capiva. Se Francesco non fosse stato con lei si sarebbe messa a piangere e probabilmente avrebbe fatto dietrofront e sarebbe tornata a casa. Era la prima volta che si trovava da sola all'estero; avrebbe dovuto essere particolarmente euforica, invece si sentiva solo svuotata. Nemmeno il pensiero che forse avrebbe incontrato sua madre riusciva a liberarla da quello stato di apatia.

«Insomma non hai prenotato nessun albergo per dare retta a questo tuo zio che non è uno zio, e che ti ha detto di rivolgerti al servizio informazioni di fronte al binario 21... Gran consiglio, fammelo dire, per uno che ha vissuto qui tanto tempo! Va be', facciamo come dice lui. Però prima vado all'ufficio cambio.»

Annaluna non replicò, cominciava a sentire tutta la stanchezza del viaggio. Aspettò pazientemente che lui cambiasse le lire in marchi. Se non avesse chiuso un momento gli occhi su un vero letto sarebbe svenuta. O magari potevano bastare un bagno caldo e un caffè.

Lui le passò un braccio intorno alle spalle e la strinse a sé.

«Sei stanca, povera Lunetta. Sei pallida come se avessi fatto il viaggio a piedi. Per prima cosa andiamo al bar e proviamo il caffè tedesco. Farà schifo, ti avverto, non credo che qui sappiano cos'è l'espresso, ma ci rifaremo stasera con la birra.»

Mangiarono qualcosa. Annaluna si informò in inglese sull'orario e sul binario di partenza dei treni per Ismaning. L'impiegato le trovò anche una pensioncina economica nei pressi della stazione.

Una volta fuori arrivarono all'albergo in pochi minuti: una palazzina gialla e bassa con l'insegna *Zimmer Frau* sulla porta a vetri. Presero due camere al primo piano, una di fronte all'altra.

Annaluna posò la valigia e si guardò intorno. La camera era lunga e stretta, aveva un'orribile carta da parati marrone con disegni geometrici, un lampadario dalla luce fioca e tende pesanti alle finestre. Ma il letto, con le lenzuola bianche e il piumino piegato, era pulito e invitante. Vi si lasciò cadere sopra di schiena, senza nemmeno togliere la giacca a vento, e in un attimo si addormentò.

Mezz'ora dopo Francesco venne a bussare alla sua porta.

«Sei pronta, hai fatto la doccia? Ho una fame da lupi.»

Annaluna si riscosse e, tutta arruffata, andò ad aprire.

«Scusami, mi sono addormentata. Faccio subito.»

Per farsi perdonare, istintivamente gli dette un bacio sulla guancia. Ma mentre stava per chiudere l'uscio, lui la tirò a sé e le diede un bacio profondo e intenso. Annaluna si sentì venir meno, lui però si staccò, lasciandola confusa. «Fai presto, ti aspetto giù.»

Uscirono in strada e fatti pochi metri si trovarono in una grande piazza attraversata da tram di colore blu. Il traffico era intenso: automobili, biciclette, pedoni, ma tutto molto ordinato e silenzioso. All'angolo di un viale lessero la targa: erano in Karlsplatz. L'impiegato alla stazione aveva detto che lì avrebbero potuto prendere il tram per il centro. Nonostante il freddo decisero che preferivano andare a piedi, attirati dalla bellezza dei palazzi che affiancavano le tre antiche porte della città.

Francesco si era avviato per una strada che gli era piaciuta per la sua aria antica.

Annaluna era sovrappensiero. Rifletteva sulle parole giuste da dire, e sulle domande che avrebbe dovuto fare a quella donna. Come avrebbe potuto chiederle se era sua madre? E se non avesse voluto riceverla? O se non avesse voluto parlarle?

Annaluna non aveva i guanti e si strofinava con forza le mani.

«Vieni» disse Francesco. «Ti riscaldo io. Infila le mani nella tasca del mio giaccone.» Annaluna assentì senza aprire bocca. Aveva paura di sciupare tutto dicendo qualcosa di stupido.

Forse per Francesco quel bacio non significava niente, e lei doveva mostrarsi altrettanto disinvolta, altrimenti avrebbe fatto la figura dell'idiota. Comunque, era troppo agitata all'idea che il giorno dopo avrebbe dovuto incontrare sua madre a Ismaning, per pensare seriamente a lui.

«Anche se allunghiamo, quella è la direzione» spiegò Francesco indicandole la strada.

Sentiva di potersi affidare completamente a quel ragazzo che la stava trascinando in un giro turistico che poco l'interessava, mentre lei col pensiero correva sempre al momento in cui avrebbe incontrato quella donna.

Per lei, quella era solo la città dove aveva scelto di vivere sua madre, poiché Ismaning, aveva ormai capito, non era altro che una periferia di Monaco.

Percorrendo le strade piene di splendidi edifici e meraviglie architettoniche così marcate da sembrare una finzione scenografica, provò una sensazione di spaesamento. Non era più Annaluna ma Elena, che camminava per Monaco e vagava alla ricerca di chissà cosa. Come sarebbe stato bello se avesse potuto fare un viaggio nel tempo così come adesso lo faceva nello spazio.

«Ti vedo preoccupata» disse Francesco. «Ma stai tranquilla, so quel che faccio. Mentre ti aspettavo ho dato uno sguardo alla piantina della città e me ne sono fatto dare una copia. Ho fatto anche una chiacchierata con l'albergatrice. Suggerisce di andare a Marienplatz, tra mezz'ora ci sarà la cerimonia del Golden Spiel, il carillon più famoso al mondo e forse il più grande.»

«Sì, ma prima mangiamo qualcosa: guarda che bello questo posto. Troveremo di sicuro qualcosa di buono.»

Davanti a loro si stendeva un grande mercato alimentare pieno di banchi di frutta, verdura, formaggi, insaccati, marmellate. Si aggirarono tra le bancarelle variopinte e si fermarono a osservare i funghi più grandi che avessero mai visto.

Da un signore, che sembrava vendesse prodotti più campagnoli e genuini degli altri, presero un panino imbottito con un würstel bianco condito con la senape, per provare qualcosa che non avevano mai assaggiato, e si avviarono verso Marienplatz.

«Ma che ha detto tuo padre quando gli hai comunicato che proseguivi per Monaco e non andavi più da lui?» Annaluna era incuriosita dalla libertà di cui godeva Francesco.

«Cosa vuoi che gliene importi di quello che faccio. Sono solo un fastidio quando vado da loro.»

Non tutti i genitori si occupano dei figli, rifletté con amarezza Annaluna.

«Certo, la sua indifferenza non mi fa piacere ma che vuoi farci: le cose stanno così.»

«E tua madre, anche lei reagisce nello stesso modo nei tuoi confronti?»

«Per mia madre prima di tutto viene il lavoro. E poi io.»

Arrivarono in Marienplatz giusto in tempo per assistere a quella curiosa giostra.

Entrambi con il naso per aria guardarono incantati lo spettacolo e, quando alla fine risuonarono le note della *Ninna nanna* di Brahms, Francesco la strinse a sé.

«Ci vogliono augurare la buonanotte, ma noi non abbiamo nessuna intenzione di dormire, stanotte. Vero?» mormorò.

Lei gli sorrise con il cuore in tumulto. *Che avrà voluto dire?* si chiese. Che voleva passare la notte a far baldoria per la città o alludeva ad altro? Si rese conto solo in quel momento che quando sul treno gli aveva detto d'impulso: sono contenta che vieni a Monaco, lui forse l'aveva presa come una forma di consenso all'idea che tra loro nascesse una storia. E se doveva essere onesta con se stessa, anche lei desiderava la medesima cosa. Ma non aveva messo in conto che un ragazzo dalla vita così libera bruciava velocemente tutte le tappe.

Cercò di darsi pace. *Annaluna, sei qui a Monaco, in un Paese straniero, sola, senza nessun condizionamento, con un ragazzo che ti piace tanto, o così almeno credi. Che t'importa se domani ti piacerà ancora, o se tutto finirà all'improvviso? A chi devi rendere conto di quello che fai? A chi, se non a te stessa?*

Eppure l'inquietudine non passava. Era una sensazione inebriante, che al contempo le faceva paura.

Comunque era terrorizzata alla sola idea di quello a cui Francesco alludeva. Fare l'amore significava farsi vedere nuda, esporre il proprio corpo alla sua vista. E se, invece di piacerle, arrivati a quel punto, la cosa le avesse dato fastidio? E se Francesco l'avesse trovata brutta? O se lei l'avesse deluso con la sua inesperienza? Non era una questione morale, le sue paure erano di tutt'altro tipo. Francesco, però, le piaceva come nessun'altro mai: l'unica verità innegabile era questa.

Senza accorgersene, prese a mordicchiarsi nervosamente il labbro. Francesco la strinse più forte dicendole dolcemente all'orecchio: «Non preoccuparti. Andrà tutto bene». Un lato quasi magico di Francesco era che sembrava leggerle dentro, come mai le era capitato prima. Poteva apparire leggero, quasi superficiale, e invece aveva una profonda sensibilità. Doveva aver sofferto molto da bambino, anche se affermava il contrario.

«E ora dove andiamo?»

«Come, dove andiamo? Di certo non in un museo. A bere una pinta di birra nella famosa Hofbräuhaus, la storica birreria bavarese, quella di Hitler. Diciamo che io ti ho seguita a Monaco per venire in questa birreria... Dài, vieni. Non ne hai mai sentito parlare?»

La prese per mano e la trascinò con sé. Si persero quasi subito ma Francesco si ostinava a non voler chiedere informazioni. Aveva chiuso la cartina che non riusciva a tenere aperta per il vento, e continuava a parlare di musica, del suo viaggio a Londra, e di quant'altro gli passava per la testa. Ogni tanto diceva: da questa, è di qui, me lo sento. Fecero diversi giri a vuoto prima di scoprire che erano tornati di nuovo al mercato alimentare, quindi presero una strada piena di osterie e alberghi che li condusse infine a Hofbräuhaus am Platzl.

Entrarono nel locale e furono accolti da un'atmosfera gioiosa. Annaluna si guardò intorno; fu colpita dalle lunghe tavolate in legno dove si poteva sedere liberamente, uno accanto all'altro, tutti insieme, in una folla festante che beveva e mangiava in allegria.

«Visto che bellezza?»

Annaluna assentì sorridendo.

«Vieni, sediamoci qui.»

Qui nessuno parlava inglese, così fecero intendere a gesti al cameriere cosa volevano mangiare, e per le birre lasciarono decidere a lui. Quando arrivò l'ordinazione si resero conto che la pinta di birra era molto più grande di quanto si aspettassero.

«Non la finirò mai!» osservò Annaluna stupita.

«Non essere così pessimista.»

Storditi dalla musica bavarese dell'orchestrina, tra un bretzel e l'altro, si scolarono tutta la birra. Annaluna ripensò a quando la sorella era tornata a casa ubriaca la notte in cui il nonno era morto, e lei l'aveva giudicata. Ora si trovava insieme a un ragazzo conosciuto poche ore prima, in una città straniera, mezza sbronza: cosa avrebbe pensato sua sorella? Mentre alzavano i boccali per brindare insieme agli altri, Francesco la tirò a sé e la baciò di nuovo. Un bacio caldo, che sapeva di birra.

All'uscita dal locale, barcollanti, cercarono di riprendere la strada verso l'albergo, ma non riuscirono a trovarla. Ogni tanto lui si fermava e la baciava. Annaluna, un poco alla volta, stretta nel suo abbraccio, si rilassò; tutta la tensione, il senso di disagio, l'ansia si convertirono in un'improvvisa sensazione di benessere.

Finalmente riconobbero l'insegna dell'alberghetto, ma prima di entrare lui la spinse contro il muro e cominciò a baciarla sempre più appassionatamente. Le toccò i seni con delicatezza e le disse all'orecchio: «Vuoi fare l'amore con me?».

Annaluna, prima ancora di realizzare cosa stava per dire, gli sussurrò: «Io non sono mai stata con nessuno».

«Non aver paura, sarà bello. Vedrai.»

Appena saliti, alla luce fioca del corridoio Francesco riprese a baciarla. Lei gli gettò le braccia al collo e rispose al suo abbraccio caloroso. Avrebbe voluto prolungare all'infinito quel momento, in quel bacio percepì tutta l'intensità del suo desiderio; ma lui si sciolse dolcemente dall'abbraccio e disse: «Entriamo», con una voce che non sembrava più la sua. Si tolsero giacche, berretti, scarpe e caddero sulla sponda del letto avvinghiati. D'un tratto Francesco si scostò, si liberò veloce dei suoi vestiti e si infilò nudo sotto il piumino. Annaluna, confusa, restò a guardarlo senza sapere che fare. Avrebbe voluto andare in bagno a lavarsi, ma lui le fece segno di venirgli accanto. Lei, ancora molto brilla, si sdraiò sotto il piumino e con movimenti goffi e contorti, si spogliò dei suoi ultimi indumenti. Restò solo con le mutandine. Le luci dei lampioni penetravano nella stanza, creando una piacevole penombra. Francesco iniziò a baciarle le spalle, il collo, i seni, poi le sfilò gli slip. Immobile, Annaluna chiuse gli occhi per vivere tutte le sensazioni che il corpo le rimandava. Si abbandonò alle sue mani che ora le carezzavano le parti più intime. Le sussurrava parole tenere di cui lei coglieva solo il suono dolce.

«Dimmi se ti faccio male» sussurrò, salendo sopra di lei. Annaluna fantasticò di essere sdraiata nella campagna di Torre, tra gli alberi di albicocche, per legare quel momento a un'immagine bella.

Restarono abbracciati nel letto tutta la notte.

Avevano dimenticato di chiudere le tende della finestra. La luce del sole ormai alto colpì per prima Annaluna, svegliandola. Per un attimo non capì dove si trovava. Un leggero mal di testa le offuscava ogni ricordo. Poi si guardò intorno e vide accanto a sé Francesco, che dormiva ancora profondamente.

Aveva fatto l'amore con un ragazzo che conosceva appena! Si stiracchiò sotto il piumino e sorrise. Si sentiva felice.

Non c'erano stati tutti quei fronzoli che si era immaginata, nessuna particolare romanticheria, discorso o promessa di fede al dito, ma era stato bello lo stesso. Anzi: era stato bello proprio per quello. Le sembrava impossibile che, superando ogni imbarazzo, alla fine si fosse tolta da sola i vestiti, esponendosi al suo sguardo.

Si girò verso di lui, si strinse alla sua schiena nuda e si riaddormentò. A svegliarli fu un rumore secco alla porta. Annaluna sobbalzò e guardò l'orologio: mezzogiorno!

«Chi è?» chiese Francesco in inglese e, da dietro la porta, una voce femminile gli rispose che era la cameriera per la pulizia della stanza. Lui disse che no, non ne avevano bisogno.

Si voltò verso Annaluna, le si avvicinò e ricominciò a baciarla, prima sulla bocca e poi dappertutto. Annaluna fece timidi tentativi di resistenza dicendo: «Ma è tardi, e devo andare a Ismaning», ma le parole si trasformarono via via in mugolii di piacere. Si abbandonò alle carezze e compì con naturalezza i gesti che lui le suggeriva mentre esplorava il suo corpo di uomo e accarezzava la sua pelle così liscia. Francesco lentamente entrò dentro di lei e cominciò a muoversi piano, stimolando il suo desiderio mentre lei, inarcando la schiena, lo sollecitava.

Quando si alzarono era passata da molto l'ora di pranzo.

«Che dici, disdiciamo l'altra stanza? Perché pagarne due? Vado a prendere le mie cose e avviso la signora. Tu intanto vestiti. A Ismaning ci andremo domani, si è fatto tardi. Tanto giorno più, giorno meno, che fa, ti pare?»

Non si perdeva certo in smancerie, quel ragazzo; Annaluna, seduta sul letto, lo guardò uscire dalla stanza con passo baldanzoso.

Era venuta per cercare sua madre e quel viaggio si stava trasformando in qualcosa di diverso. Era scontenta e nervosa, ma anche eccitata, euforica e confusa dalle troppe cose che erano successe tutte insieme. E lei non era mai stata capace di gestire tante emozioni. Non riusciva nemmeno a concentrarsi per cercare le parole giuste da dire a quella donna. Che avrebbe fatto? Le avrebbe detto subito che era sua figlia, o le avrebbe chiesto se lei era Elena Manfredi e viveva in Germania sotto falso nome?

Va bene, pensò, *per adesso, visto che devo rimandare l'incontro, mi voglio concedere solo quello che ho voglia di fare, in seguito ci rifletterò con attenzione e tirerò le somme*. Le venne in mente un verso di Orazio: *nunc est bibendum*. Ma era proprio lei, ora, a pensarla così?

Quando Francesco rientrò, era già pronta.

«Adesso andiamo a mangiare qualcosa e poi *ta-dan*...» e, come un prestigiatore, tirò fuori dallo zaino il long play dei Beatles. «Andiamo in un negozio di dischi, ci chiudiamo in cabina e lo sentiamo tutto.»

Annaluna era stordita da quell'entusiasmo e dovette fare un'espressione perplessa perché lui le si avvicinò, le dette un lieve bacio su una guancia e le disse: «È stato bello, no? Semplice e tenero?».

Annaluna fece solo sì con la testa. Sì, era stato tutto dolcissimo e ne sentiva ancora tutto l'effetto benefico nel corpo.

«Vieni, usciamo, altrimenti ti mangio un'altra volta!»

Entrarono nel primo posto che trovarono aperto, una panetteria-caffè rivestita in legno vicino alla Cattedrale di Nostra Signora; si rifocillarono con omelette, Brotzeit e caffè e poi andarono alla ricerca di un negozio di dischi.

Annaluna seguiva Francesco senza grande partecipazione,

solo perché le era chiaro che niente gli avrebbe fatto cambiare idea. Non poteva certo pretendere che condividesse le sue ansie. Francesco fu bravissimo a trovare quello che cercava, un *Plattenladen.*

Appena entrati, si rivolse al commesso in inglese: «Conoscete questo album?». Il ragazzo chiamò un collega per mostrargli l'assoluta anteprima. «Volete sentirlo?»

Era stato abilissimo a far credere loro che gli stava facendo un favore. I due osservarono attentamente la copertina, poi quello che aveva accolto Francesco e Annaluna tirò fuori il disco, lo pulì accuratamente con una pezzuola e, con il massimo rispetto che era dovuto ai "*Fab Four*", lo appoggiò sul piatto del giradischi.

Appena cominciò a risuonare la voce di Paul McCartney che cantava *I Saw Her Standing There,* i commessi non riuscirono a frenare il loro entusiasmo e cominciarono a dimenarsi scuotendo la testa. Gli altri clienti accorsero al richiamo e tutti presero a ballare nello spazio limitato del negozio. Anche Annaluna si muoveva al ritmo della musica travolgente e Francesco insieme a lei.

«Sai che dice questa canzone?» fece lui in una pausa «*Oh, abbiamo danzato tutta la notte e ci siamo tenuti stretti, e in poco tempo mi sono innamorato di lei.*»

«Mi piacciono proprio questi Beatles!» fu il commento divertito di Annaluna.

Francesco era stato davvero bravo. Aveva voglia di divertirsi, di godersi Monaco, ed era stato capace di trascinare anche lei, convincendola che non ci sarebbe stato niente di male a dimenticare i suoi problemi per qualche ora.

Fuori faceva freddo, c'era aria di neve. Usciti dal negozio passeggiarono per un paio d'ore senza meta per la città, poi avvertirono di nuovo fame ed entrarono in una graziosa pasticceria con le tendine ricamate ai vetri.

«Sembra carina. Mangiamo un krapfen e prendiamo un tè bollente.»

«Finalmente un po' di calore. Che buon profumo di arancia e cannella.» Annaluna si tolse il giaccone e lo poggiò sulla sedia. Poco dopo, un cameriere servì loro le ordinazioni.

«Cos'è questo strano ciondolo che porti al collo? Viene dall'India?» chiese Francesco.

«No, da Torre del Greco. È corallo. L'ha fatto mia madre da bambina. Me lo dette mia nonna quando ero piccola, una volta che piangevo.»

«E che rappresenta?»

«Niente di particolare, forse un cuore.»

«Certo, se ci sei affezionata non ti dico niente... Però tanto bello non è!»

Annaluna non se la prese. L'atmosfera accogliente e intima di quel posto la faceva star bene, e al tempo stesso sentiva nostalgia di casa. Ma quale casa? Quella di suo padre, dal quale ormai non si aspettava più, come un tempo, protezione e conforto? O quella della nonna a Torre del Greco, dove ormai erano piuttosto loro a dover dare conforto e aiuto?

«Vorrei telefonare a mia sorella, Francesco. Secondo te sarà facile?»

«Penso proprio di sì. Poi chiediamo.» Addentò il dolce e lo gustò con piacere. «Mi piace quasi quanto fare l'amore con te. E a te?»

Annaluna arrossì e, imbarazzata, affondò i denti nel suo krapfen.

«Che dici, ce ne torniamo in camera?» La voce di Francesco era calda, invitante, ma Annaluna scosse il capo.

«No. Devo fare la telefonata.»

Chiesero al cameriere che indicò loro il servizio telefonico proprio di fronte.

«Aspettami qui, vado e torno.»

Aveva tante cose da raccontare a Maria Sole e altrettante da chiederle! Il suo stato d'animo da quando era partita era cambiato. Prima aveva tanta grinta, tanta voglia di chiarimenti, ed era disposta ad affrontare qualsiasi difficoltà pur di ritrovare la donna che forse era sua madre. Ma adesso? Era giusto che andasse a smuovere avvenimenti sepolti da vent'anni? Non ne era più tanto sicura. Da quando Francesco le aveva raccontato la storia della sua famiglia non faceva che pensarci. Chissà quante coppie si erano lasciate dopo un matrimonio sbagliato e si erano rifatte una famiglia risparmiandosi tutti quei drammi. Chissà quante vivevano insieme senza certificato di matrimonio. E Francesco, sì certo, doveva aver sofferto molto, ma aveva mantenuto un buon rapporto con entrambi i genitori. Se ci fosse stato il divorzio, come in America, probabilmente tutto sarebbe stato diverso.

Non le riuscì di parlare con la sorella. Annaluna si intristì. Tornò al tavolo dove Francesco l'aspettava.

«Non c'era. L'hanno cercata al centralino della Maison de l'Italie, ma non era in camera. La richiamo domani. Io me ne torno in albergo.»

«Hanno ucciso Lee Harvey Oswald, l'assassino di Kennedy!» disse ad alta voce Francesco. «È tutto un complotto.»

«Ma che dici? Chi lo ha ucciso?»

«L'ho visto ora in televisione. Non lo so, non ho capito perché parlavano in tedesco. Domani compriamo un giornale italiano.»

«Un mistero, un *altro*...» commentò a fior di labbra Annaluna.

«Non si scoprirà più chi lo ha ucciso veramente.»

«Già, ma la cosa peggiore è che *lui* adesso non c'è più.»

Si attardarono a cercare di capire meglio quello che era successo, trovarono un ragazzo che parlava inglese che gli spiegò l'accaduto e poi tornarono in albergo.

All'alba, Annaluna si alzò e a piedi scalzi andò alla finestra. Guardò oltre i vetri il cielo senza nuvole; si preannunciava una splendida giornata.

Poteva essere ancora una scusa per rimandare il "momento fatale", come la sera prima lo aveva definito Francesco, il momento in cui la sua vita sarebbe cambiata. Avvertiva un buco allo stomaco appena ci pensava. Non si sentiva pronta abbastanza per quell'incontro. Sì, era meglio rimandare. Era ancora in dubbio su come comportarsi, come doveva affrontare quella donna nel caso fosse sua madre. Percepiva che la sua disposizione verso di lei stava cambiando. Non voleva aggredirla. Che avrebbe detto sua sorella? Ma perché l'aveva lasciata sola?

«Annaluna, che fai in piedi così presto? Torna qua.»

Lei ritornò al letto e si accoccolò stretta a Francesco per riscaldare i piedi gelati.

«Sei preoccupata, non riesci a dormire, povera Lunetta. La tua vita non può essere condizionata dall'apparizione improvvisa di questa donna» le disse Francesco, carezzandole i capelli. «Non ti tormentare su quello che le vuoi o non le vuoi dire, sulle cose che le vuoi rinfacciare… Ragiona. Vuoi conoscere tua madre? Lo capisco, hai tutto il diritto di farlo. Ma è inutile che ti tormenti. Sei venuta fin qui per incontrarla, o per accusarla? Solo questo ti devi chiarire. *Speri* che quella donna sia lei? Se sì, c'è già in te l'intenzione di perdonarla, altrimenti non avresti affrontato questo viaggio, avresti fatto come tua sorella che non è voluta venire.» Poi aveva aggiunto: «E se invece non è lei e vieni a sapere che è morta da tempo? Ci hai pensato?».

A queste parole Annaluna rabbrividì e si rese conto di quanto in quei mesi si fosse aggrappata all'idea che sua madre fosse viva, e di come ora non avrebbe più sopportato che non esistesse. Aveva ragione Francesco: questa era per lei la cosa più importante. Quello che avrebbe detto era di secondaria importanza.

«Allora, hai deciso? Vai stamattina?» le domandò lui mentre facevano colazione. «Guarda che bella giornata è uscita. Se invece ce ne andassimo al parco, che dici? Rimanda a domani, tanto che cambia?»

Annaluna era imbronciata, ma a poco a poco le tornò il sorriso. Ancora una volta sentì che aveva ragione lui.

«D'accordo, allora. Vado a prendere la macchina fotografica.»

All'ingresso del parco Francesco si allontanò un momento e si ripresentò portando a mano due biciclette.

«Questa penso vada bene per te, è della tua misura.»

Annaluna arrossì. «Ma io non so andare in bicicletta. Mi vergogno anche a dirlo, non mi prendere in giro.»

«Com'è possibile? Non mi dire che non te ne hanno mai regalata una?»

«Certo, l'hanno fatto, ma aveva le rotelle e non sono mai riuscita ad andare in giro senza.»

«Ti insegno io, vuoi vedere che riesci? Sali, io ti tengo da dietro, cammino insieme a te e non ti faccio cadere.»

«Sicuro?»

«Certo. Pedala, è come sulla bici a rotelle.»

Dopo un paio di tentativi, Annaluna trovò l'equilibrio e cominciò a muoversi più sicura. Convinta che Francesco fosse dietro di lei allungò un paio di pedalate. Quando si accorse che lui non c'era più cominciò a gridare di gioia.

«Ce l'ho fatta, ce l'ho fatta, vado da sola!»

Lui sorrise: «Adesso puoi andare dove vuoi».

Continuarono il giro nel parco alternando brevi passeggiate alla bicicletta. Arrivarono fino al laghetto. Cominciava a gelare e, appoggiate a un albero le bici, si sedettero a guardare il paesaggio.

Fu Annaluna a interrompere il silenzio.

«Vado a Ismaning. C'è un treno che parte tra un'ora.»

30

Annaluna credeva che Maria Sole si stesse divertendo un mondo e stesse facendo chissà quali follie a Parigi, alla Cité Internationale Universitaire dove la ospitava Marisa. Invece le cose andavano in tutt'altro modo.

Fin da quando era scesa alla Gare de Lyon, Maria Sole aveva avuto il sentore che le cose non erano come se le aspettava. Marisa non c'era. Aveva detto che l'avrebbe attesa alla testa del treno che arrivava dall'Italia e invece niente, non c'era nessuno e lei aveva vagato per tutta la stazione alla ricerca dell'amica. Certo, Marisa non era proprio un'amica. Dopo gli anni del liceo si erano perse di vista, poi una sera l'aveva incontrata a Napoli mentre era fuori per una pizza con degli amici. La ragazza le aveva raccontato che sarebbe andata a Parigi con una borsa di studio dell'università e questo l'aveva resa interessante ai suoi occhi. Avevano così ripreso a frequentarsi. Il giorno che erano andate a vedere Kennedy, Marisa le aveva proposto: «Perché non vieni a trovarmi? Ci divertiremo insieme. Posso ospitare qualcuno nella mia camera».

Era passato del tempo e quando lei aveva deciso che voleva allontanarsi da Napoli aveva pensato subito a Marisa. Le aveva scritto e l'amica aveva risposto che era contenta e l'aspettava con piacere. Ma chissà, forse nel frattempo se n'era dimenticata.

Dopo quasi un'ora di attesa Maria Sole si era rassegnata e, non avendo idea di come arrivare alla Cité Internationale Universitaire, oltretutto con un bagaglio pesante, aveva deciso di prendere un taxi, nervosissima al pensiero di quanto avrebbe speso.

Alla portineria della Maison de l'Italie, il pensionato dove soggiornavano studenti e ricercatori, italiani e non solo, le avevano detto che la ragazza non era in camera e non sapevano dove fosse, per cui Maria Sole sedette su una sedia nell'androne nella speranza che prima o poi l'amica arrivasse.

Si guardò intorno. Il posto era abbastanza squallido anche se animato da un via vai di persone tra cui spiccavano giovani vestiti con abiti stravaganti, piuttosto diversi da quelli che si vedevano in giro a Napoli, e le ragazze erano tutte molto truccate, in pantaloni o con gonne più corte. Un paio d'ore dopo, finalmente Marisa apparve insieme a un gruppo di ragazzi che sembrava un po' su di giri.

«Ma che ci fai tu qui, non dovevi arrivare domani?»

«No. Dovevo arrivare oggi, te lo avevo scritto» fu la risposta gelida di Maria Sole.

«Vi presento Maria Sole, ragazzi, la mia amica di Napoli che doveva arrivare oggi.» Gli amici ridacchiarono tra loro.

«Marisa è fatta così, non lo sapevi?» intervenne una ragazza dall'accento milanese. «Noi, conoscendola, pensavamo che tutti i napoletani fossero un po' approssimativi sugli appuntamenti. Invece tu no, a quanto pare.» E scoppiarono di nuovo tutti a ridere.

«Quando avete finito possiamo andare in camera, che sono stanca morta? Sono qui da ore.»

«Va bene, non ti agitare. Ci vediamo dopo, ragazzi.»

Questo era stato l'esordio a Parigi, ma i giorni successivi non furono più gradevoli: in quell'ambiente Maria Sole si sentiva un pesce fuor d'acqua, e certo Marisa non l'aveva aiutata. Quando non era a lezione se ne stava in biblioteca a studiare, e la sera usciva con quei suoi odiosi amici che si credevano chissà chi.

All'inizio era stata presa dall'entusiasmo e dalla curiosità: la Torre Eiffel, la Senna con i suoi ponti e il bateau-mouche. Aveva visitato anche il Louvre, per non far dispiacere Annaluna quando glielo avesse chiesto. E poi l'Opéra e tutte le strade intorno, così piene di negozi. Nelle sue peregrinazioni, un giorno, a Place Vendôme fu colpita da una elegante insegna: *Van Cleef & Arpels.* Erano esposti gioielli spettacolari, ma ciò che la colpì più del resto fu una spilla a forma di fiore, con i petali in corallo rosa, lo stelo e le foglioline di brillanti. Nella vetrina accanto, scorse anelli con corallo rosso di taglio cabochon e brillanti, e una bellissima collana in oro a coralli intarsiati. Non aveva mai visto il corallo così ben valorizzato in gioielli di alta fattura. Nonna Angela, una volta, doveva averle detto qualcosa sui grandi gioiellieri francesi, che adesso non ricordava più bene. Decise che sarebbe tornata, magari vestita meglio, per chiedere informazioni.

Dopo la prima settimana decise che era arrivato il momento di cercarsi un lavoro e di frequentare un corso di francese per italiani. Non le fu difficile trovare un posto di cameriera ai tavoli in uno dei tanti locali del Quartiere latino. Le rare sere in cui era libera le trascorreva nella stanza. Una volta, però, si decise a uscire con Marisa e i suoi amici, anche se di primo acchito le erano risultati così poco simpatici. Andarono in un locale fumoso di *Boul Saint-Mich*, come dicevano loro, dove c'era un cantante francese che si esibiva.

«Vedi quelli vestiti di nero?» fece Marisa a Maria Sole. «Vorrebbero imitare gli esistenzialisti, ma solo negli abiti. Non sono certo *maîtres à penser.*» Gli amici di Marisa, tutti italiani e qualche francese, discorrevano di argomenti che lei non capiva: cose che studiavano all'università e poi filosofia e psicoanalisi.

«Avete visto, oggi c'era *tout Paris* a sentire Lacan: intellettuali, signore in estasi. È un padreterno!»

«Ma chi è questo Lacan?» le sfuggì di bocca. Non l'avesse mai detto, fu tutto un: «Ma come, non lo conosci?» e darsi di gomito e ridacchiare.

Mortificata, rimase zitta per il resto della serata, giurando a se stessa che non sarebbe mai più uscita con quei tipi così odiosi. *Non voglio diventare come loro, con la puzza sotto il naso solo perché frequentano la Sorbona.*

Nel tempo libero continuava a girovagare per la città. Si comprò una guida turistica in italiano e imparò molto su Parigi.

Be', per male che sia andata, ho visto una città bellissima e avrò tanto da raccontare ad Annaluna. Sarà contenta.

Una cosa le era diventata ormai chiara: da quando era a Parigi, non faceva che pensare a quello che avrebbe detto e pensato la sorella se fosse stata con lei, e questo un po' le seccava. Aveva sempre creduto di essere lei la più indipendente tra le due, e invece forse era quella che più aveva bisogno dell'altra. Annaluna, sempre così dubbiosa, alla fine era andata via decisa, determinata a portare a termine la sua ricerca. Lei invece era venuta a Parigi quasi per ripiego. Voleva solo allontanarsi e non sapeva nemmeno lei in che direzione.

Un po' immalinconita trascorreva lunghe ore in camera a ripercorrere mentalmente tutto quello che era successo negli ultimi tempi e a riflettere sulle sue scelte. Aveva fatto bene a non seguire Annaluna? Sì, ne era certa; non voleva andare a elemosinare l'affetto di una donna che di materno doveva avere ben poco. La nonna poi… il pensiero che era tanto anziana e che non avrebbe avuto più molto tempo da trascorrere con lei l'abbatteva ancora di più.

Ritornava spesso col pensiero a quella gioielleria in Place Vendôme e infine, un giorno, decise di tornarci. Indossò un cappottino da *ragazzacomesideve* decisa a entrare e a chiedere informazioni su quegli oggetti decorati con il corallo. Entrò molto titubante, le vetrine interne contenevano gioielli ancora più importanti di quelli che si vedevano da fuori. Si sentiva osservata dai commessi in divisa. Uno di loro le venne incontro, senza scomporsi di fronte a una ragazza. Immaginava già che lui potesse dirle qualcosa tipo: «Signorina si accomodi fuori, qui non ammettiamo gente che viene a curiosare». Perché lei di certo non poteva passare per una cliente. L'uomo invece le si avvicinò, le dette il benvenuto e le chiese, in un francese dal suono dolcissimo, se poteva aiutarla. Quando lei, invece, farfugliò in italiano che era interessata ai gioielli montati con il corallo, lui immediatamente le disse: «Prego, si accomodi; le chiamo subito l'addetta al settore». Messa a suo agio dalla gentilezza del commesso, a Maria Sole venne spontaneo raccontargli che era di Torre del Greco e che sua nonna aveva una ditta di lavorazione del corallo.

«Permette?» Le venne vicino un signore molto elegante, con i gemelli ai polsi, rimasto in disparte fino a quel momento. «Sono il direttore, Antoine Garnier. Ho sentito che sua nonna ha un'azienda che tratta il corallo. Posso saperne il nome? Potrebbe averci fornito qualche partita.»

«Non credo. Mia nonna, anzi per la precisione si tratta della mia bisnonna, ormai è anziana, non penso abbia rapporti con clienti all'estero. Comunque la ditta è antica, si chiama Ammaturo, la fondò il mio bisavolo. Era un pescatore di corallo.»

Lui la guardò con un mezzo sorriso.

«Mi sembra di capire, signorina, che lei non lavori nella ditta di famiglia.»

«No. Vado all'università.»

«Le voglio far vedere qualcosa.» L'uomo si allontanò un attimo e tornò con un grosso volume che cominciò a sfogliare.

«Io sono un appassionato d'arte e in particolar modo dell'arte del corallo. Forse perché la famiglia di mia madre era italiana, non so. Ecco, guardi qui, la donna in quest'immagine è Carolina Bonaparte, la consorte di Gioacchino Murat, che indossa una splendida parure di corallo di Torre del Greco. Certamente saprà che fu lei, entusiasta per la bravura di quegli artigiani torresi, che si adoperò per istituire la scuola d'incisione del corallo di Torre del Greco, e portò la moda del corallo in Francia. Ma guardi quest'altra, è uno dei miei ritratti preferiti: *Regina Cordium,* dipinto nel 1860. Ci siamo ispirati a questo quadro per realizzare una collana per un cliente straniero. Non l'abbiamo ancora consegnata, gliela voglio mostrare.»

La pregò di seguirlo in una stanza interna e tirò fuori da un cassetto una collana simile a quella del dipinto, in corallo rosso, con un cuore al centro. «Il dipinto è del pittore Dante Gabriel Rossetti, e ritrae la moglie con indosso questa bellissima collana, simbolo di prosperità. Il cuore era un talismano che doveva proteggerla dal male.» Rimise a posto il gioiello. «Il corallo mi affascina perché è un'arte antica la cui storia si intreccia a quella di tanti personaggi celebri, di tante vite e tanti miti, a partire da Ovidio.» Le sorrise di nuovo. «È un peccato che lei non abbia ereditato la passione da sua nonna. Vivere a contatto con l'arte è una fortuna. Sua nonna fa un mestiere bellissimo, signorina.»

Maria Sole uscì turbata dal negozio. Non aveva mai pensato al lavoro della nonna in quei termini. Sì, certo, sapeva che dal laboratorio uscivano monili e collane, ma l'effetto che facevano visti in quel negozio, valorizzati come preziosi di gioielleria, era completamente diverso, avevano un altro fascino.

Si rese conto di aver sempre sottovalutato il mestiere delle corallare giudicandolo un'occupazione artigianale, da vecchie paesane che invece di dire il rosario o fare l'uncinetto si dedicano al corallo. E neppure aveva mai riconosciuto il dovuto valore ai maestri incisori e alla scuola d'arte che li formava.

Com'era possibile che solo a Parigi avesse capito l'importanza e la bellezza del lavoro della nonna?

Quella stessa sera Marisa la convinse ad andare in un locale dove si sentiva della buona musica. Le disse che questa volta ci sarebbe stata gente diversa, non i suoi soliti amici che si atteggiavano a intellettuali. «È frequentata da francesi, si va lì ad ascoltare musica e bere qualcosa, non a chiacchierare.»

Appena entrata nella *cave*, Maria Sole fu accolta da una voce che le era familiare. Era Aznavour che cantava *Il faut savoir quitter la table, lorsque l'amour est desservi.* Per un momento si illuse che il cantante si esibisse lì, ma poi capì che si trattava solo di un disco. Si sentì ridicola e bevve qualche bicchiere in più per darsi un tono. Cominciò a civettare con lo sguardo con un tipo intrigante seduto al tavolo di fronte, così, per divertirsi. Quello non si fece pregare, si avvicinò e le disse qualcosa in francese, poi la baciò sulla bocca e le infilò una mano nella camicetta. Lei, istintivamente, lo spinse via e gli dette uno schiaffo. Il ragazzo, toccandosi la guancia, esclamò: «*Ullalà, les Italiennes!*».

«Ma per chi mi hai presa, chi ti conosce!» Si alzò tutta rossa in viso, vergognandosi come una ladra, e uscì di corsa dal locale, in cerca di un po' d'aria fresca.

Fuori cominciava a piovere. Non aveva l'ombrello, e non le rimase che tirare su la falda dell'impermeabile. Di colpo, le precipitò addosso una desolazione assoluta. Tutto quello che aveva fatto da quando era arrivata a Parigi si era rivelato fallimentare. Si era illusa di poter scappare dai suoi problemi, ma si era accorta che non era andando via, cambiando città, che poteva affrontare i suoi fantasmi. Parigi non era il posto per lei.

Tornando a passi lenti verso la Cité Internationale Universitaire le venne tanta voglia della sorella. Avrebbe voluto dirle: «Avevi ragione tu, Annaluna. Torno a casa, a Torre del Greco. Dalla nonna».

31

Una folla silenziosa si muoveva alla ricerca del proprio binario. Che differenza con la confusione e il chiasso della stazione di Napoli! Ad Annaluna sembrava che nessuna di quelle persone avesse un problema al mondo che non fosse risolvibile e che tutti vivessero la vita senza tante complicazioni. Certo, era una falsa impressione: forse anche quegli uomini e quelle donne così apparentemente imperturbabili erano disorientati e in affanno per qualche cosa, ma almeno non si facevano sopraffare come lei.

Doveva essere bello lasciarsi scivolare tutto addosso, vivere come veniva. Il suo nuovo *amico*, Francesco (non sapeva bene con quale altro termine definire il ragazzo con cui era stata a letto senza che fossero nemmeno fidanzati), prendeva la vita proprio così. La sera prima, cogliendola in un momento di tristezza, le aveva detto: «Devi tenere a mente un solo motto per essere felice: *life is life*». Ci sarebbe mai riuscita?

Francesco la teneva per mano mentre camminavano verso il binario. Quando arrivarono al treno la baciò sulla guancia: «Ci vediamo stasera».

«Cosa?» esclamò Annaluna. «Mica mi vuoi mollare adesso, e farmi andare da sola?»

«Certo che sì.» Francesco si grattò il naso e si guardò intorno. «È una cosa che devi affrontare senza di me. Ti sarei solo d'impiccio.» Si abbassò per darle un altro bacio e, prima che lei potesse protestare ancora, se ne andò.

«Ci vediamo in albergo!» le gridò, già lontano.

Mentre lo guardava scomparire Annaluna avvertì un vuoto allo stomaco, un'angoscia nuova che non aveva mai provato prima, come fosse sola al mondo.

E ora? Ora era venuto il momento di affrontare "la cosa". Salì sul vagone e cercò un posto il più in fondo possibile, quasi per evitare la tentazione di scendere all'ultimo momento e tornare sui suoi passi. Si sedette vicino al finestrino.

Il treno partì in perfetto orario. Il vagone era riscaldato e lei si tolse la giacca a vento, si liberò del berretto di lana, si passò una mano tra i capelli per riordinarli e tirò fuori dalla borsa *Il giovane Holden* ma non riuscì a leggerne nemmeno un rigo.

Si voltò a osservare dal finestrino le costruzioni che si facevano più rade man mano che si allontanavano dalla città, e poi i campi, le balle di fieno legate e disposte in maniera ordinata, le linde case bavaresi dai tetti spioventi che si intravedevano qua e là nella campagna. Chissà se sua madre viveva in una casa come quelle.

Ismaning era solo un sobborgo e non aveva trovato nemmeno una piantina del paese. Come avrebbe fatto, senza conoscere che due parole di tedesco – *Danke* e *Wie viel kostet es*, quanto costa –, e con in mano giusto il foglio con l'indirizzo? Francesco le aveva detto che se la sarebbe cavata alla grande, che lui la prima volta che era andato a Londra sapeva dire solo *Thank you*. Saper chiedere anche "quanto costa" era già un progresso importante.

Per arrivare a Ismaning, se aveva capito bene, ci voleva all'incirca lo stesso tempo che da Napoli a Torre del Greco. Doveva solo stare attenta agli annunci e riconoscere il nome della stazione. L'ansia si fece sentire, ma era un'emozione che adesso riusciva a governare meglio. Quei tre giorni trascorsi a Monaco le erano serviti a prendere distanza dalla faccenda. Le sembrava fosse trascorso un tempo lunghissimo e che lei stessa fosse diversa, non più quella che era salita sul treno a Napoli. Quante cose erano successe! Le passò davanti agli occhi tutto quello che aveva vissuto da quando era partita, a cominciare dal litigio con Mariano che adesso le pareva lontanissimo, e poi Francesco, l'improvvisa confidenza fra loro, la notizia assurda della morte di Kennedy. Soprattutto, l'amore con Francesco, che era stato bellissimo, più bello di come si era immaginata potesse essere, e aveva reso nullo ogni suo proposito. Nella sua ingenua e teorica conoscenza del sesso, fino ad allora aveva creduto che l'accoppiamento fosse un fatto puramente fisico, quasi meccanico. Aveva invece scoperto il lato sensuale, l'abbandono, l'indescrivibile emozione che pervade insieme corpo e mente, quell'intesa intima che riempie ogni vuoto.

Per lei questa rivelazione era un po' come quando Galileo aveva detto che la Terra gira intorno al Sole. Cambiava tutto. Lo sguardo con cui osservava le cose, la squallida stanza dove avevano fatto l'amore, il vestito lasciato stropicciato sul pavimento, il suo essere lì a Monaco: tutto era diverso. Era come vedere le cose con rinnovato stupore. Mariano era diventato un'ombra insignificante e anche il pensiero di suo padre era meno presente.

Sarebbe stato sempre così, ogni volta, con chiunque? Era così per tutti gli amanti, sempre? Era forse questo che aveva provato sua madre alla sua età per quell'ufficiale tedesco con cui era fuggita. Aveva la sua stessa età ed era già madre. Passione e maternità si conciliano tra loro? Questa attrazione irresistibile per una persona poteva essere più forte dell'amore materno? Non sapeva rispondere. In che consisteva poi questo istinto materno, e lei e Maria Sole lo possedevano? Dopotutto, nonostante fossero dell'età giusta, né lei né la sorella sentivano l'esigenza di sposarsi e mettere su famiglia. Avevano aspirazioni diverse dalle loro amiche. Ed erano confuse: ognuna a modo suo, ma entrambe smarrite. Dipendeva forse da questa mancanza? Maria Sole se ne era andata a Parigi senza nessuna meta, a fare che? E lei stava vagando per l'Europa alla ricerca di una donna oscura, un'ombra senza volto. Via via che il treno avanzava, capiva che non avrebbe saputo cosa fare di fronte a sua madre. Avrebbe preteso una confessione, forse delle scuse o cosa? Quali erano le sue aspettative, quali sarebbero state le sue reazioni? Annaluna lo ignorava. Aveva preparato un discorso iniziale, una specie di introduzione che ripeteva a mente come dovesse sostenere un esame, ma anche questo accorgimento non bastava a farla sentire più sicura.

Ismaning l'accolse con indifferenza. Si era stupidamente convinta che appena avesse chiesto informazioni le avrebbero fatto una specie di terzo grado: perché si trovava lì? Perché cercava quella donna? Si era lasciata suggestionare dalle sue paure e dal fatto che a Torre del Greco, dove si conoscevano più o meno tutti, succedeva davvero così.

Invece, quando uscì dalla stazione, si ritrovò in un piazzale quasi deserto da cui si diramavano varie strade. Un pullman sostava davanti a un'aiuola spoglia. Si stava guardando intorno quando passò una signora che camminava con due borse della spesa. Annaluna le si avvicinò e le fece capire che non parlava tedesco, ma che voleva delle indicazioni. Tirò fuori dalla tasca il foglietto con l'indirizzo e il nome che le aveva dato al telefono zio Gionni prima di lasciare Monaco e glielo mostrò. La donna comprese al volo e fu così gentile da accompagnarla per un tratto. Fecero la strada senza parlare e senza che questo creasse fra loro imbarazzo. I tedeschi erano decisamente diversi dai napoletani: meno calorosi ma anche meno invadenti. Annaluna si sentì a proprio agio. Poi la signora la salutò e le abbozzò a penna il resto del percorso sul retro di un volantino che estrasse dalla borsa, e tutto risultò molto facile. Come le aveva detto Gionni, la casa non era troppo distante dalla stazione, non più di una ventina di minuti.

In fondo, Napoli distava da Monaco solo una notte di treno, e poi mezz'ora e si arrivava a Ismaning. Tutto quel tempo trascorso a rimuginarci sopra! Quella donna non viveva all'altro capo del mondo. E questa considerazione le procurò, stranamente, un senso di malinconia.

Annaluna svoltò in una strada leggermente in salita. Sulla sinistra, c'era un'abitazione a due piani circondata da uno steccato di legno, col tetto spiovente e tendine di pizzo ai vetri delle finestre. Sperò che fosse quella: le sembrava che niente di brutto o terribile potesse accadere in una casa così graziosa. Ma il numero civico era diverso. La strada era costeggiata da alberi spogli e mucchi di neve sporca che andavano sciogliendosi al sole. C'erano silenzio e pace. Forse era questo che aveva cercato sua madre in quel luogo. Passò davanti a un cantiere che circondava una casa ingabbiata da un'impalcatura. Non c'era un'anima a cui chiedere. Poi, lungo la curva, vide l'insegna di un piccolo ristorante. Entrò e scorse un tipo con un grembiale che passava lo straccio per terra. Gli mise davanti al naso il foglio con l'indirizzo. Lui lo guardò, poi lasciò la ramazza e le fece segno di uscire con lui: le indicò con un dito l'edificio confinante. «*Danke, danke*» disse lei.

Era una casa semplice, dall'intonaco paglino un po' scrostato, su due piani. Niente giardinetto invitante né pizzo alle finestre, ma semplici vetri opachi montati su un'intelaiatura di legno marrone. Al piano di sopra gli scuri erano socchiusi. Il portone, anch'esso in legno nero e grezzo, era sbarrato. Non aveva un'aria accogliente: chi viveva lì sembrava volesse tenere tutti lontano ed essere lasciato in pace.

Una forte inquietudine si andò a sommare al resto. La paura di essere cacciata in malo modo da una persona bisbetica, malevola, odiosa la bloccò sulla soglia. Non aveva più voglia di bussare, di conoscere quella donna: voleva tornare a Monaco da Francesco, fra le sue braccia accoglienti, oppure a casa sua e fingere che niente fosse mai accaduto.

Restò lì, impalata, a guardare la casa. Poi rientrò nel ristorante. Questa volta all'uomo della ramazza fece vedere il nome della donna scritto sul foglio.

«Conosci? *Do you know*?» incalzò nell'inglese stentato che sapeva. Lui in qualche modo capì. Fece segno di sì con la testa, e di nuovo indicò la casa. Annaluna si sentì un po' rassicurata. Chi avrebbe mandato una ragazza da sola nella tana dell'orco o della strega?

Tornò davanti al portone. Si fece coraggio, respirò e, tremando, suonò a caso uno dei due campanelli. Attese. Si sentì un cigolio, e la porta si aprì. Un uomo dai capelli radi e una camicia che tirava sulla grossa pancia comparve sulla soglia e la squadrò incerto.

«Clara Maffei. Cerco Clara Maffei.»

Lui si scostò con fare seccato per farla entrare.

«*Oben*» fece, indicando col dito il piano di sopra e tornò nel suo appartamento, sbattendo la porta.

Con il cuore in gola, Annaluna salì le scale lentamente. Al

piano superiore, una sola porta di legno scuro, senza targhetta: non poteva sbagliare. Cercò di ricomporsi. Si tolse il berretto, la sciarpa, li infilò veloce nella borsa, si riordinò i capelli con le mani. Sentì che le mancava l'aria, come se fosse sul punto di svenire. Aprì in fretta il cappotto e si sbottonò la camicetta. Respirò ancora, restando a fissare il campanello per diversi minuti. Appena il respiro fu tornato regolare, con mano incerta si decise a premere. Seguì uno sbattere di porte e un fruscio di passi. Poi il rumore del chiavistello. Una donna dai capelli rossi e gli occhiali schiuse l'uscio a metà.

«Clara, Clara Maffei?» chiese Annaluna.

La donna disse una frase in tedesco che lei non capì.

«Signora, scusi, cerco Clara Maffei» ripeté Annaluna in italiano. La donna ebbe un attimo di esitazione e restò immobile a scrutarla con curiosità.

«Clara Maffei non c'è» rispose poi in tono brusco, anche lei in italiano.

«Ah, non c'è...» Annaluna non riuscì a trattenere la delusione. «Ma non c'è o non vive qui?»

«Torna domani. Domani la troverai.» E chiuse di colpo la porta, mentre lei stava ancora dicendo: «Grazie, tornerò domani».

Annaluna corse giù per le scale confusa ed euforica. L'indomani l'avrebbe vista. Non era successo niente di terribile e nemmeno di troppo spiacevole. *Domani, domani la vedrò*, si ripeteva. Solo dopo si chiese chi era quella donna che parlava italiano e viveva con lei.

Mai, per tutto il tragitto in treno verso Monaco, prese in considerazione l'ipotesi che Clara Maffei potesse non essere sua madre.

32

La donna restò per molto tempo immobile, con la schiena contro il battente della porta, incapace di qualunque movimento, gesto o pensiero.

Le forze le vennero meno. Il cuore le batteva forte in petto. Lentamente si riprese e si diresse a fatica in camera da letto. Si sedette alla toeletta, si guardò allo specchio. Un'estranea, sfiorita prima del tempo, dal fisico appesantito la osservava con sguardo spento. Le labbra si erano come assottigliate, stirate e tese. Solo i capelli, ancora folti e mossi, di un rosso scuro, davano luce al volto cereo.

Poco alla volta prese coscienza di quello che era appena successo. Rivisse tutta la scena: il campanello, la ragazza sulla porta, una sconosciuta dal volto arrossato per il freddo. Non l'aveva riconosciuta. Solo dopo aver posato distrattamente lo sguardo sulla sua scollatura e aver visto il ciondolo di corallo, tutto era diventato chiaro. Si era sentita morire. Il mondo si era aperto in una voragine e l'aveva inghiottita.

Si allontanò dallo specchio. Andò in bagno e provò a sciacquarsi il viso per ritrovare un po' di lucidità. Dal momento in cui aveva riconosciuto il corallo non aveva capito più nulla. Aveva addirittura cercato di cacciarla. A stento era riuscita a muoversi.

La ragazza aveva detto: «Tornerò domani». E se non fosse tornata? Come avrebbe potuto ritrovarla?

Sedette in cucina. La teglia con il pollo ancora sul tavolo, il forno già acceso. Voleva piangere, ma da troppo tempo non versava lacrime. Un macigno al centro del petto glielo aveva sempre impedito. Non riusciva a mettere un pensiero di fila all'altro. Non osava dire quelle parole che le vorticavano nella mente, parole che aveva sepolto molti anni prima e che pensava non avrebbe più pronunciato: *mia figlia, le mie figlie.* Mai avrebbe immaginato che potesse accadere, dopo tanto tempo. Chissà chi era delle due? Era atroce per una madre non saper rispondere. Ma non era certo l'unica cosa di cui dolersi.

A quali speranze, a quali sentimenti stava per abbandonarsi?

Credeva, in tutti quegli anni, di essersi cucita addosso una corazza che la proteggesse dai ricordi, e che questi ormai non potessero più ferirla. Ma come aveva potuto solo pensarlo? La verità è che non esiste alcuna corazza che difenda dagli errori.

Sarebbe stata capace di aprirsi completamente, di esporsi, di sopportare il rancore delle sue figlie? Ma chi erano diventate le sue figlie, con chi avrebbe parlato? Quale era la cosa giusta da fare o da dire?

Alzò lo sguardo sulla porta che aveva appena chiuso e le sembrò di sentire il tonfo di quella che si era tirata dietro, molti anni prima.

Il giorno in cui tutto era cambiato.

33

Napoli, 1941

Era estate, avevo da poco compiuto diciassette anni. Quella domenica mattina Clara mi aveva chiesto di andare con lei a vedere la banda della Marina del Reich che suonava presso la Villa.

Una tregua dai bombardamenti durata mesi ci aveva illuso che tutto potesse essere finito. E invece le incursioni erano ricominciate peggio di prima e io non ne potevo più di restrizioni, coprifuoco, corse precipitose nel pieno della notte in quello scantinato buio e pieno di topi, con la gente che piangeva e pregava e la puzza di urina. Ero stanca, e ritenevo che fosse mio diritto divertirmi, ridere, sentire la musica.

Mio padre a casa non faceva altro che ripetere di abbassare il volume, quando accendevo la radio per ascoltare Rabagliati o il Trio Lescano; allora io a bella posta lo alzavo, volevo che la casa esplodesse di suoni allegri, come a contrastare il tono lugubre e martellante della sirena di allarme.

D'altra parte, se di notte si andava al rifugio, la mattina ci si recava a scuola; si piangevano i morti, ma si organizzavano al tempo stesso feste in casa per salutare i ragazzi che partivano per il fronte. La domenica continuavamo a comprare le paste, e il sabato ad andare al cinema.

Era tutto così insensato, contorto, assurdo.

Com'era assurda pure tutta l'attenzione che quella mattina io e Clara mettemmo nel prepararci. Ero andata addirittura a farmi arricciare i capelli dal parrucchiere e avevo indossato il vestito a fiori, quello delle feste. Eravamo solo due ragazzine che speravano di distrarsi per qualche ora, senza pensare a cosa il destino aveva in serbo per loro; meno di un anno dopo, la povera Clara sarebbe morta dilaniata da una bomba.

Sì, era tutto così *insensato*. Com'era stata incoerente e inaspettata la reazione di mio padre che alla richiesta di andare al concerto non solo non aveva mosso nessuna obiezione, ma addirittura mi aveva incoraggiata con frasi incomprensibili. «Divertiti, divertiti, chissà come finirà, chissà se il tuo fidanzato tornerà dal fronte. Chissà se non moriremo tutti.»

Mio padre non credeva in quelle che chiamava *vanterie dei fascisti;* lo avevo sentito tante volte commentare sottovoce, in casa, che l'esercito italiano era inesistente e mancava di tutto: armi, munizioni, equipaggiamento. Quella guerra si sarebbe rivelata un disastro.

Mi vergognavo tanto, allora, di avere un padre così disfattista. Io invece, stupida, credevo nella vittoria, credevo alle immagini dei cinegiornali, all'ostentazione di forze. Ero fiera che l'Italia fosse al fianco della grande Germania e che il mio fidanzato si fosse arruolato.

Quando sentimmo arrivare la banda della Marina militare tedesca, che era partita dal porto, io e Clara scendemmo di corsa le scale e ci unimmo contente alla folla festosa che l'accompagnava. Ma poi, nella confusione, ci perdemmo di vista. Arrivata alla Cassa Armonica mi ero guardata intorno, invano. In tutta quella baraonda di soldati, donne, borghesi, militi fascisti, non riuscii più a trovarla.

Fu un gran bel concerto. I marinai del Reich suonarono con grande solennità e chiusero il programma di brani operistici e sinfonici con *Funiculì funiculà*, per omaggiare i napoletani.

«*Gut*, *gut*!» Applaudivo entusiasta.

«Signorina, parlate tedesco?»

Mi girai e incrociai lo sguardo di due profondi occhi blu. Una sensazione di smarrimento mi impedì di rispondere.

«Signorina, vi chiedevo se parlate tedesco.»

«Sì, sì, scusatemi.»

Lui sorrise.

«Sì, certo che lo conosco: l'ho studiato a scuola e anche con un insegnante privato. Studierò lingue all'università. Mio padre vorrebbe che facessi l'interprete, e anche a me l'idea non dispiace. Sapete, viaggiare, conoscere gente.»

Ero fatta così. Bastava che mi chiedessero una cosa e raccontavo mezza vita. Forse fu questo a colpire l'ufficiale: la vivacità e la parlantina, più della bellezza. Mi chiese se volevo andare a prendere un gelato con lui e chiacchierare un po'. Da tanto non conversava con una ragazza nella sua lingua.

Fino a quel giorno non avevo mai parlato con un militare del Reich. La città pullulava di tedeschi ma erano discreti, educati, non abbordavano le ragazze per strada. Facevano un po' vita a parte, frequentavano solo i circoli e i salotti napoletani più in vista. Accettai l'invito senza pensarci due volte, e ci incamminammo. Come mi compiacevo, come ero raggiante per aver attirato l'attenzione di quel bell'ufficiale!

Alto, prestante, con la sua elegante divisa passeggiava accanto a me lungo il viale principale della Villa, cedendomi il passo tra la folla. Era galante, mi faceva sentire adulta, bella, degna di attenzione. Aveva detto di chiamarsi Wilhelm, Wilhelm Meinhof.

Mi disse di avere ventisette anni, e di amare molto Napoli e l'Italia per le sue opere d'arte.

«Il Colosseo, il museo Pitti, Raffaello. Ho visto tutto.»

«Io no, ma anche a me piace l'arte.»

Parlavamo un po' in italiano, un po' in tedesco, correggendoci a vicenda i verbi o i suffissi. Era divertente.

Gli chiesi come mai ci fossero tanti tedeschi in città. Lui sorrise dolcemente mostrando dei denti bianchissimi.

«Fanno i turisti.» Risi incerta, non capivo se fosse una battuta.

Sul lungomare di via Caracciolo soffiava un forte vento di scirocco. La gonna mi si sollevava a ogni passo e con le mani cercavo continuamente di abbassarla. Strano come restino impressi fatti insignificanti, mentre altri più importanti scompaiono dalla memoria.

Wilhelm sapeva che avevo solo diciassette anni e che andavo ancora a scuola? Certamente sì, ma non ricordo più quando ne avevamo parlato, forse all'inizio avevo detto una bugia.

Lui mi chiese il permesso di accompagnarmi a casa. Accettai. Non avrei rinunciato per nulla al mondo a quella passeggiata in cui ci saremmo potuti dire tante altre cose, pur correndo il serio rischio di incontrare mio padre che ne avrebbe fatto una tragedia: scortata da un ufficiale tedesco! Ma fui fortunata e nessuno ci vide. Giunti davanti al portone, Wilhelm disse che avrebbe preso la funicolare e sarebbe salito al Vomero. Alloggiava presso il convalescenziario militare alla Santarella.

«Siete ferito?»

«No, non io. Vi sembro malato?»

Aveva un sorriso malinconico che mi fece immaginare un uomo tormentato e deluso dalla vita. Lo vedevo con ingenua fantasia sfidare chissà quali tempeste.

«Mi trovo qui per organizzare la sistemazione dei militari in convalescenza. Sono un ufficiale medico.»

Mi raccontò che Napoli era stata scelta dalle alte sfere come convalescenziario dei feriti.

«Quelli che tornano dalla Cirenaica vengono trasportati direttamente qui.»

Era la città ideale, per la posizione a metà strada tra la costa africana e la Germania, per il clima mite e la cordialità della popolazione.

«Napoli è un po' una vacanza premio per i combattenti, diciamo così.»

Mi confidò che tutti aspiravano a venirci, allettati dalla possibilità di andare a Capri, a Sorrento, a Pompei. Persino i ministri e i gerarchi, quando si trovavano a Roma, non mancavano poi di fare una tappa a Napoli. Questa cosa mi colpì, non sapevo del grande interesse per Napoli. Ingenuamente, credevo che fossero tutti impegnati lì per la guerra.

«Quindi voi non combattete su nessun fronte?»

«No» rispose. «Un po' mi sento un privilegiato ma, credetemi, tutto serve al Reich per creare un ingranaggio perfetto. Non so poi cosa accadrà in futuro.»

Aveva un tono di voce basso, educato, tanto differente dalle inflessioni dure e aspre che si sentivano ai cinegiornali quando parlavano i gerarchi nazisti. Aggiunse che l'Asse avrebbe vinto in poco tempo e che la guerra sarebbe probabilmente terminata prima che lui fosse assegnato ad altro incarico.

Lo credeva veramente? Forse sì. Anche tra gli italiani era un'illusione ancora diffusa.

Nel salutarmi aveva detto che era stato bene con me, che si era sentito meno solo e che avrebbe avuto piacere di rivedermi. Sotto il suo sguardo insistente mi resi conto che stavo arrossendo.

«Sono sicuro che vi farebbe bene fare un po' di pratica con un madrelingua.»

«Non ho grande autonomia.»

Mi vergognavo a confessargli che il pomeriggio ero chiusa in casa a fare i compiti e che dovevo chiedere il permesso a mio padre per uscire. Però non volevo perderlo, e mi sforzai di trovare una soluzione: mi venne in mente che il sabato successivo avevo un appuntamento con Clara.

«Sabato vado al cinema con un'amica, al Delle Palme. Ci potremmo vedere all'uscita.»

«Ne sarò felice» disse lui con un piccolo inchino.

Salii in casa e mi rintanai subito in camera. Volevo restare sola per trattenere ancora un po' quelle emozioni, e temevo poi che mio padre potesse leggermele in volto. Contai i giorni che mancavano per rivederlo, ma fui presa dallo sgomento al pensiero che un'incursione aerea avrebbe potuto rovinare i miei piani.

Il sabato andai alla Upim e comprai il mio primo rossetto. Uscendo lo nascosi in borsa, attenta che mio padre non lo vedesse. Lungo le scale mi passai sulle palpebre un bastoncino di liquirizia per creare un'ombra. Volevo apparire più grande, più donna, per lui.

Il cinema era affollato e trovammo posto solo sui gradini.

Avevamo in programma di vedere due film, uno di seguito all'altro. Li aspettavo da tanto ma ero troppo eccitata per seguire la trama. Quando finì il primo e stava per cominciare il secondo dissi a Clara che andavo via.

«Non puoi lasciarmi sola» si lamentò lei quasi in lacrime. «Proprio ora che inizia il più bello, *Paradiso per due*!»

Mi dispiaceva abbandonare Clara. Nessuna ragazza perbene andava al cinema senza compagnia.

«Vai a sederti vicino a quella signora. Si è liberato un posto. Crederanno che sei sua figlia.» Clara controvoglia ubbidì.

Lui era già lì, all'angolo, in attesa, e fumava una sigaretta. Il tratto di strada per raggiungerlo mi sembrò lunghissimo.

Che ci dicemmo durante quella passeggiata e quelle successive, dove andammo, se fu allora o in seguito che mi parlò della Baviera per la prima volta, non lo ricordo più, ma mi è rimasto impresso che un giorno, mentre eravamo al museo archeologico, tutto a un tratto mi chiese l'indirizzo di casa e lo annotò su un blocchetto.

«Non vi meravigliate se vostro padre riceverà un invito formale dal comando per reclutarvi come interprete. Mi accompagnerete a Pompei o a Capri.»

L'ordine, perché di un ordine si trattava, arrivò a mio padre il martedì successivo.

Fu difficile convincerlo, così ostile ai nazisti. Rifiutava nella maniera più assoluta di lasciarmi passare la notte fuori casa da sola. Alla fine trovammo un compromesso: lo convinsi che doveva essere orgoglioso che sua figlia fosse stata scelta, tra le compagne, per il suo tedesco impeccabile. E promisi di rientrare in giornata, prima del buio se solo mi avesse fatto andare. Fece ancora qualche ultima resistenza, preoccupato per gli spostamenti e i relativi pericoli, ma io lo rassicurai dicendo che Capri non era mai stata bombardata e che mai lo sarebbe stata se, come diceva qualcuno, era protetta nientemeno che da Winston Churchill. Scrissi a Wilhelm spiegandogli che potevo andare solo a condizione di rientrare la sera.

E fu così che, in quella calda mattina di agosto, un'automobile del comando militare tedesco mi venne a prendere per portarmi al porto, anche se il tragitto da casa all'imbarcadero era veramente breve.

Ad accogliermi al molo c'era Wilhelm, che mi salutò formalmente e mi accompagnò a bordo. Io non avevo mai messo piede su una nave, nemmeno per andare alle isole, e mi sentii girare la testa quando la barca cominciò a oscillare. Qualche compagna mi aveva parlato della traversata in vaporetto per raggiungere Ischia, ed ero sempre stata desiderosa di fare questa esperienza. Quando volevo andare al mare mio padre al massimo mi accompagnava a Posillipo o dalla nonna, a Torre del Greco.

Quando il vaporetto si staccò dalla banchina, Wilhelm mi raggiunse e si sedette accanto a me.

Mi guardavo intorno incantata. Napoli dal mare non l'avevo mai vista. Mi sembrava tutto nuovo, bellissimo, eccitante.

«Sei contenta? A Capri ci sei già stata?» Mi sembrò così premuroso, diverso dal tipico, gelido ufficiale tedesco che mi ero immaginata.

«No, mai. Grazie per avermi dato questa possibilità. Spero di rendermi utile.»

«Non sei utile, sei *indispensabile*… per me.»

Arrossii fino alla cima dei capelli.

«Come sei bella quando arrossisci» mormorò, accarezzandomi la guancia. «Goditi la traversata, io devo raggiungere gli altri: ti vengo a prendere quando arriviamo.»

Osservavo il volo dei gabbiani che seguivano la barca e mi sembrava di volare insieme a loro. Ero felice, tutti gli incubi della guerra erano come spariti, o almeno dimenticati. Finché non scendemmo, nemmeno mi accorsi della presenza sul vaporetto di alcuni militari tedeschi feriti e mutilati.

Dopo un po', Wilhelm tornò per assicurarsi che stessi bene e che il leggero beccheggio della nave non mi desse fastidio.

«No, tutto bene. Vedi laggiù? Quella è Torre del Greco, dove sta mia nonna. Te ne ho parlato tante volte.»

«La corallara, sì.»

«Ho vissuto lì fino a quando mio padre non volle portarmi a Napoli per seguirmi negli studi, ma ci ho lasciato il cuore. Prima della guerra ci andavo quasi ogni fine settimana.»

«Mi ci devi portare, prima o poi. Voglio conoscere i posti dove sei cresciuta. Voglio sapere tutto di te.»

Mi chiesi se davvero avesse bisogno di un'interprete, mi sembrava che se la cavasse benissimo con l'italiano. Forse era stata una scusa, ma scelsi di non approfondire.

Provavo sensazioni ed emozioni nuove che non ero in grado di definire. Capii però che mi stavo innamorando. E mi chiedevo: «Anche lui comincia ad amarmi?». Con quale presunzione e con quale ingenuità potevo crederlo? Di poche parole si abusa come di questa. Pochi concetti vengono deformati allo stesso modo trasformandosi spesso in menzogna.

A Marina Grande ci aspettava una cabriolet. Guardandomi intorno vidi dei giovani ragazzi biondi, sicuramente militari tedeschi, in costume. Lui seguì il mio sguardo. «Fa caldo, fanno il bagno anche loro. Sono in licenza premio.»

Mentre salivamo in auto, mi consegnò un documento e mi disse che avrei dovuto tradurlo per il podestà che ci stava attendendo in piazza. Tesa e agitata diedi un'occhiata: avvertivo tutta la responsabilità di un incarico così importante e avevo paura di non cavarmela con il mio tedesco scolastico. Nella Piazzetta, seduto al Gran Caffè Vuotto, un signore fumava un sigaro e sorseggiava una bevanda, molto rilassato. Quando ci vide si alzò in piedi e ci venne incontro.

Si salutarono cordialmente e Wilhelm mi presentò come l'interprete che avrebbe dovuto tradurre per lui la lettera del comando.

«Ah, l'interprete addirittura… Benvenuta sull'isola, signorina.» Mi salutò con un inchino. «Accomodatevi, volete bere qualcosa, con questo caldo?» e fece un cenno per chiamare il cameriere. Guardandomi intorno, notai anche qui giovani tedeschi dalle teste rasate, di certo militari in borghese che bevevano birra e rumoreggiavano intonando canzoni di vario genere, da *Lili Marlene* ai canti tirolesi.

«Grazie, ma possiamo fermarci poco. Dobbiamo scappare, abbiamo altri impegni.» Wilhelm mi pregò quindi di tradurre la lettera.

Io iniziai a leggere direttamente in italiano rivolta a quell'uomo che tutto sembrava tranne che un podestà, finché lui mi interruppe: «Signorina, fate con calma, godiamoci questo sole! Anche se, certo, capisco che abbiate fretta». E fece un sorrisetto malizioso che mi infastidì. Mi augurai che Wilhelm non avesse colto quell'allusione poco educata.

Da ultimo bevemmo qualcosa e, consegnato il documento, ci congedammo.

«Vieni, ti porto a Tragara. Di lì vedrai i Faraglioni. È incredibile che una napoletana non sia mai stata in questo paradiso.»

Li avevo visti solo in fotografia e quante volte avevo sognato di poterli ammirare dalla terrazza di Tragara o da Marina Piccola, come mi aveva raccontato qualche compagna che a Capri ci era stata. Ma quel giorno tutto passava in secondo piano, intenta com'ero ad ascoltare Wilhelm che raccontava di sé e del suo rammarico di non avere una donna che aspettasse il suo ritorno.

«Ora devo passare al Manfredi Pagano, l'albergo dove mi attendono dei colleghi.» Mi spiegò che anche lì, oltre che a Napoli, erano ospitati i militari in convalescenza dalle ferite o dalle malattie. Ma non era un ospedale, era un posto dove ci si riprendeva dai mali della guerra. D'altra parte, continuò, Capri per i tedeschi era "*Die Insel*", l'isola per eccellenza, un posto dove in molti, militari e non, aspiravano a trascorrere una vacanza.

«Farò presto, stai tranquilla.»

Sulla strada per Tragara si fermò davanti al cancello di una villa dove doveva consegnare altri documenti. «Qui però vieni con me. Voglio che tu veda il bellissimo giardino.»

Di quel posto mi è rimasto vivido il profumo intenso del roseto.

Mi sembrava di essere finita in un altro mondo. Sul terrazzo, uomini e donne eleganti, quasi tutti vestiti di bianco, sorbivano gelati o bevevano champagne. Niente faceva pensare che fossimo nel bel mezzo di una guerra.

Wilhelm mi presentò come la sua interprete.

«Non sembrava che avesse bisogno di un'interprete» fu il commento acido di una bella donna bruna.

«Si tratta di documenti delicati che vanno tradotti senza errori» rispose in maniera dura Wilhelm.

Io mi sentii a disagio.

Wilhelm si trattenne giusto il tempo di consegnare i fogli. Fece il baciamano alle signore e tornò da me.

Io salutai con un semplice cenno del capo.

«Come erano belle quelle signore e quegli uomini così eleganti! Chi sono?» chiesi quando ce ne fummo andati.

«Conti e contesse, ma nessuna donna è graziosa come te.»

Il paesaggio dei Faraglioni da punta Tragara sotto la luce magnifica del sole mi stordì e fu lì, in quel luogo incantato, che lui mi attirò a sé e mi baciò.

Mi sembrò di non essere mai stata baciata prima.

Mi abbandonai completamente a lui sentendomi in sua balia e quando si allontanò, mi ci volle un po' di tempo per tornare in me.

«Vieni, andiamo. Ti porto a mangiare da Gemma: per i tedeschi qui il buon cibo non manca. Poi ti riaccompagno al vaporetto. Mi dispiace che tu debba tornare. Potevamo trascorrere la serata qui e magari domani andare a fare un bagno.»

Gli ricordai che mio padre non lo avrebbe mai permesso.

«Va bene, un'altra volta. Ti spiace tornare da sola a Napoli? Io qui ho ancora da fare. Un'automobile ti accompagnerà a casa dal porto.»

Quando mi salutò mi chiese se fossi stata bene con lui. Io mi limitai ad annuire.

«Ci torneremo a Capri, vedrai.»

Mentre la barca navigava verso Napoli e il sole cominciava a scendere sull'orizzonte, credevo di aver vissuto una magia. E mi dissi che sicuramente anche lui doveva aver colto questa inaspettata, magica intesa.

«È incredibile come ci piacciano le stesse cose. Non è facile, sai?» Io gli avevo detto che mi piaceva Botticelli, e lui aveva risposto che era il suo pittore preferito, e quando avevamo parlato di musica, anche su questo ci eravamo trovati in sintonia: entrambi amavamo Mozart.

Passò una settimana in cui io riuscii a pensare solo a quel bacio. Ero completamente affascinata da lui: ogni suo gesto – il modo di muovere le mani mentre fumava, l'inclinazione del capo, il soffio di una parola – mi faceva battere il cuore. Quando iniziai a dubitare che mi richiamasse, arrivò un'altra convocazione del comando tedesco, questa volta per accompagnare l'ufficiale al convalescenziario del Vomero, alla Santarella.

Mi preparai con cura, ma non ero mai soddisfatta del risultato, e cambiavo uno dopo l'altro quei pochi abiti che possedevo e che mi sembravano tutti molto dozzinali. Avevo fissa nella memoria l'immagine di quelle donne così belle e raffinate che avevo visto a Capri e mi chiedevo com'era possibile che lui avesse scelto proprio me. Ma poi cancellavo tutti i dubbi e le esitazioni nella smania di rivederlo.

Anche stavolta un'auto mi prelevò da casa e mi portò al Vomero. Lui mi aspettava davanti alla stazione della funicolare. Lo vidi da lontano e mi parve bello come il sole.

«Ti va se camminiamo? È una strada panoramica.»

Eravamo silenziosi. Nessuno dei due voleva spezzare quel momento di magia. In realtà le parole che ci eravamo scambiati in precedenza non erano mai state tante: l'emozione o la difficoltà delle lingue ci faceva dire solo le frasi necessarie. A tratti sembrava che di cose da dirsi ce ne fossero molte, altre volte non c'era alcun bisogno di parole per comunicare. Camminavamo in silenzio. A un certo punto lui mi prese la mano e mi sussurrò all'orecchio: «Comincio a innamorarmi di te, credo».

Mi prese un certo timore, la voce non mi veniva fuori. Lui proseguì: «Vieni, andiamo» e mi condusse in una bella villa che si affacciava sul golfo dove gli altri militari tedeschi lo salutarono con rispetto. Mi portò nella sua stanza. Ebbi un attimo di esitazione, non ero mai stata nella camera di un uomo, ma lui restò a guardarmi sulla soglia con un sorriso canzonatorio e io non volli sembrare una ragazzina di fronte a un ufficiale che frequentava donne di mondo, disincantate e avvezze a non lasciarsi intimidire da sciocchi pregiudizi. E così entrai. «Vedi, io sto qui» e aprì le persiane su un balcone con una vista splendida. Sul comodino c'era una bottiglia con due calici. Sembrava che tutto fosse pronto per me, per noi.

Lui la stappò e poi mi disse: «Anche qui si beve dello champagne. Brindiamo a noi due!» e mi porse il bicchiere. Ricordo benissimo di aver pensato: *Ecco, adesso so cosa significa "far girare la testa*", quando, tra le sue braccia, senza che ancora avessi bevuto un sorso, tutto mi girava intorno.

Dopo lo champagne lui mi strinse a sé con delicatezza, ma anche con impeto. Io non sapevo niente della vita, non sapevo cosa si facesse una volta spogliati, oltre a stringersi e baciarsi, ma lui mi guidò con la sua esperienza senza farmi sentire in soggezione. Aveva capito che per me era la prima volta. Fu dolcissimo e comprensivo, ma in seguito, nei successivi incontri si fece sempre più ardito.

Nuda, mi portò davanti a uno specchio e mi disse: «Guardati, come sei bella». Era capace di valorizzare la mia inesperienza, coinvolgendomi in giochi erotici che solo in seguito avrei capito. Lui voleva tutto. Ma lo faceva con una sensibilità estrema che non mi umiliava, che comprendeva il mio corpo ma anche la mia anima.

Da allora non fui più padrona dei miei pensieri o della mia volontà. Volevo piacergli e temevo sempre che non fosse mai abbastanza quello che gli davo. Temevo che si sarebbe stancato. Come si fa a spiegare che cosa è una passione, che cosa significa essere ossessionati da qualcuno, dopo che tutto è passato? Ti restano solo immagini di quella che è una follia, una dipendenza, come un'ubriacatura, non le emozioni che hai davvero vissuto.

Tornai più volte al Vomero per correre da lui. All'inizio, ogni volta dovevo inventare una scusa con mio padre, ma poi organizzammo uno stratagemma. Fece arrivare a casa mia una falsa comunicazione di un'associazione italo germanica, che esisteva davvero e che richiedeva la mia presenza come interprete. Per superare le resistenze di mio padre aggiunse che stavolta il mio lavoro sarebbe stato retribuito. Così, quasi tutte le mattine, correvo tra le sue braccia, e ci lasciavamo andare alla passione che ci divorava. Ero diventata imprudente, avevo perso la misura delle mie azioni, mi comportavo quasi come se volessi essere scoperta, e fu solo un caso se mio padre non vide mai in che condizioni facevo rientro in casa: arrossata, scarmigliata e sempre ansimante per rientrare prima del coprifuoco.

Cominciò a crescere in entrambi quella meravigliosa sensazione che, al di fuori di noi, non esistessero altri al mondo. Tutto il resto non aveva più valore. Quella era la felicità di cui tanto parlavano: ero convinta di averla finalmente conosciuta. Ogni tanto accadeva qualcosa dietro alla quale avvertivo una minaccia. Momenti, attimi di solitudine immotivata. Poi ritornava la brama, il desiderio, la gioia.

Un giorno le parole mi salirono alle labbra senza che ne fossi cosciente. «Quanto durerà? Andrai via prima o poi…»

«Non ci pensare. Se dovrò farlo, poi tornerò e ti porterò con me. Te lo prometto.»

E, come avevo temuto, Wilhelm dopo poco ricevette l'ordine di partire. Me lo disse una domenica mattina di inizio settembre. Doveva rientrare a Berlino. Lo avrebbero certamente spostato a un altro incarico ma non conosceva nemmeno lui la destinazione. Dipendeva dalla piega che avrebbe preso la guerra. Ma lui sicuramente sarebbe tornato.

Fui presa dal panico. Senza Wilhelm mi sembrava di essere niente. Rimanevo di nuovo sola.

Restai aggrappata a quella sua promessa per giorni, mesi. Ma quando cominciò a non rispondere più alle mie lettere dovetti iniziare ad accettare l'idea che non l'avrei più rivisto. Era morto, l'avevano fatto prigioniero? Oppure, semplicemente, mi aveva dimenticata.

Lontana da lui avvertivo una lacerazione che non avrei nemmeno saputo immaginare. Mi lasciavo vivere senza desideri se non che il tempo passasse veloce. Non uscivo più, mi sembrava quasi che le gambe non mi reggessero.

Passavo ore chiusa in camera a scrivergli lettere che indirizzavo presso il comando militare di Napoli. Lui non aveva saputo darmi un altro indirizzo – e come avrebbe potuto, se non sapeva a quale missione sarebbe stato destinato?

Finché Wilhelm era stato a Napoli avevo nascosto la nostra relazione a chiunque, ma dopo la sua partenza, ero così afflitta che sentii il bisogno di confidarmi con qualcuno, per poter rivivere, anche solo nel racconto, quei giorni felici. Clara era, allora, la mia migliore amica; le confidai tutto e riversai su di lei i miei tormenti e le mie paure. Lei, sempre così dolce e comprensiva, non solo non mi giudicò, ma si sforzò di rassicurarmi.

Persino mio padre, vedendomi così spenta, iniziò a preoccuparsi. Chiamò il medico che mi diagnosticò una forte astenia e mi prescrisse una cura ricostituente a base di olio di fegato di merluzzo. Non giovò a nulla. Alla fine, non riuscendo più a sopportare tutto quel dolore lo supplicai di farmi andare a Torre del Greco, ché sentivo forte la nostalgia. E mio padre, dopo molte insistenze, mi accontentò. Fui accolta con affetto dalla nonna che mi coccolò come fossi ritornata bambina, e altrettanto fecero la zia e tutte le corallare a cui Angela aveva dato ricovero. Anche se di lavoro non ce n'era, il cibo non mancava. Vivevano dei prodotti della terra e delle uova delle galline.

Restai una settimana, accampata nella camera della nonna in una casa piena di donne e bambini, e ciò fu sufficiente per mettere tra me e Wilhelm una distanza che mi diede un po' di serenità. Con un senso di inconfessata vergogna, confrontavo il mio malessere sentimentale con le sofferenze ben più dure di quelle povere donne con i figli al fronte, che mancavano di tutto.

Tornai a Napoli, ripresi la scuola. Fu proprio l'abitudine allo studio a tenermi la mente occupata, a salvarmi dalla disperazione. Ricominciarono i raid aerei, le bombe incendiarie, i continui allarmi, le corse ai ricoveri, e fu in quei giorni che Clara morì. In me qualcosa definitivamente si spezzò; provai uno smarrimento e un senso di solitudine che avrei sempre portato con me. La morte di Clara, che aveva la mia età, fu come un disvelamento. Percepii chiaramente che la morte poteva toccare tutti, in ogni momento: nei ricoveri, per strada, anche mentre ci si trovava su un tram, nel pieno della vita quotidiana, come era accaduto a Clara e a quei poveretti, morti seduti ai loro posti.

Fino ad allora, pur immersa nei lutti e nella paura, mi era sembrato di godere di una sorta di immunità, e che la morte toccasse ad altri. Adesso non più.

Fu sempre allora che mi convinsi definitivamente che Wilhelm era morto. Forse era stato inviato sul fronte russo, il più terribile. Era quello il motivo del silenzio. Wilhelm non c'era più. Non potevo accettare l'idea che potesse avermi dimenticata.

A farsi vivo, invece, fu Alfredo.

34

Da quando era partito, Alfredo mi aveva scritto regolarmente, ma a un certo punto io avevo smesso di rispondergli. Completamente presa da Wilhelm, non ricordavo nemmeno più quanto tempo fosse passato dalla sua ultima lettera, o quando io stessa gli avessi scritto: aspettavo in quei giorni ben altre missive, altre notizie.

E adesso Alfredo era ritornato. Mi fece recapitare un biglietto. L'avevano rimpatriato su una nave-ospedale per una grave ferita alla gamba. Era ricoverato all'ospedale militare, in vico Trinità delle Monache e voleva che andassi a trovarlo. Decisi di farlo. Perché mai, se tutto per me era finito, se non ero più la ragazzina che lui aveva salutato prima di partire?

Dovevo aver pensato che era meglio così, che comunque ci saremmo incontrati, che di sicuro mi avrebbe cercata ed era giusto invece mettere subito fine a quel legame infantile.

Ero convinta, del resto, che i sentimenti fossero questioni semplici, lineari. Non immaginavo che l'amore potesse diventare contorto. Ero decisa a parlargli subito. Mi preparai le cose da dirgli: saremmo rimasti amici affettuosi o qualche altra sciocchezza, ed ero certa che avrebbe capito. Anzi mi avrebbe detto, con quel suo modo scanzonato, che se lo aspettava: in fondo lei era solo una bambina quando era partito. Ci saremmo abbracciati fraternamente e, forse, in seguito gli avrei persino raccontato di Wilhelm.

Quando me lo indicarono, in fondo a quella lunga corsia, seduto su una sedia a rotelle e con una gamba fasciata, feci fatica a riconoscerlo. Era tutto pelle e ossa, e sul volto scavato spiccavano grandi occhi privi di espressione. Mi guardò ma non mi vide nemmeno, perso in chissà quali atroci visioni. Solo quando pronunciai incerta il suo nome il suo sguardo si soffermò su di me e si ravvivò.

Lacrime di compassione mi bagnarono il viso. Lui mi prese la mano, se la portò sulla guancia e la tenne stretta. «Se non fosse stato per il pensiero di te, non ce l'avrei fatta.» Non trovai né le parole né il coraggio per spiegargli l'equivoco di quel pianto. Del resto, come avrei fatto a dire a quel povero reduce, così ridotto, così diverso dal ragazzo che avevo conosciuto, che i miei sentimenti erano mutati, e abbandonarlo in quel momento così drammatico per lui? Aveva perso il padre mentre era in guerra e il fratello era ancora al fronte. Bisognava essere proprio malvagi.

I giorni della frenesia con Wilhelm mi sembrarono improvvisamente lontani, quasi irreali. Come potevo pensare all'amore, alla passione in mezzo a tutto quell'orrore e a tutta quella distruzione? Mi sembrava di non meritarne nemmeno il ricordo.

«Sono vivo, grazie a te. Non piangere, cara. Ora sono qui.»

Io mi lasciai andare a un pianto irrefrenabile. Troppe emozioni, paure e incertezze covavano dentro di me e mi parve che lui potesse accogliere e sublimare le mie sofferenze. Mi sentii buona, indifesa, come mi vedeva lui, e mentre mi chiedevo se anche Wilhelm avesse sofferto, perso la vita, o piuttosto fosse rimasto mutilato in maniera orribile come quei soldati che non riuscivo a guardare nella corsia, consegnai ad Alfredo me stessa e la mia infelicità.

Era come se fossi fidanzata con uno sconosciuto. Il ragazzo sempre allegro e gioviale che ricordavo era diventato taciturno. Mi aspettavo che mi raccontasse tutto della guerra, invece non ne parlò mai.

Parlò invece moltissimo del deserto, e solo di quello: la rugiada del mattino, le strade fatte di sabbia delimitate da fichi d'India, il caldo, la sete, l'umidità della notte, le mosche, le terribili mosche. Volle piuttosto sapere tutto di noi: cosa era successo in Italia in tutto quel tempo? Non aveva mai avuto notizie. Mi chiedeva di parlare della scuola, della famiglia.

Io invece non gli chiesi nulla. Mi trovava cambiata? Se era così, non lo disse. Ripeteva solo che ero adorabile, che mi amava ed ero la luce dei suoi occhi. E a me sembrava che bastasse questo suo amore a riscaldare anche il tiepido sentimento di affetto che provavo nei suoi confronti.

Alfredo fu dimesso e tornò a casa. La sera stessa venne a trovare papà che lo accolse con affetto; anche per lui era sempre il mio fidanzato. Gli fece le condoglianze per la morte del padre, il cavaliere Minardi, e disse che sicuramente ora che avrebbe preso il suo posto nello stabilimento di produzione bellica, lo avrebbero congedato dall'esercito.

Così riprendemmo a frequentarci. Adesso, se pensavo a Wilhelm, mi sembrava fosse passata una vita. La scuola, lo studio per gli esami, le serate trascorse nel salotto di casa coi vetri oscurati a parlare sottovoce con Alfredo mentre mio padre leggeva a lume di candela, ne fecero sbiadire il ricordo. Un giorno, però, per provare a rivivere quelle sensazioni così intense, il languore del desiderio, il fascino dell'essere desiderabile, misi quel vestito a fiori che avevo indossato per lui. Provai una strana sensazione: quella di travestirmi da innamorata.

In un luminoso pomeriggio di maggio, all'uscita della scuola, trovai Alfredo che mi aspettava fuori. Mi aveva portato una rosa. Era venuto in macchina con l'autista dell'azienda perché non camminava ancora bene. Fui intenerita dal suo gesto, lo ringraziai e lui mi disse che avrebbe avuto piacere a farmi visitare la fabbrica.

Era la prima volta che mi portava lì. Era euforico, voleva che vedessi tutto, reparti, uffici, medaglie. Mi presentava orgoglioso alle maestranze: la mia fidanzata. E ai loro gentili complimenti, io sorridevo imbarazzata e avvampavo tutta. Mi sentivo falsa, disonesta, ridotta al ruolo di fidanzatina ingenua che non mi si addiceva più. Mi sembrava di ingannare me stessa, lui e tutte quelle brave persone. Ma Alfredo certo non si accorgeva di niente, tutto preso a farmi vedere quanto era considerato. Gli volevano tutti bene, era un uomo buono, generoso, affidabile.

Mentre eravamo lì a chiacchierare, una sirena improvvisamente squarciò l'aria, insistente. Era da qualche tempo che non se ne sentivano più.

Gli operai e gli impiegati scapparono verso i ricoveri vicini. Alfredo non riusciva a camminare speditamente, e io ero terrorizzata al pensiero di non poter fuggire e di dover rimanere lì: la fabbrica poteva essere un obiettivo militare.

«Ti aiuto io» gli dissi «appoggiati a me, scappiamo!»

Il cuore impazzito dalla paura. Lui cercò di rassicurarmi, mentre scendevamo per una scaletta che portava in un locale seminterrato, un deposito di sciabole dove talvolta lui trascorreva la notte, se al momento di rientrare a fine giornata era già iniziato il coprifuoco.

In quel luogo desolato, umido, su una branda ricoperta da un plaid militare, mi abbandonai al rifugio sicuro delle sue braccia. Quando le sirene cessarono e tutto parve tornare alla tranquillità, feci per alzarmi, ma lui mi trattenne.

Le sue mani scivolarono sotto il mio vestito. Lo lasciai proseguire, stretta nel suo abbraccio rassicurante e familiare, in attesa di quel momento di estasi che avevo già conosciuto. Le cose andarono molto diversamente da come mi ero aspettata. Lui raggiunse l'apice del piacere mentre io, delusa, prendevo dolorosamente atto che non sarebbe stato mai più bello come con Wilhelm.

Fu un momento di debolezza, un bisogno d'affetto, o un desiderio feroce di aggrapparsi alla vita, di opporsi alla morte, che ci fece unire.

Dopo l'amplesso, Alfredo mi sommerse di baci, abbracci e parole d'amore. Io restai inerte tra le sue braccia. Mi vergognavo; avevo giurato a me stessa che mai un altro uomo mi avrebbe toccata. Invece mi ero persa di fronte alla paura della morte. C'è sempre un'altra vita nella vita: mi ero lasciata trasportare da quella che sembrava più semplice, meno ardua. Alfredo si era accorto che non ero vergine? Non ne fece mai parola.

Qualche giorno prima della maturità mi successe un fatto strano. Mi vennero le *mie cose*, o almeno trovai una macchia scura nelle mutandine, e poi niente, si arrestarono. Attribuii il fatto anomalo all'ansia dell'esame di ammissione alla maturità. Mio padre, dato che ero molto brava a scuola, mi aveva fatto saltare l'ultimo anno e quindi avrei sostenuto direttamente l'esame di maturità che, data la situazione bellica, si diceva che sarebbe stato molto più facile.

Quando mi saltò il mestruo anche il mese successivo mi sentii invadere dalla paura. Non sapevo che fare, a chi chiedere consiglio. Clara, la mia unica amica, era morta. Ad Alfredo non volevo dire niente. Giuravo a me stessa che appena mi fosse tornato il ciclo lo avrei lasciato. Speravo ancora che fosse un ritardo dovuto alle tante angosce di quel periodo. Non sapevo come accertarmi di un'eventuale gravidanza. Forse fu la prima volta che compresi quanto fossi sola. Mi resi conto di non aver mai messo radici a Napoli. Non avevo una vera famiglia, e mi mancava una madre.

Capii allora la portata di questa assenza. Avevo sempre creduto che il ruolo di madre consistesse nell'accudire e nutrire i piccoli, e che per me, circondata com'ero da tante figure femminili, non era mai stato un problema non averne una. Ora invece mi accorgevo di quanto avessi bisogno di lei.

Al terzo mese senza ciclo mi fu chiaro che avevo imboccato una strada senza ritorno. Sarei voluta fuggire prima di tutto da me stessa. Avvertivo uno stupore, un senso di irrealtà che mi immobilizzava. Poi, una mattina, un forte attacco di nausea mi svegliò dal sonno e mi costrinse a prendere coscienza di quanto succedeva nel mio corpo. Mi sentii precipitare in un baratro. Avevo sentito di una corallara che aveva perso il bambino per una caduta e così iniziai a saltare su e giù da una sedia, nella speranza di provocare il sangue; mi buttavo dalle scale quattro gradini per volta, ingoiai pillole su pillole di aspirina, ma quell'essere minuscolo che aveva messo radici dentro di me restava lì, aggrappato con tutta la sua forza. Mi dannai per vari giorni, senza decidermi a confessarlo ad Alfredo. Fino a quando non glielo avessi detto, mi sembrava di poter fingere che non fosse vero, ma soprattutto speravo ancora in un aborto spontaneo. Con Alfredo avevo ripreso il fidanzamento per inerzia: come potevo ritrovarmi legata a lui per sempre? Mi sentivo soffocare alla sola idea e non gli dissi niente.

Alfredo lo scoprì da solo. Un giorno, mentre mi accompagnava alla segreteria dell'università per chiedere informazioni sui corsi di lingue, improvvisamente presi a vomitare per strada. Lui intuì subito la verità. Provai fastidio per la sua perspicacia, ma a quel punto non mi restò che ammettere tutto. Mi portò da un medico che confermò la gravidanza al terzo mese.

Allora caddi nel panico. Avevo la sensazione che mi avessero diagnosticato una grave patologia per la quale c'è un'unica cura: un'operazione a rischio.

Per me partorire significava prima di tutto rischiare di morire, come mia madre. Ora pensavo a lei sempre più spesso, a quello che doveva aver sofferto, a come doveva essere stato atroce. Avevo paura persino di restare sola in casa, come quando ero venuta a vivere a Napoli. Alfredo, invece, fu felicissimo. Per un attimo parve tornato quello di una volta, mentre io non riuscii a parlargli della mia angoscia e finsi di essere coinvolta nel suo entusiasmo: avremo una nostra famiglia, voglio una nidiata di bambini... Ma la notte restavo sveglia nel letto, a rigirarmi in preda alla paura.

Ci sposammo, tacendo a tutti della gravidanza. Mio padre andò su tutte le furie. Aveva di certo intuito il vero motivo di quella fretta e si rifiutò di partecipare alla cerimonia. Dovette capirlo anche la nonna. E si rammaricò di un passo tanto importante per me così giovane, e sotto le bombe. Alfredo sparse in giro una voce del tutto falsa: disse che stava per essere richiamato, e che sposandosi avrebbe evitato di tornare al fronte e di chiudere così la fabbrica, costringendo tanti a morire di fame. Tutti finsero di crederci. Io ero indifferente. Lo lasciavo fare. Mi sembrava che, anziché iniziare una nuova vita, fosse finita per sempre la mia giovinezza. Fu una cerimonia triste, solo noi e, come testimoni, due operai della fabbrica, nella chiesa di Santa Chiara, che purtroppo di lì a un anno sarebbe stata distrutta dalle bombe. Gli amici di Alfredo? Nemmeno sapeva dov'erano andati a finire, tutti sotto le armi. Le mie compagne? Non le avevo più viste. Il brindisi con una bottiglia di vino, in sacrestia, e una fetta di torta fatta in casa, per festeggiare. Ci sistemammo nella casa di Alfredo, ma, nonostante mio padre non mi avesse perdonato quel matrimonio affrettato, consumavo i pasti insieme a lui mettendo a tavola quanto riuscivamo a rimediare, pur di non restare sola quando Alfredo era in fabbrica.

Scrivevo spesso alla nonna. Mi mancava tanto la sua presenza. Ero sicura che a Torre del Greco, tra tante femmine, mi sarei sentita meglio. La nonna mi rispondeva con consigli di donna di paese. Dovevo mangiare di tutto, sennò il bambino nasceva con le voglie; dovevo tenere sempre in casa le foglie di lauro che guariva il mal di pancia e la nausea, ma soprattutto mi ripeteva di continuo di cercare per tempo una brava ostetrica. Anche lei doveva essere tormentata dal ricordo della morte di mia madre.

Stavo male, avevo nausee continue che mi sfinivano; bastava che vedessi per strada calcinacci o brandelli di muri crollati che iniziavo a vomitare. Mi sentivo più malata che incinta. E poi sopraggiunse quel terribile giorno di dicembre. Fui colta alla sprovvista anche io come tanti, per strada: ero uscita da dieci minuti per cercare un po' di latte, che gli aerei arrivarono insieme alle sirene di avvertimento. Ero in un negozio quando udimmo dapprima un ronzio, poi un rumore che aumentava sempre più; in breve divenne un boato. Uscimmo fuori. Alzai gli occhi al cielo. Un bagliore intenso m'impedì di vedere quei terribili ordigni che in una frazione di secondo esplosero con un rumore assordante e scaraventarono a terra molte persone che non ebbero nemmeno il tempo di capire cosa stava succedendo. Tutti iniziarono a urlare e scappare. Io restai impietrita, senza riuscire a muovermi. Una donna, vedendo la mia pancia, mi prese per un braccio e quasi mi trascinò di peso con lei in un ricovero vicino. Sola, in mezzo a tanta gente che si lasciava andare a manifestazioni di disperazione e pregava, fui presa da un tremore che non riuscivo a controllare. Restammo un tempo che mi parve infinito. Quando cessò l'allarme fuori era tutto fumo, lamenti, pianti. Non volevo vedere, non volevo sentire. Cercavo di trattenere i singhiozzi. Mettevo un piede dietro l'altro senza alzare gli occhi da terra, cercando di evitare di posare lo sguardo sullo scempio dei corpi e delle macerie lungo la strada. Non sapevo se avrei trovato il mio palazzo in piedi, e vivi i miei.

A casa trovai i vetri rotti delle finestre e mio padre in grande agitazione che aveva iniziato a riempire in tutta fretta le valigie per sfollare a Giugliano, presso una sorella. Disse che avevamo atteso anche troppo, che di certo erano stati i quadrimotori americani a colpire in pieno giorno, gli inglesi fino ad allora non lo avevano mai fatto. Non c'era più alternativa, il rischio era diventato troppo alto. Insistette perché anche noi andassimo via con lui, a Giugliano, o in qualunque altro posto, ma Alfredo non poteva o non voleva lasciare la fabbrica. Dissi che sarei andata anch'io con mio padre, ma entrambi mi guardarono come fossi impazzita: «Adesso sei una donna maritata e devi seguire il volere di tuo marito».

Quando mio padre partì mi sentii abbandonata, e fui presa da una violenta crisi di pianto. Gridavo ad Alfredo che volevo andare a Torre del Greco, di portarmi dalla nonna che si sarebbe presa cura di me. Che avrei fatto sola, incinta, a rischio di non poter più nemmeno scendere nei ricoveri ora che la pancia era aumentata? Invece Alfredo fece di testa sua. Dopo un paio di giorni mi disse che aveva trovato una casa, in collina, al Vomero, dalla quale sarebbe potuto scendere fino alla fabbrica tutte le mattine. Sbiancai. Il Vomero era il luogo dove avevo vissuto la mia storia d'amore; che c'entrava andarci lì con Alfredo, sposata, incinta... mi sembrava di commettere un sacrilegio: per me era quasi un luogo sacro. Molti erano sfollati lì in quei giorni, continuava a dire lui, e andavano e venivano dal centro della città. «Ti piacerà, è come stare in campagna, come a Torre del Greco.»

Ma quella casa rosa, tre stanze, bagno e cucina, non somigliava per niente al grande casolare della nonna. Gli alberi di arancio e mandarino non potevano trasformarla nella dimora della mia infanzia, a Torre. Odiai Alfredo per quel trasferimento imposto, perché lui non mi capiva: pensava davvero di farmi contenta. Come mi conosceva poco, non solo perché non sapeva della mia storia ma anche perché non parlavamo mai di noi, di me, di come mi sentivo. Lui dava tutto per scontato. In quell'abitazione sconosciuta, tra mobili, oggetti, suppellettili appartenenti ad altri, mai mi ero sentita tanto abbandonata, fragile e a contatto con la morte.

Doveva essere chiaro anche a lui che non potevo restare sola tutto il tempo, mentre andava in fabbrica. Gli allarmi erano ormai così frequenti che a volte non faceva neanche in tempo a rientrare. Finché un giorno tornò a casa tutto baldanzoso dicendo: «Guarda chi c'è!». Maria la corallara e la figlia Melina se ne stavano sull'uscio, impacciate, a guardarmi. Nemmeno loro sembravano tanto felici di essere lì. Le accolsi male, poverette: avevo sperato di vedere la nonna.

Restavo a letto tutto il giorno, sotto le coperte, a dormicchiare; faceva freddo, la notte non dormivo bene, non riuscivo a girarmi, ero molto ingrossata.

Chiedevo a Melina di raccontarmi qualcosa di Torre del Greco e delle mie vecchie compagne di scuola mentre cercavo di chiudere gli occhi e trovare un po' di pace. Se era vero che non bombardavano il Vomero, non c'era notte che la sirena degli allarmi non suonasse.

Quando mi guardavo allo specchio vedevo la mia figura deformata. Le gambe erano rimaste magre, ma erano comunque due tronchi dolenti privi della forza per sostenere quella massa lievitata che debordava dalla sua sede, si arrotondava sui fianchi, sconfinava nello stomaco e finiva in una pancia appuntita come la vetta di una montagna. E io provavo disgusto per quel corpo che non mi apparteneva. Ovunque andavo mi seguiva pesante, con il respiro affannoso. Mi sentivo sua prigioniera.

Alla nausea dei primi tempi si era accompagnato un rigurgito acido che mi perseguitava. «Sono i capelli del bambino» spiegava Maria. E solo sentirla parlare, con quel tono strascicato, m'innervosiva.

Dalla casa di Torre, Maria aveva portato delle tele d'Olanda che provenivano dal corredo di nonna Angela e che tagliava e cuciva a mano per farne lenzuola, camicine, coprifasce. Melina invece si era messa a fare coi ferri delle scarpette di lana.

«Qualcosa si dovrà pur mettere la creatura, no?» diceva Maria, e scuoteva la testa scoraggiata da quanto apparissi estranea a tutto quello che riguardava la preparazione del corredo. E io, riportata brutalmente alla realtà, mi sentivo un mostro perché non riuscivo a intenerirmi pensando al bambino che sarebbe nato. Vivevo nel terrore del parto: da quella situazione non sarei uscita se non attraverso un'esperienza così prossima alla morte.

E, inaspettato, arrivò il momento. Mi trovavo per strada, non ero ancora *uscita di conto,* mancavano tre settimane; nonna Angela mi aveva scritto che dovevo camminare molto per agevolare la discesa della pancia.

Un colpo secco alle reni mi fece piegare quasi in due. Le mutandine si bagnarono. Un altro mi fece accovacciare per terra. Terrorizzata, scoppiai a piangere. Accorsero delle donne, m'accompagnarono a casa sorreggendomi perché io, presa dal panico, non riuscivo nemmeno a fare un passo.

Dovettero obbligarmi a stendermi; io mi divincolavo in preda alla furia come impazzita, volevo scappare, sottrarmi a quella prova. Maria si agitò tutta: troppo presto, troppo presto, diceva. Si doveva chiamare la levatrice, la pancia era ancora alta, un parto asciutto, e il marito chi lo avvisava? Acqua a bollire serviva, e lenzuola, e Melina che faceva lì? Era solo una ragazzina? La portassero via… E le candele? Ce ne stavano abbastanza? Udivo le loro voci tra una fitta e l'altra, e gridavo che mi sentivo morire.

Per farmi forza mi ripetevo sottovoce: *Dopo sarò libera, sarò un uccello, volerò.*

Arrivò una donnetta magra che mi dava ordini come un sergente e mi visitava tra le urla. Durò tutta la notte. Esausta, giacevo semicosciente, senza nemmeno più la forza di gridare o spingere. Ero certa che sarei morta. Non era spuntata l'alba quando nacque la prima, Anna, come la madre di Alfredo. «Ce n'è un altro!» esclamò la levatrice. «Non è finita, spingi!»

Il sollievo si trasformò in altre lacrime, altre grida, e allora mi parve di morire davvero. Alle prime luci venne fuori Maria, come mia madre che non avevo mai conosciuto. Una nata di notte e una con la luce. Annaluna e Maria Sole, così dissi che le volevo chiamare, prima di crollare nell'incoscienza.

La ripresa fu lenta. La levatrice confessò che aveva temuto il peggio; chi se lo sarebbe aspettato che fossero due gemelle? Ci sarebbe voluto il cesareo. Ora avevo bisogno di recuperare le forze e nutrirmi bene. La sorpresa e il trauma di aver avuto due gemelle furono più forti di qualunque altra emozione. Io non volevo nemmeno un figlio, e me ne erano toccate due.

Appena le vidi me ne innamorai subito. Erano perfette: una

più chiara, l'altra più scura, già piene di capelli. Bellissime entrambe. Mi sembrava impossibile che quei due esserini fossero stati tutto quel tempo dentro di me, e che avessero ogni cosa a posto: le dita, le braccia, la bocca. Mi pareva un miracolo.

Anche Alfredo sicuramente restò sgomento quando vide che erano due, ma non lo diede a vedere, affermando che era doppiamente felice. Mi abbracciava e baciava di continuo, per dimostrare quanto capisse le mie sofferenze e fosse orgoglioso di me.

Quando le attaccai al seno, però, non fu come m'immaginavo. Non avevo i capezzoli abbastanza sporgenti e loro avevano difficoltà ad afferrarli. Una si stancava e si addormentava, l'altra piangeva disperata perché non aveva succhiato niente. Maria mi stuzzicava i capezzoli nella speranza che si indurissero e ciò mi provocava molto dolore. Un poco alla volta riuscimmo a farle attaccare. Era difficile trovare il latte artificiale e per questo mi sottoposi a ogni tipo di tormento, per non dover ricorrere al biberon.

La nonna fece un viaggio molto faticoso per venirmi a trovare e vedere le bambine. Ne fui molto contenta, corsi ad abbracciarla e lei mi riempì di baci.

«La mia bambina adesso è madre di queste due meraviglie!» La sua sola presenza riuscì a darmi conforto. Aveva portato alle gemelle un ramo di corallo da mordere per far crescere denti sani e non far dolere le gengive, e due braccialetti con un cornetto di corallo che volle mettere loro al polso «Lasciaglieli addosso per un po'» mi disse. «Sono contro il malocchio e portano fortuna.»

Ci rammaricammo entrambe che io non potessi andare a Torre almeno per i primi tempi, ma Alfredo mi ripeteva in continuazione che Torre del Greco non era sicura, ci sarebbero stati anche lì violenti bombardamenti, era troppo vicino agli obiettivi militari. E poi aggiungeva quell'insopportabile frase che sempre più spesso ricorreva nei suoi discorsi. «La moglie deve seguire il marito nel bene e nel male.» Come lo odiavo quando diceva così!

Con la nonna vicino mi sentivo rassicurata, ma purtroppo poté fermarsi solo qualche giorno, arrangiandosi a dormire sul divano. Poi dovette ripartire. Ricordo che prima di andar via mi disse qualcosa che in seguito mi ripetei spesso, con scarsi risultati: «Non ti preoccupare, bambina mia, tutto questo passa. C'è Maria con te, è brava: tu cerca solo di stare tranquilla».

Alfredo trovò una persona che poteva accompagnarla a Torre e lei se ne andò. Io precipitai ancora nel panico.

Come avremmo fatto? Come avrei potuto sopravvivere, e far sopravvivere loro? Non le sapevo accudire e mi sentivo così debole e disperata... Mi sforzavo di non darlo a vedere, volevo essere una brava madre. Finalmente, dopo qualche settimana, le bambine cominciarono a succhiare il latte regolarmente, ma l'allattamento mi sfiniva, passavo da una all'altra, da un seno all'altro, e senza avere tempo di riprendermi si era già fatta l'ora della nuova poppata.

Non mi sembrava di avere latte a sufficienza per entrambe e ossessionavo Maria con le mie paure: sarebbe bastato a nutrirle? Erano piccoline, magre, piene di grinze. Forse non mi ero nutrita abbastanza durante la gravidanza.

Mi riempivo di zuppe a base di tanta acqua, cipolle e qualche verdura... I cinquanta grammi scarsi di pane a cui avevo diritto con la tessera, la polvere di piselli, le patate e quel poco di frutta che rimediavamo nelle terre lì vicino temevo non bastasse ad alimentare me e quindi le bambine. Vivevo nell'ossessione che il latte mi andasse via da un momento all'altro, che le bambine deperissero per causa mia.

Il terrore della morte, che mi aveva angosciata negli ultimi mesi della gravidanza, si trasferì su di loro. *Controlla che respirino, controlla che respirino* mi dicevo in ogni momento della giornata, e la notte le spiavo per paura che soffocassero. Non mi sentivo all'altezza del compito che mi era piombato addosso. Quando le due neonate strillavano, una dopo l'altra, mi prendevano forti crisi di pianto. E in certi momenti avrei voluto scuoterle per farle smettere.

Certo, Maria la mattina saliva e anche Melina dava una mano. Si occupavano della cucina, della casa, di lavare le fasce delle neonate, ma non potevano nutrirle al posto mio.

Poco alla volta anche Maria, che era così forte, cominciò a dare segni di cedimento, forse anche per la preoccupazione del figlio Giovannino che stava combattendo al fronte.

Da quando diverse raffiche di bombe avevano ripetutamente colpito Torre del Greco, la labile speranza di trasferirsi là si era spenta sia per me che per loro.

E poi ci fu quella terribile giornata, quando tutta la città fu sconvolta dall'esplosione della nave Caterina Costa.

35

Quella domenica mattina, molto presto, bussarono alla porta e Alfredo andò ad aprire. Tornò in camera tutto agitato e mi comunicò che doveva scendere in fabbrica perché c'erano dei problemi. Io protestai, rimproverandolo che per lui il lavoro veniva prima di tutto e che era insopportabile l'idea che anche la domenica dovesse lasciarci sole! Maria e Melina avevano il giorno di riposo, come avrei fatto io, da sola? Mi sentivo così stanca! Non avevo nemmeno la forza di scendere dal letto.

Lui mi disse che, uscendo, sarebbe passato ad avvisarle, ma che comunque sarebbe tornato appena avesse verificato che tutto in fabbrica era a posto. Non ebbi nemmeno il tempo di replicare che era già fuori. Ero sola, con le bambine. Non era mai successo. Avevo paura, non tanto e solo della guerra, delle bombe, ma di me stessa. Mi sentivo sempre più confusa, avvertivo un senso di vuoto che mi spaventava. E se, presa dal terrore, avessi compiuto qualche gesto inconsulto?

Per un'ora o due andò tutto bene. Quando le bambine iniziarono a piangere perché era tempo della poppata mi dissi che dovevo mantenere la calma. Mi alzai a fatica, sentivo la testa girarmi. Andai in cucina, scaldai il latte nel pentolino, stetti attenta a versarlo nel biberon, aspettai che si raffreddasse. Poi raggiunsi la stanza delle bambine. Sollevai Annaluna dal letto, la appoggiai a un cuscino e le attaccai il biberon alla boccuccia. Mentre lei beveva, presi in braccio Maria Sole, sedetti in poltrona e me la misi al seno. Per un po' fu tutto tranquillo ma poi il biberon sfuggì di bocca alla piccolina che cominciò a piangere. Allora mi alzai, posai la bambina sul letto per prendere l'altra, ma a quel punto Maria Sole iniziò a strillare.

Fui presa dal terrore, persi ogni lucidità. Tirai su entrambe le bambine, sedetti di nuovo in poltrona e tentai di allattarle simultaneamente senza riuscirci perché avevo le mani occupate. Stremata, scoppiai a piangere con loro. E fu così che ci trovò Maria quando entrò in casa. Si mise le mani nei capelli.

«Santo Iddio, Elena, che succede?»

«Aiutami, Maria, ti prego.» Non ebbi il tempo di riprendermi che Maria mi inondò di informazioni che aveva avuto in strada. Una nave stava bruciando al porto, i tentativi di spegnere l'incendio erano stati tutti inutili. Una parte dell'equipaggio aveva fatto in tempo a salvarsi ma molti militari erano bruciati vivi. C'era il pericolo che l'incendio si propagasse ad altre navi o che addirittura la nave esplodesse. Alle cinque e mezza, quando un forte boato fece tremare i vetri, capimmo che il peggio era accaduto.

Dov'era Alfredo? Fu quello il nostro primo pensiero. Trascorremmo ore infernali, pensando al peggio, ma non avemmo notizie di lui fino al giorno dopo, quando un uomo che ci aveva mandato avvisò che stava bene ma che non sarebbe tornato a casa per un po', perché la fabbrica aveva subìto danni pesanti. Era crollato un solaio sotto la pressione dei frammenti della nave che l'esplosione aveva proiettato tutto intorno. Erano caduti dall'alto insieme a schegge roventi che avevano anche schiantato porte e sfondato vetri e finestre.

La paura era stata enorme. Se Alfredo non fosse tornato vivo che avremmo fatto? Per lo shock persi il latte. Non ci fu niente da fare.

Dopo di allora, Alfredo smise di rientrare regolarmente dalla fabbrica. La sua presenza lì era sempre più necessaria perché si doveva decidere se riparare i danni, che erano ingenti, o trasferire gli stabilimenti. Iniziò a fare sopralluoghi nell'entroterra. Io cominciai a non vestirmi più. Restavo in ciabatte e vestaglia, discinta dalla mattina alla sera.

Alfredo, nelle rare volte in cui tornava, portava con sé i giornali a cui io non davo più nemmeno un'occhiata. Ero in uno stato di apatia. Nemmeno gli eventi della guerra riuscivano a smuovermi. Lasciavo che fosse Maria a dare il biberon alle bambine. Tutto cominciava a perdere senso per me. A volte mi rifugiavo nel ricordo di Wilhelm e della gita a Capri per trovare forza, ma invece ne uscivo ancora più svuotata.

Il mio tempo era scandito da interminabili giornate chiusa in camera da letto, a cui seguivano le altre, tutte identiche. Maria si curava delle bambine molto meglio di me. Lei le prendeva in braccio con naturalezza, io no; avevo sempre paura che la testina o un braccino si staccassero dal corpo mentre le vestivo. Altre volte invece venivo presa da una furia e le strappavo le bambine dalle braccia.

«Ci penso io, dai a me, sono io la mamma!» le dicevo seccata.

E malgrado fosse evidente che lei era più brava di me, temevo che facesse del male alle mie figlie, non mi fidavo più, la controllavo ossessivamente e la notte mi alzavo a vedere come stavano anche se dormivano tranquille.

Se non le sentivo per un po', subito mi prendeva l'ansia. *Perché non piangono?* mi chiedevo. Stanno respirando o sono state colte dalla terribile *morte in culla* di cui avevo sentito parlare?

Quando finalmente Alfredo tornò definitivamente a casa, mi calmai; la sua presenza mi faceva dormire meglio. Di lui mi fidavo.

Certo, non potevo affliggerlo con le mie lamentele, né lui mi avrebbe ascoltata, preso com'era da decisioni molto importanti da prendere. Quando mi vedeva avvilita, stanca e disperata ripeteva la solita frase che mi dava ai nervi: «Come vorrei stare al posto tuo, restare in casa a fare la mamma a queste due creaturine così graziose! Voi donne siete fatte per questo e dovrebbe riuscirvi facile e tu invece ti lamenti».

Io avrei voluto gridargli la verità, ma non potevo e nemmeno volevo confessare a me stessa di essere diversa dalle altre che assolvevano al loro compito con naturalezza. *Perché*, mi chiedevo, *a me risulta tutto così gravoso?* Perché non ero capace di fare la mamma? Non avevo il coraggio di parlarne con nessuno.

Ad aprile le bombe caddero anche al Vomero. Quando sibilavano le sirene mi alzavo e mettevo le bambine nel cestone dei panni che poi sistemavo sotto al tavolo per proteggerle, litigando con Alfredo che non capiva questa mia follia. Pensavo forse di salvarle, così? Aveva ragione. Ero fuori di me.

L'estate mi abbatté ancora di più. Non riuscivo a dormire e trascorrevo le giornate a letto con le bambine accanto a me quando ormai avevano l'età di stare a terra sul tappeto, sedute a giocare. Se Maria me lo faceva notare le rispondevo tutta irritata che non volevo intromissioni sul modo di crescere le mie figlie. Anche Alfredo, forse spinto da Maria, cominciò a rimproverarmi. Mi accusò di stare tutto il giorno a letto a oziare. Litigavamo in continuazione.

Se gli dicevo che mi sentivo male, che il caldo mi uccideva, la stanchezza mi impediva di alzarmi, lui non ascoltava e continuava a incolparmi. E io gridavo: «Voi non capite niente, voi non mi aiutate!».

Allora Maria, che per un po' rimaneva zitta in un angolo, interveniva rabbiosa, recriminando che lei aveva lasciato casa sua a Torre e aveva trascinato con sé la figlia proprio per quello. E io avevo il coraggio di dire che non l'aiutavo? Finiva sempre nello stesso modo. Maria si infuriava, sbatteva la porta e se ne andava.

I miei ricordi si fanno confusi su tante cose. Non ricordo più l'ordine degli eventi, perché tutto avveniva tragicamente insieme: il cibo che scarseggiava, la conta delle vittime, i sepolti vivi, le esigenze delle bambine, le bombe che cadevano insistenti, le notti insonni, la fabbrica che rischiava di saltare in aria, il latte che non si trovava, il suono incessante delle sirene... Tutto, nella mia testa, girava vorticosamente come avessi dentro tanti ordigni innescati e pronti a esplodere.

Un pomeriggio Alfredo passò per la casa di Santa Lucia, come faceva ogni tanto per controllare che fosse ancora in piedi, e ritornò con una cartolina militare che aveva trovato nella cassetta della posta. Proveniva dal comando delle forze tedesche ed era indirizzata alla signorina Manfredi. Diceva che dovevo passare dall'Arenella con un documento di riconoscimento per riscuotere una somma di denaro che mi spettava per servizi di traduzione. Ebbi come una sferzata di energia.

Mi alzai dal letto e gli strappai la lettera di mano. Alfredo mostrava di non capire: di quali servizi parlavano? Quando? Come? Io fui costretta a spiegargli che, mentre lui si trovava al fronte, ero stata scelta tra le alunne del liceo per fare da interprete. Non credevo di dover avere ancora dei soldi, ma meglio così, non pareva anche a lui?

Alfredo non sembrò felice. Disse solo, a denti stretti, che avrebbe gradito che io l'avessi informato prima di questa attività. Comunque non poteva accompagnarmi a riscuotere quel danaro, conoscevo bene la situazione. Ogni mattina, quando si avviava, non era mai sicuro nemmeno di ritrovare la fabbrica ancora in piedi.

Mi pregò di lasciar perdere, ma io gli dissi che quei soldi me li ero guadagnati e li volevo. «Ma dove vai che non riesci neanche a portare le bambine giù, a prendere un po' d'aria!»

«Mi sento meglio» risposi, mentre tiravo fuori i vestiti dall'armadio.

«Fai come credi» replicò lui.

Desideravo andare a tutti i costi. Mi tornavano vividi alla mente quei giorni meravigliosi. Volevo rivivere le emozioni che avevo provato, anche se si trattava solamente di un ufficio di comando militare.

Anche Maria rimase meravigliata del mio improvviso cambiamento. Vedermi a mio agio con le faccende domestiche e l'accudimento delle bambine la rendeva contenta. Due giorni dopo, appena mi sentii pronta, decisi di andare. Baciai le bambine con foga, come non le dovessi rivedere per chissà quanto tempo, feci mille raccomandazioni a Maria e Melina e mi avviai.

Cosa mi aspettavo di trovare? Sapevo bene di non dover avere nessun compenso perché il lavoro a Capri non era retribuito e l'altro incarico presso il comando non era mai esistito, era stata solo una scusa per mio padre. Mi aspettavo forse di incontrare Wilhelm? No di certo. Erano ormai trascorsi due anni dall'ultima volta che l'avevo visto. Poteva essere solo che era arrivata una sua lettera, a meno che non si trattasse di qualche problema burocratico. Mi fecero aspettare in corridoio per un tempo che mi sembrò interminabile. E poi accadde l'incredibile, ciò che non avevo immaginato nemmeno nei miei sogni più folli. Si aprì una porta e Wilhelm comparve sulla soglia. Prima ancora di scorgerne con chiarezza i lineamenti del viso, seppi che era lui dallo sconvolgimento che provavo. Man mano che si avvicinava riconoscevo il modo di camminare, la postura; mi riappropriavo della sua figura.

Nella mia mente, mille sentimenti contrastanti esplosero allo stesso tempo. L'emozione, il desiderio, la vergogna di non averlo saputo aspettare si mischiarono alla consapevolezza di avere un aspetto trascurato, un marito e due figlie, e alla certezza di aver buttato via la mia vita.

Nel momento in cui i nostri sguardi si incrociarono mi sentii di nuovo Elena Manfredi, non più la signora Minardi. La guerra, le bambine, Alfredo… tutto scomparve, e io venni travolta dall'emozione violenta che mi invase.

Mi salutò con un cenno del capo e mi fece segno di seguirlo nel suo ufficio. Io, tremando, obbedii in silenzio. Chiuse la porta e mi abbracciò. Stava per baciarmi ma io lo allontanai.

«Mi sono sposata.»

Lui prese ad accarezzarmi il volto, i capelli e sussurrò: «Lo so». Poi mi baciò appassionatamente. Ricambiai il suo bacio sciogliendomi tra le sue braccia. Ma quando fece scendere una mano sulle mie cosce e stava per abbassarmi le mutandine, lo scostai con violenza.

«Che fai?» gli gridai. «Sono sposata, non posso!»

Lui si allontanò. «Lo so, Elena, lo so… perdonami ma tu non sai quanto ti ho desiderata in tutto questo tempo.»

Mi commossi alle sue parole e mormorai: «Anche io».

Gli dissi che ero sposata, non che avevo due figlie. Non glielo raccontai, né lo accusai mai di non avermi scritto, di non avermi dato un appiglio per aspettarlo. Avrei poi dovuto spiegare, a mia volta, troppe cose. Non sapevo cosa avesse sofferto lui, tutto quel tempo. Potevo sembrare patetica con le mie recriminazioni di amante offesa. Scelsi di prendere quella fetta di felicità così come mi veniva offerta: la gioia improvvisa e incosciente di rivederlo. Mi sembrava mi spettasse. Potevo morire da un momento all'altro, tutti noi potevamo, niente aveva più valore. In pochi istanti, l'antica confidenza fu ritrovata. Lui mi parlò di quello che gli era successo: era stato mandato sul fronte orientale, ed era stato terribile.

«Poi molti contingenti militari furono spostati in Sicilia e io al seguito, sempre come ufficiale medico. Lì, come ben saprai, nonostante una forte resistenza da parte del nostro esercito ci siamo dovuti ritirare. Ora sono qui a Napoli per fare rifornimento di medicinali e appena ho completato questa operazione tornerò dove si combatte, a meno che...»

«A meno che, cosa?» domandai ansiosa.

«Niente, niente...» farfugliò lui, faticando a trovare le parole. «In tutto questo tempo ho pensato tanto a te e a quei meravigliosi giorni trascorsi insieme. Ti ho scritto una volta o due ma non mi arrivavano risposte e ho smesso. Perché tenerla sul filo della speranza, mi dicevo, quando sarei potuto morire da un momento all'altro? Ormai per me eri un sogno lontano, a volte ho creduto fossi stata solo un miraggio. Ma adesso sei qui, davanti a me, in carne e ossa, e io non so che pensare. Non so se ami tuo marito e non voglio nemmeno chiedertelo. Voglio chiederti invece cosa provi adesso, in questo momento.» Prese delicatamente la mia mano tra le sue.

Mi pareva di vivere un sogno. Non più a casa tra pianti, pappe e pannolini da cambiare in continuazione ma, a parlare di me, di cosa provavo. Quando era stata l'ultima volta che qualcuno mi aveva fatto questa domanda: cosa provi? Come stai? A cosa stai pensando?

Mi lasciai andare e gli raccontai quanto fosse stato terribile vivere in mezzo ai bombardamenti, gli parlai delle mie paure, delle privazioni, e di quanto lo avessi aspettato. Ma poi la vita aveva preso il sopravvento e così mi ero sposata.

«E adesso?» Mi passò una mano tra i capelli e il suo tocco risuonò in tutto il mio corpo con un brivido.

«Adesso devo andare. Mi aspettano.» Lui mi pregò di tornare a trovarlo ancora, prima che ripartisse. Non mi sembrò che ci fosse niente di male e quindi accettai: «Tornerò, te lo prometto».

Passò qualche giorno; ripensai mille volte all'accaduto. Non mi davo pace, se solo avessi avuto più fiducia in lui… se solo fossi stata subito sincera con Alfredo… Se, se, se… Ma le cose erano andate così, ormai, e il mio destino era segnato.

Era stato così dolce rivederlo, ma non potevo alimentare le sue e le mie speranze. Poi, però, il desiderio di riprovare quelle sensazioni che erano state come un linimento ai miei malesseri si riaffacciava… Una mattina, senza pensarci troppo, dissi a Maria di portare a passeggio le bambine perché c'era il sole ma non era molto caldo. Le vestii io stessa, mentre Maria mi guardava sempre più stupita della mia ritrovata solerzia. Uscimmo insieme, poi ci separammo. Le dissi che andavo a prendere delle uova fresche dalla contadina che stava poco lontana, lei portasse le bambine al giardino della Floridiana. Corsi da lui. Giunta al comando dell'Arenella lo feci chiamare. Ma stavolta non attesi nemmeno un minuto. Lo vidi venire a passo veloce verso di me con un'espressione felice.

«Sei venuta» disse «non ci speravo più. Vieni, anzi no, usciamo. Andiamo ai giardini qui vicino. Nessuno ci disturberà.»

Ci sedemmo su di una panchina.

«Vedi» mi confortò «non facciamo niente di male. Anche solo parlare con te, averti vicina, per me è una gioia.»

Mi guardavo intorno, e se mi avessero vista? Certo, non c'era niente di male, ma anche solo *parlare* con un militare tedesco era quanto meno strano. Io tacevo. Tremavo, ma cercavo di dissimulare la mia emozione muovendomi in continuazione. Mi alzavo, poi tornavo a sedermi.

«Che c'è, cara, non sei a tuo agio qui, vero?» Era capace di leggermi nel pensiero, di capire al volo il mio disagio. Mi limitai a un cenno del capo e lui mi prevenne. «Capisco, hai paura che ti vedano. Vieni, torniamo dentro.»

Qualche giorno dopo, Maria mi sentì cantare alle bambine una cantilena di Torre del Greco. Mi disse che era contenta che il mio umore fosse migliorato, che uscire mi aveva fatto bene e che finalmente avevo riacquistato il mio colorito. Era vero, il mio umore era cambiato. Allora me lo si leggeva in volto? E se le mie passeggiate avessero destato qualche sospetto? Decisi di non vederlo più. Ma poi, con il passare dei giorni, mi riprese la malinconia e la nostalgia. Di lì a poco sarebbe ripartito e non l'avrei mai più rivisto.

Ci furono altri incontri innocenti, durante i quali lui mi parlò di sé, della sua adolescenza nei boschi della Baviera nella casa dove era nato e dove adesso vivevano i suoi genitori – una semplice abitazione in campagna con gli animali e l'orto –, delle sue scorribande al lago d'estate, dei castelli e del piccolo villaggio dove sarebbe tornato appena la guerra fosse finita. Mi disse che mi avrebbe portata lì, che non sopportava di leggere la tristezza nei miei occhi. Mi fece sognare, e io aspettavo solo quello. La Baviera diventò un mondo da favola che ci aspettava. Io immaginavo che, in quel posto fiabesco, a casa dei vincitori, la guerra non ci fosse. Capivo che anche lui si stava regalando un sogno per sopravvivere. E lo lasciavo parlare come se mi raccontasse il lieto fine di un bel film. Che c'era di male a fingere che potessimo essere felici?

Poi una mattina, appena arrivata al comando, mi dissero che Wilhelm era andato al convalescenziario a prendere tutti i medicinali rimasti, perché la struttura stava chiudendo. Aveva lasciato detto che se fossi venuta a cercarlo avrei potuto raggiungerlo lì. A passo veloce, arrivai alla Santarella e, ansimante ed emozionata, entrai in quel luogo che un tempo ci aveva visti felici. C'era un via vai di militari che si davano da fare sigillando pacchi e portandoli fuori per caricarli sulle camionette. Wilhelm mi vide e mi venne incontro. «Sei qui, come sono contento, vieni con me, seguimi!» Si fece largo in quel frenetico andirivieni e mi condusse in quella che un tempo era stata la sua stanza. Quando arrivammo sulla soglia mi bloccai di colpo. L'emozione mi aveva come paralizzata.

«Entra» mi invitò con dolcezza «stai tranquilla, non è più qui che dormo. Non c'è più niente di mio, anzi non c'è *quasi* più niente.»

La stanza, infatti, era spoglia, i mobili spariti, restava solo una branda senza materasso. «Volevo rivivere per un attimo con te quei giorni felici.»

Entrammo. Lui spalancò le persiane come aveva fatto quel giorno e, come allora, mi apparve lo splendido panorama del golfo di Napoli. Lacrime di nostalgia rigarono il mio volto e lui me le asciugò con i suoi baci. «Vieni con me» mi disse mentre mi baciava sempre più appassionatamente. Quando accarezzandomi cominciò a frugare tra i miei abiti, lo respinsi con forza. «Non posso, non devo!»

Scappai via di corsa.

E venne l'8 settembre, ma l'illusione che la guerra fosse finita durò poco. Ricominciarono le ore di terrore. Quei giorni in casa senza acqua, senza luce elettrica… Si viveva con le candele e facendo la fila per il pane.

Ma fu quella notizia assurda e inverosimile che i tedeschi erano d'un tratto diventati nemici, che avevano assunto il comando di tutta la Campania e commettevano ogni sorta di atrocità contro i napoletani, che mi stroncò.

Quando Alfredo mi raccontò tutto, la sera che per sempre mi resterà impressa nella memoria, fui presa da una crisi di pianto e disperazione. Che stava succedendo? Non ci credevo, volevo sentirlo dalla *sua* bocca, non poteva essere vero. Wilhelm era un tedesco e non avrebbe mai potuto perpetrare crudeltà ai danni degli italiani che amava.

Fuori di me, uscii di casa. Feci per correre in strada e raggiungere Wilhelm. Alfredo pensò che avessi perso la testa e davvero era così. Mi rincorse giù in strada e mi riportò su. Ma che cosa hai? Mi chiese. Tra i singhiozzi gli raccontai ogni cosa di Wilhelm. Per arrivare a tanto, dovevo essere in un totale stato di insensatezza, ma era tutto così assurdo in quel momento! Lui mi ascoltò parlare con un'espressione gelida, impenetrabile, gli occhi fissi nei miei, poi si alzò e guardò oltre i vetri della finestra, in silenzio, per un tempo che mi parve infinito.

«Lo avevo capito» mormorò, senza voltarsi «avevo trovato un biglietto, ma non ci volevo credere…»

Alla fine si girò e disse che mi perdonava: era stata solo colpa della guerra; ora sapevo chi erano davvero i tedeschi. Con queste parole pensò che fosse tutto risolto e che non ci fosse altro da aggiungere. Il suo atteggiamento mi disgustò. Mi apparve come un essere viscido. Come faceva a perdonarmi, come poteva accettare una simile situazione? E io stessa, come potevo continuare a dividere il letto con lui dopo che avevo scoperto di amare ancora Wilhelm? Avevo sbagliato a parlare, ma anche questo mi fa capire quanto fossi fuori di me.

Il fatto che lui adesso sapesse tutto, condizionava i nostri rapporti. Si era aperto un baratro tra noi: me ne accorgevo da come mi osservava, dalla mancanza di naturalezza con cui ci parlavamo, dal tono aspro che usava sempre più spesso nel rivolgersi a me.

Di nascosto, inviai a Wilhelm un biglietto farneticante, affidato a un ragazzino che abitava al piano di sopra. Nella mia mente era tornata la confusione. Mi riprese il panico.

Si sparava per strada. Napoli era diventata un campo di battaglia. Saracinesche abbassate, ovunque file per l'acqua alle fontane. I tedeschi rastrellavano gli uomini per portarli ai campi di lavoro. Maria e Melina, che parlavano con la gente per strada, riportavano notizie di fatti terribili: incendi, perquisizioni, esecuzioni sommarie; centinaia di persone stavano sfollando e molti arrivavano anche al Vomero. Alfredo non usciva più, era rintanato in casa come tutti gli uomini. Al primo rumore sospetto, alla prima pattuglia tedesca che passava in strada, saliva a nascondersi nel mezzanino.

Sentivo che tutto intorno a me stava crollando. Ricominciarono le mie ossessioni. Cosa avremmo dato da mangiare alle bambine? Le nostre provviste stavano finendo. Latte non se ne trovava. Annaluna e Maria Sole avvertivano il mio nervosismo, erano irrequiete e piangevano di continuo. Spesso nemmeno Maria era in grado di calmarle.

Per scuotermi e riportarmi il sorriso, Maria mi diceva: «Guardate, cominciano a gattonare, tra poco le metteremo nel girello».

Io non riuscivo a partecipare, vedevo tutto come da dietro a un vetro appannato. Come potevo accudirle se avevo bisogno io stessa di qualcuno che si prendesse cura di me, mi consolasse?

Passarono alcuni lunghissimi giorni senza che io potessi incontrarlo fin quando il lunedì Wilhelm mi fece pervenire un biglietto in cui scriveva che stava per lasciare Napoli; voleva assolutamente che io andassi via con lui. Mi forniva indicazioni precise: il pomeriggio del giorno dopo una camionetta davanti allo stadio del Littorio sarebbe stata lì ad aspettarmi.

Partiva, mi lasciava un'altra volta. Lo avrei perso. Nemmeno per un attimo presi in considerazione l'idea di abbandonare le mie bambine per seguire Wilhelm, ma non potevo nemmeno restare lì con Alfredo. Non ce la facevo più a vivere in quell'inferno. Arrivai al punto di pensare che l'unica soluzione per me sarebbe stata la morte.

Tutto sembrava immobile al Vomero, il giorno seguente, quell'ultimo martedì di settembre. La notte non avevo chiuso occhio, le bambine avevano pianto ininterrottamente. Ero stanca, confusa, infelice. Guardavo fuori dalla finestra. C'erano nubi nere e un'aria greve, come di attesa, tutto immerso in un silenzio irreale. Le strade erano deserte. Mi sembrava che la mia angoscia si riflettesse in quel paesaggio tetro. Mi torturavo: tra poco Wilhelm se ne sarebbe andato e io non l'avrei più rivisto. Facevo avanti e indietro per la stanza. Senza neanche rendermene conto, mi torcevo le mani, stringevo forte le dita in un gesto di implorazione. Volevo vederlo un'ultima volta prima che partisse, solo una. *Dio, fammelo vedere ancora,* supplicavo. Mi sarebbe bastato un istante, sarebbe stato sufficiente per il resto della mia vita.

Mi venne in mente che potevo dire che scendevo per andare a prendere qualche verdura nella terra, lì vicino e correre da lui. Lanciai uno sguardo al grande orologio appeso al muro della stanza. In quel momento sentii un tonfo, seguito da un singhiozzo e dal suono del respiro trattenuto prima di trasformarsi in pianto disperato. Non mi ero accorta che Maria Sole, nel tentativo di scendere dal lettino, era caduta a terra, battendo la testa. Prima ancora che la soccorressi io, Alfredo si era precipitato: lo trovai che la sollevava in braccio, e controllava la fronte della bambina.

«A che pensi? Dov'eri? Non hai visto che stava scavalcando? Che madre sei!» iniziò a urlare con tutto il fiato che aveva in gola, quasi a dar sfogo alla sua rabbia repressa.

Cercai di togliergli la bambina dalle braccia per consolarla, ma lei continuava a strillare girandosi dall'altra parte. Allora scoppiò a piangere anche Annaluna, come sempre avveniva quando una delle due cominciava.

«Ecco qua! Sei contenta? Sei un'incapace! Ma ora almeno sappiamo a che pensi!» Rimise la bambina nel lettino e se ne andò sbattendo la porta.

Aveva ragione. Che madre ero? Inutile, incapace, disamorata. Esausta e avvilita, mi sdraiai sul letto. Volevo chiudere gli occhi solo un istante. Ma le bambine continuavano a piangere a dirotto. Sapevo che non sarei riuscita a calmarle e non ci provai nemmeno. Piangevo anch'io. Piangevano, piangevamo. Mi sembrava di perdere la ragione. L'unica cosa che volevo era far smettere quel rumore che mi perforava le orecchie. Mi alzai, presi il cuscino, mi chinai sulle bambine… Volevo solo che quel pianto finisse.

In quel momento la porta si aprì ed entrò Alfredo. «Se non c'è Maria non c'è verso che le bambine si calmino. Smettila di piangere come una stupida.»

Sussultai. Tornai in me. Mi ritrovai col cuscino tra le mani. Che era successo, che stavo facendo? Immaginai il peggio. Ebbi orrore di me. Per un attimo il cuore smise di battere.

Ero tutta un tremito, il volto offuscato dalle lacrime, mi dicevo: *me ne vado. Me ne devo andare.* Entrai in camera, spalancai l'armadio, misi il cappotto, presi una valigia, ci ficcai due cose e corsi all'ingresso, sotto lo sguardo confuso di Alfredo, con una bambina in braccio. *Sono solo un pericolo per le mie figlie*, pensai. Infilai la porta e andai via. Lui, incredulo, riuscì a dire solo: «Elena...», ma io ero già lontana.

Dove pensavo di andare? Mi chiedo ancora adesso cosa fosse accaduto nella mia mente nell'istante in cui mi chiusi quella porta alle spalle. Fu un gesto folle, o sapevo già dove mi sarei diretta? Davvero avrei potuto far loro del male? In quel momento lo credevo. Scappavo per proteggerle da me, da una madre che non aveva più il controllo di se stessa.

Mi guardai intorno. Ero disorientata, confusa, smarrita.

Forse ero ancora in tempo a correre da Wilhelm e a ricominciare a vivere, a lasciare quell'esistenza che non mi ero scelta e in cui rischiavo solo di far del male alle persone che amavo.

Correvo, senza voltarmi e senza accorgermi che qualcosa di drammatico stava accadendo. Avrei dovuto percepirlo nei movimenti e nelle espressioni delle persone che incrociavo per strada. Ma ero come accecata, spinta solo dalla disperazione. Speravo di essere ancora in tempo. Correvo, incurante di un rumore che forse era uno sparo, delle grida, della pioggia copiosa che mi inzuppava i capelli, e quando arrivai davanti al comando tedesco, eccola lì: la camionetta era proprio dove mi aveva detto Wilhelm.

Prima di salire mi girai, non so perché. Volevo solo abbracciare in uno sguardo quello che lasciavo, dare un ultimo addio alla mia vecchia vita. Incrociai invece da lontano gli occhi di Alfredo che doveva avermi inseguita. Fermo, fradicio sotto la pioggia, il corpo floscio, in atteggiamento di resa; mi fissava sconvolto.

Dio mio, che sto facendo? Poi, sentii pronunciare il mio nome: Elena Manfredi!

36

Dal momento in cui fui tirata su nella camionetta dai militari tedeschi tutto si confuse.

Mille cose riaffiorano alla mente e si sovrappongono disordinate nel ricordo: spari, grida, gente che correva, e le parole dei soldati che cercavano di rassicurarmi in un italiano storpiato. Non sapevano che conoscevo il tedesco. «Tranquilla, vi portiamo dal tenente Meinhof» dissero. E invece lo vidi solo il giorno dopo. Trascorsi una notte terribile, in campagna, dentro una stanza umida che puzzava di fumo, su una branda con una coperta ruvida, scossa da brividi per colpa degli abiti bagnati.

Non sapevo dove fossimo, non me ne curavo. Mi rigiravo sulla brandina senza riuscire a chiudere occhio. Le immagini mi si accavallavano nella mente: le bambine nella culla, l'ultimo sguardo disperato di Alfredo, l'odore pungente della polvere da sparo e poi la pioggia forte, scrosciante, sotto cui scompariva l'ultima immagine di mio marito, quella che mi avrebbe perseguitata a lungo, nelle mie notti insonni.

Wilhelm apparve il giorno dopo; era pallido, teso. Cercò di rassicurarmi.

«Stai tranquilla, sei nelle mani della milizia tedesca, ti proteggeremo. Per il momento ti porteremo a Roma dove ti raggiungerò appena possibile.»

«Ma come, non vieni con me? Mi lasci sola?»

«Io devo eseguire gli ordini. C'è la guerra; sembri averlo dimenticato.»

Quelle parole furono per me come uno schiaffo.

D'improvviso compresi di aver fatto una follia. Ma come potevo uscirne? Se avessi voluto tornare indietro sarei stata ancora in tempo? Me lo chiedevo in uno stato di delirio, avvilimento ed esaltazione, mentre in quella stamberga dove mi trovavo, e che forse era una caserma, nessuno sembrava accorgersi di me. I militari erano tutti occupati a dare e ricevere ordini concitati, in un crescendo di agitazione.

Poi, all'improvviso, mi dissero che un convoglio stava partendo e che dovevo unirmi a loro.

Chi erano quegli uomini? I tedeschi ormai erano nemici; quindi loro mi stavano difendendo *dagli italiani*? Ma dove mi stavano portando? E soprattutto dov'era Wilhelm, e quando l'avrei rincontrato? Non chiedevo niente, avevo paura delle risposte.

Così lasciai dietro di me una città che stava combattendo. Non avevo capito contro chi: contro gli americani che erano arrivati o contro i tedeschi che se ne stavano andando?

Allora nessuno mi disse che il popolo napoletano era riuscito a cacciare dalla città i tedeschi.

Se l'avessi saputo, se avessi capito bene che stava succedendo, sarei salita comunque su quella camionetta? Ed era proprio vero che non avevo capito, o piuttosto *non avevo voluto capire*?

Ma Wilhelm era il mio sogno di libertà da tutti gli orrori e da tutti quei legami che mi costringevano a recitare una parte che non era la mia, quella della moglie e madre felice che non avevo mai scelto e che non avevo saputo sostenere.

Era come se avessi dimenticato quel gesto terribile che ero

stata sul punto di compiere, la mia mente non riusciva a sostenerne l'orrore. Cercavo solo di restare sveglia. Avevo paura che se mi fossi addormentata sarei stata perseguitata dagli incubi.

Il viaggio fu interminabile e pieno di ostacoli, fra ponti impraticabili, vie interrotte, gente per strada, nelle campagne, che andava chissà dove con le sue masserizie. Ogni tanto spari, grida, ma io non chiedevo nulla.

Mi tappavo le orecchie per non udire, chiudevo gli occhi, non volevo più vedere patimenti.

Poi finalmente mi addormentai e feci uno strano sogno. C'era un'immensa, arida pianura su cui un vento impetuoso faceva turbinare piccoli fasci di sterpi che, a mano a mano che il vento li trasportava, si ammassavano formando nugoli: dieci, venti, cento palle di sterpi che rotolavano al suolo, sempre più numerose e sempre più enormi. Mi svegliai di soprassalto, ritrovandomi immersa nella cruda realtà: tutto quello che mi circondava mi parlava di un mondo devastato dalle sofferenze. Arrivati a Roma, trovai Wilhelm ad aspettarmi. Mi rifugiai tra le sue braccia, ma poi lo tempestai di domande.

«Che sta succedendo? Io non voglio tutto questo, non voglio essere trasportata come una prigioniera trattata con riguardo!»

Mi sentivo esattamente così, prigioniera di quegli uomini, ma anche di quella decisione così precipitosa di lasciare casa.

Lui cercava di rassicurarmi. Promise che si sarebbe occupato di tutto. Ero in buone mani, mi avrebbero protetta.

Mi disse che mi avrebbe fatto avere i documenti – ero scappata senza nulla – con la mia nuova identità, Clara Maffei. Avevo scelto quel nome, quando lui me lo aveva chiesto. Sì, Clara, come la mia povera amica scomparsa. Mi era venuto spontaneo come se dandomi quel nome potessi farla rivivere, mentre Elena scompariva per sempre.

Ci abbracciammo. Ci saremmo rivisti a Monaco.

Ma quando, lasciato Wilhelm, ripartimmo, ricominciarono le angosce.

Avevo orrore di non potere più tornare indietro. Che avevo fatto? Le mie bambine… le avrei più riviste? Volevo tornare indietro, volevo tornare indietro, supplicavo, ma loro rispondevano di aver avuto ordine di portarmi a Monaco. A Monaco, sì, a Monaco lo avrei rivisto e sarebbe stato bello! Mi sarei buttata tra le sue braccia e lui mi avrebbe accolta con tutto il suo amore. E tutti i pensieri brutti sarebbero spariti. Già deliravo. La casa, era tutta colpa di quella casa al Vomero che io tanto detestavo; le gemelle, sì, le amavo, ma mi stavano facendo impazzire; io non ero una buona madre diceva Alfredo; Alfredo sì, sempre così buono… Ma Wilhelm, dov'era, quando lo avrei rivisto?

Quando poi lasciammo anche Roma fui sballottata da un mezzo di trasporto all'altro. I militari tedeschi mi ignoravano come se non esistessi. Anche quando mi portavano del cibo non mi rivolgevano mai la parola. Cosa sapevano? E se fosse stato vero, come diceva qualcuno, che prendevano le persone per portarle nei campi di lavoro? E se si fossero sbagliati e mi avessero scambiata per una prigioniera? Se chiedevo dove mi stessero portando, quando avrei rivisto Wilhelm, si limitavano a rispondere con un'unica litania: «*München, München…*».

Andò avanti così per diversi giorni. Dormivo in stanze fredde, su giacigli improvvisati, senza lenzuola. Trangugiavo il cibo controvoglia, senza masticarlo. Avevo lo stomaco contratto dall'angoscia. Sapevo che dovevo nutrirmi e non volevo diventare un problema. Dovevo resistere, mi dicevo, non avevo alternative.

Poi attraversammo il Brennero. Mi parve di vedere gente che faceva quel cammino a piedi, in direzione opposta: forse tentavano di rientrare in Italia. Ero stremata, avevo la febbre, tremavo dal freddo.

Arrivammo a Monaco. Io stavo molto male; ricordo vagamente una scala stretta dove dovettero sorreggermi, una stanza con una stufa nera, grande, che diffondeva tepore ed emanava un piacevole odore di legna. Poi il volto di Wilhelm chino su di me, che cercava di rassicurarmi.

Mi risvegliai dopo molte ore in un grande stanzone bianco, con dei finestroni da cui entrava tanta luce anche se il cielo era grigio. Ammalati o feriti giacevano nei letti accanto a me tra i lamenti.

Wilhelm mi sorrideva.

«Stai tranquilla, ci sono io. Mi prenderò cura di te.»

«Dove sono, Wilhelm? Dimmi dove mi hai portata.»

Sentivo voci di donne che parlavano in italiano.

«Sei alla Croce Rossa, amore mio. Le suore hanno accettato di accoglierti date le condizioni in cui sei arrivata. Avevi la febbre alta e deliravi. Sei malata, ma stai tranquilla. Qui sei al sicuro. Ti cureranno. Ricordi il tuo nome?»

«Sì, Clara Maffei, ho nella borsa i documenti.»

«Bene, d'ora in poi ti chiamerò Clara. Non dimenticare. Sei Clara Maffei e hai ventun anni, quindi sei maggiorenne. Ora devi pensare a guarire.»

«Non mi lasciare, Wilhelm, stai con me, ti prego.» Ero terrorizzata. Che avrei detto quando mi avessero chiesto perché ero lì, e non nel mio Paese. Che avrei raccontato?

Mi sistemarono in un'infermeria con due brandine. Era una sala di medicazione che aveva assorbito l'odore sgradevole di ogni genere di sostanza disinfettante, non avevano altri posti disponibili, e i due ufficiali medici e le suore entravano e uscivano di lì a tutte le ore.

Lui venne a visitarmi per qualche giorno, perché le mie condizioni non miglioravano. Si temeva una broncopolmonite che avrebbe richiesto settimane di cura.

Mi mancavano le forze anche per disperarmi, per piangere, tanto più quando lui mi annunciò che era sul punto di partire di nuovo. Doveva recarsi al comando militare di Berlino. Ma non mi avrebbe abbandonata, che stessi tranquilla; si sarebbe mantenuto in contatto con l'ospedale. Mi sentii invadere dallo sconforto. Mi ritrovavo malata, da sola, in un ospedale di un Paese straniero. Cominciavo appena allora a comprendere la portata di ciò che avevo fatto.

E invece, in quell'ospedale, un po' alla volta iniziai a sentirmi a casa. La caporeparto, suor Egle, era energica, solerte, mi faceva pensare a nonna Angela, come lei sempre in movimento, a dare ordini.

Fu lì che conobbi Luisa. Non era una suora come le altre ma una semplice infermiera, di qualche anno più grande di me. Era piccolina, con i capelli rossi raccolti in una cuffietta e un sorriso ritagliato sul viso come non ci fossero motivi per essere tristi.

Luisa fu la mia ancora di salvezza. Mi curava con attenzione, cercava di farmi arrivare il cibo ancora caldo e si fermava ogni tanto a chiacchierare; mi chiedeva dell'Italia, di Napoli, dei bombardamenti. Mi raccontava di sé, della sua famiglia, di storie di prima della guerra.

Aveva un diploma di infermiera e quando era venuta a sapere che la Croce Rossa cercava personale medico e ausiliario per mettere su un ospedale per italiani a Monaco, non ci aveva pensato due volte e aveva chiesto e ottenuto di farne parte.

A volte mi portava con la sedia a rotelle nel cortile dell'ospedale a guardare qualche spettacolino che le suore organizzavano per tenere alto il morale dei soldati ricoverati.

Trascorsi lì molte settimane e finalmente mi ripresi. Avevo paura di far capire che stavo bene. A volte accentuavo i colpetti di tosse, fingevo fitte al petto, tutto per non essere dimessa. Era da tanto che qualcuno non si prendeva cura di me, mi accudiva. Mi sentivo al sicuro da tutto. La Croce Rossa non sarebbe mai stata presa di mira. Ma anche qui mi sbagliavo.

Luisa mi chiese se volessi scrivere a casa, avevano la possibilità di fare arrivare in Italia le lettere grazie ai dimessi che tornavano. Mi domandò anche se volessi essere inserita in un gruppo che di lì a poco sarebbe stato trasferito in un ospedale in Veneto.

«No» risposi «aspetto Wilhelm.»

«Va bene, fai come vuoi.» Ma il giorno dopo si ripresentò e mi comunicò che ero stata dimessa e che sarei dovuta andar via.

Fui presa dal panico. Wilhelm era stato informato?

«A meno che tu non voglia rimanere qui, a dare una mano. C'è tanto bisogno di gente che aiuti, e sicuramente le suore possono trovarti qualcosa da fare.»

Restai in ospedale. Mi assegnarono i lavori più umili: svuotare le padelle, pulire i gabinetti, portare via i secchi con le garze e le bende sporche di sangue. Eseguivo tutto senza lamentarmi e senza risparmiarmi, in mezzo a quel misto di odori acri e dolciastri, al fetore degli arti in cancrena. E quando avevo finito, anche se nessuno me lo aveva chiesto, strofinavo e fregavo piastrelle, pareti, mobili, con un accanimento di cui nemmeno mi rendevo conto. Dovevo eliminare tutto lo sporco, cancellare tutte le brutture, per sentirmi bene.

La sera mi addormentavo distrutta sulla branda del dormitorio, e non c'era né tempo né modo di abbandonarsi ai pensieri, e meno che mai la voglia di parlare di qualcosa.

Quando ero libera Luisa mi ospitava a casa sua, un'abitazione piccola, umida, con i parati scrostati e un cucinino nascosto da una tenda. Ci facevamo compagnia, ma i momenti di tranquillità erano sempre più rari perché, anche a Monaco, i bombardamenti si intensificarono. Lì gli allarmi non erano diversi: un suono lungo, continuato come un lamento che saliva e poi si affievoliva. Sembrava fosse finito, ma poi riprendeva. E le corse giù per le scale per scendere al ricovero o in cantina. Proprio come a Napoli, la città da cui ero fuggita. Tutto uguale.

In quei momenti di intimità forzata, a poco alla volta cominciai a raccontarle la mia storia. Luisa era molto discreta. Non faceva domande e non giudicava. Ma un giorno mi chiese: «E se Wilhelm non tornasse? Cosa faresti da sola in Germania? Sei sicura di voler restare qui? Perché non torni da tua nonna, dalle tue bambine?».

Non riuscii a dirglielo.

Quella notte ebbi incubi terribili. Vedevo le mie gemelle sole nei loro lettini, che chiamavano la mamma e io che volevo raggiungerle ma non ci riuscivo. Mi svegliai per liberarmi da quello strazio e cominciai a singhiozzare disperatamente. Luisa accorse e mi trovò seduta sul letto, sconvolta. Dissi che volevo scrivere a casa, chiedere perdono per quello che avevo fatto. Sarei potuta forse andare dalla nonna. Capivo da sola che non sarei potuta tornare da Alfredo, ma lo avrei pregato di farmi vedere le bambine.

Luisa cercava di calmarmi, mi ripeteva che quando la guerra fosse finita tutto sarebbe ritornato a posto e si sarebbe risolto. Io le risposi che certe cose non si possono accomodare, non si possono dimenticare. Che quello che avevo fatto io era imperdonabile. E solo a quel punto riuscii a confessarle ogni cosa: «Stavo per soffocare le mie bambine con un cuscino».

Lei disse solo: «Ma non l'hai fatto. Quindi come puoi essere sicura che l'avresti fatto davvero?».

Per la prima volta, pensai che forse non ero responsabile di un'azione così malvagia, se non nella mia immaginazione. Forse aveva ragione Luisa.

Trovai così il coraggio di inviare una lettera ad Alfredo tramite la Croce Rossa. Non ricevetti risposta. Non seppi mai se era arrivata a destinazione o se lui rifiutasse qualsiasi contatto con me. L'ipotesi che potessero essere tutti morti sotto i bombardamenti mi sfiorò solo per un istante. La respinsi subito.

Mi arrivò invece una lettera di Wilhelm che cominciava così: *Amore mio, ricordati sempre che ti amo. Il nostro amore resisterà a tutte queste sofferenze che non avrei mai voluto che tu sopportassi a causa mia.* Ma poi continuava dicendo che era riuscito a inserirmi in un programma di trasferimento di sfollati a Ismaning, dove vivevano i suoi genitori. Lì sarei stata al riparo anche dai bombardamenti perché ce n'era stato solo uno, nel '42. Lui mi avrebbe raggiunta appena possibile. Per il momento, era in partenza per l'ennesima volta. Si era rifiutato di prestare servizio come ufficiale medico nel campo di lavoro di Dachau. Aveva chiesto e ottenuto di essere inviato sul fronte occidentale.

Allora, non capii il perché di questa scelta. Solo in seguito seppi di quegli orrori e compresi il valore del suo sacrificio.

Feci come voleva lui, anche perché i bombardamenti su Monaco diventavano sempre più incalzanti. La Baviera che avevo sognato non esisteva: Monaco era solo un'altra città sotto la minaccia di bombe. Come potevo aver pensato che fosse immune dagli attacchi nemici? Io, all'epoca, ero molto ingenua, ma Wilhelm davvero non sapeva dove mi stava conducendo? Davvero poteva essere stato così cieco?

La Germania forte e invincibile in cui avevo creduto all'inizio della guerra si andava sgretolando sotto i miei occhi.

Fui trasferita insieme a un gruppo di sfollati in questo piccolo paese, nei sobborghi di Monaco. La Croce Rossa mi fornì un maglione, un cappotto da uomo e degli scarponi. Non potevo affrontare il gelo invernale della campagna senza un abbigliamento adatto.

Ismaning pareva tranquilla, non c'erano rovine ai bordi delle strade come a Monaco. Case con tetti neri spioventi, un palazzo che chiamavano "reggia" – ma che seppi poi essere stata solo la residenza di un ricco signore –, la chiesa, e poco altro.

Fummo portati lì con i mezzi della Croce Rossa e scaricati davanti a un edificio molto grande. Ci fecero entrare in un largo stanzone dove alcune donne smistavano le persone o i gruppi familiari, e poi li indirizzavano da un impiegato, seduto dietro alla scrivania.

Era per lo più gente di Monaco che aveva perso la casa nei bombardamenti o che si voleva allontanare dalla città, bersaglio dai continui raid aerei. C'era anche qualche italiano: avevo colto un frammento di conversazione durante il tragitto da Monaco sul camion dove eravamo stipati.

Si sentiva il pianto di qualche bambino o qualche parola qua e là. Non avevo alcuna voglia di familiarizzare in quell'atmosfera plumbea d'incertezza e paura. Improvvisamente, mi mancò Napoli e un sorriso triste mi stirò le labbra screpolate dal freddo.

Quando arrivò il mio turno detti le mie generalità e subito furono chiamati i signori Meinhof.

Un uomo e una donna di età indefinibile, vestiti come contadini con grosse scarpe ai piedi, si avvicinarono, mi salutarono con un cenno del capo e mi invitarono a gesti a seguirli. Non un abbraccio, né un cortese saluto. Solo l'obbligo di eseguire un ordine.

Durante il percorso lungo la strada di campagna non ci furono parole. Loro avanti e io dietro, silenziosa, il volto rigato dalle lacrime. Quelli erano i genitori di Wilhelm. La madre che lo aveva cullato tra le braccia, il padre che aveva lavorato per lui. Forse era stata la guerra a ridurli così, incapaci di un gesto di cordialità. Provai per loro un misto di rabbia e tenerezza.

La casa era semplice ma ordinata. Mi mostrarono la mia stanza e finalmente mi rivolsero la parola, in un tedesco elementare, indicando il letto.

Pensavano che io non parlassi la loro lingua? Per questo non avevano parlato ed erano stati così freddi e scostanti?

«*Ich spreche Deutsch*» mi affrettai a dire, e feci un sorriso.

«*Sehr gut*» fu la risposta. Sapere che li capivo non li rese più affettuosi. Aggiunsero solo che si cenava alle sei.

In quella camera sicuramente aveva dormito Wilhelm, non c'erano altre stanze. Lo immaginai bambino che muoveva i primi passi o che giocava con i soldatini di legno e mi sentii meno sola.

Seduti intorno al tavolo in cucina, accanto al camino, mentre mangiavamo una calda zuppa di verdure, mi spiegarono con qualche frase asciutta le regole di quella convivenza.

La *sua* fidanzata italiana sarebbe dovuta restare lì con loro fino a quando *lui* fosse tornato. Li avrei aiutati nel lavoro in casa e nei campi.

Io dissi solo: «*Danke*». E non ci dicemmo altro.

Fu un inverno lungo e freddo. A volte nevicava e non si poteva far altro che stare in casa. Pulivo il camino, il focolare, come avevo visto fare alle donne dalla nonna. Il tempo non passava mai. Per avere la mente occupata, a volte, chiusa nella mia camera ripetevo a memoria i versi di Dante o le parole delle canzoni che cantavano le corallare a Torre.

Con la fine delle gelate notturne, la neve iniziò a sciogliersi, le raffiche di vento divennero più simili a brezza primaverile e il lavoro nei campi richiese tutto il mio sforzo. Non ne fui scontenta: il lavoro fisico, come sempre, mi impediva di pensare troppo. La sera mi buttavo a letto sfinita.

Un giorno mi mandarono in paese a vendere le uova che avevano fatto le poche galline che erano rimaste e che loro tenevano sempre chiuse nel pollaio per paura che qualcuno potesse rubarle. Potevano razzolare solo se loro erano presenti a vigilare, e quindi facevano ben poche uova.

Vendere i loro prodotti era un compito che di norma svolgeva Klaus, il padre. Ma quel giorno era a letto malato e Ilde, la moglie, disse che toccava a me.

Mi dette le indicazioni e io obbedii, come del resto facevo con tutti gli ordini che mi venivano dati, dalla pulizia della casa al lavoro in campagna. Prima della guerra il terreno era quasi tutto coltivato a cavolo cappuccio, ma ora era diventato difficile reperire il concime, e quindi i due avevano deciso di privilegiare la coltivazione di patate e zucche. Ilde mi domandò di chiedere in giro se qualcuno avesse del concime da darle in cambio delle uova, anche se era improbabile.

In paese mi sentii chiamare: «Italiana! Italiana!». Mi girai e vidi una donna di una certa età che arrancava per raggiungermi. Mi disse che mi aveva vista al Centro, quel giorno in cui anche lei era arrivata da Monaco. Era del sud come me, mi chiese come mai non mi ero fatta più vedere al Centro dove si incontravano gli sfollati per parlare tra loro e magari aiutarsi come potevano. Si beveva anche birra e si cantava qualche canzone per tirarsi su e dimenticare gli orrori che infuriavano a pochi chilometri da loro. Era utile andare lì, si avevano informazioni su quanto stava succedendo.

Le risposi che pensavo che gli italiani non fossero ben visti, avevo sentito come ne parlavano. Ma l'altra insistette. «Noi siamo donne, non abbiamo commesso nessun crimine, non siamo soldati. Venite senza paura, siamo sfollate pure noi, insieme ai vecchi e ai bambini. Solo questo conta, ora.»

Me ne andai come se avessi ricevuto un regalo. Da tempo nessuno mi rivolgeva una frase che mi rincuorasse.

Mi riuscì anche di trovare un po' di concime e quando tornai a casa Ilde, per la prima volta, mi fece un sorriso.

Nei giorni che seguirono mi recai al Centro varie volte, per ricevere qualche notizia. Dapprima mi sembrò di cogliere dell'ostilità nei modi in cui venivo trattata ma quando seppero che ero fidanzata con un ufficiale tedesco di Ismaning che era in Francia presero a considerarmi come una di loro e mi chiamarono addirittura per nome. E fu lì che seppi che gli americani erano sbarcati in Normandia. Ma Wilhelm dove stava combattendo? Mi sembrava di impazzire, potevo solo aspettare.

Al Centro, una mattina, mi dissero che, se volevo, c'era del lavoro per me alla cartiera; cercavano una persona giovane e sveglia, e pronta a lavorare sodo. Rifiutai sostenendo che non me la sentivo: aspettavo da un momento all'altro il ritorno del mio fidanzato e poi me ne sarei andata con lui. Allora nutrivo ancora qualche illusione sul mio futuro.

Quando rincasai trovai Ilde che piangeva. Mi spaventai, «Wilhelm» urlai. «È morto, ditemi, è morto?»

Ilde mi porse un foglio. Lessi con furia. La notizia fu devastante. Wilhelm era caduto in Normandia, sui campi di battaglia.

Rimasi immobile, paralizzata, mentre la donna si accasciava tra le braccia del marito e si lasciavano andare a grida di disperazione.

Ero straziata. Wilhelm non c'era più.

Nei giorni successivi non feci che chiedermi: cosa sarà ora di me? Non devo lasciarmi andare. Devo resistere. Ma mi dicevo: e perché resistere e per chi? Poi osservavo quei poveri vecchi che avevano perso l'unico figlio e smarriti trascorrevano le giornate in silenzio senza curarsi più né di loro stessi, né della casa e della campagna; mi sentii in dovere di aiutarli.

Mi imposi di non tornare indietro con la mente. Se lo avessi fatto sarei impazzita. Sarebbero ricominciati i rimorsi, i rimpianti, i dubbi. Mi sforzavo di pensare solo al presente.

Fu allora che divenni adulta. Il matrimonio, le figlie, la guerra, la fuga, non erano riusciti a scalfire quella patina di incoscienza, di ingenuità, di stupidità propria dei giovani. Ma ora la somma di tante sciagure provocò in me una specie di saturazione, un'esplosione da cui venne fuori un'altra persona: una donna dura, determinata, decisa a sopravvivere a tutto, alla guerra, ai bombardamenti, al dolore, ma soprattutto ai suoi errori.

Dopo qualche mese, quando Ilde e Klaus iniziarono a riprendere il loro lavoro, pensai che fosse giunto il momento di andare via e mi recai al Centro per cercare un'altra sistemazione. Un signore di mezza età offriva una camera che si era liberata. Mi parve una persona gentile, mi disse che era vedovo e che aveva una figlia di quindici anni. Si presentò: si chiamava Peter Wise. Aveva un'espressione aperta, un sorriso gioviale. Abitava al primo piano di una piccola palazzina. C'era una grande cucina comune per i pasti. I soldi che avevo guadagnato coltivando la terra dei genitori di Wilhelm mi servirono per pagare la stanza fino a quando non accettai il lavoro in cartiera che per fortuna era ancora libero, e iniziai a lavorare come operaia.

Da quel momento per me cominciò una nuova vita; dovevo contare solo sulle mie forze. Ma questo stranamente non mi spaventava, anche se i rischi di finire sotto le macerie di un bombardamento in una fabbrica era molto più alto. Forse non avevo più paura di morire.

Era mai possibile che solo adesso, in un Paese straniero dove nessuno mi conosceva e dove non c'era nessuno su cui contare, finalmente mi sentissi padrona di me stessa? E che invece, fino a quando ero stata una donna sposata con un marito che la amava, mi sentissi in balìa degli eventi? Capii allora, nella solitudine di quei giorni, nella stanza di un appartamento condiviso, nel freddo del Nord, che dovevo avere pietà di quella bambina che non aveva avuto il tempo di crescere, e poi della ragazza che non aveva avuto la possibilità di fare le sue scelte. Anche Wilhelm non era stata una mia scelta, mi aveva sedotta con i suoi modi gentili, con il suo fascino di ufficiale in divisa e mi aveva portata a conoscere il sesso quando ero ancora troppo giovane per capire.

Ebbi finalmente la forza di pensare alle mie bambine, a quel gesto che non avevo mai compiuto ma che nella mia mente alterata era stato come una condanna. E cominciarono i rimpianti per una vita non vissuta. Ma soprattutto il rimpianto di non aver potuto essere vicina alle gemelle mentre crescevano, di non averle potute aiutare a diventare persone responsabili.

Trascorrevo le ore libere chiusa in camera mia. Con Peter e la figlia non avevo rapporti se non di pura educazione. Andavo in cucina solo per prepararmi quel po' di cibo che riuscivo a procurarmi e poi tornavo nella stanza. Peter mi guardava senza dire niente. Il suo sguardo triste però era eloquente più di un rimprovero. Provava dispiacere per la mia solitudine che forse avrebbe voluto alleviare, ma non sapeva come. Era anche lui un uomo profondamente solo, poco loquace. Le sue energie le spendeva tutte nel lavoro.

Ogni tanto andavo a trovare Ilde e Klaus, che dopo la morte del loro unico figlio erano invecchiati di colpo. Si sedevano in silenzio intorno al tavolo senza trovare la forza di dire niente, e quando andavo via mi regalavano qualche patata.

Cominciai a tenere un diario. Era come avere qualcuno con cui parlare. Scrivevo quello che facevo o qualsiasi altra cosa mi venisse in mente. Scrivere mi aiutò a mettere ordine nei miei pensieri. Se Wilhelm non fosse morto il nostro amore sarebbe sopravvissuto?

Oggi so che l'amore è follia. Ma allora avevo diciotto anni e credevo che l'amore ricambiato volesse dire felicità. Chiedevo all'amore la risoluzione di tutti i miei mali, delle mie contraddizioni e delle mie sofferenze.

In quei mesi di terrore del '45, i raid aerei si susseguivano nel cielo di Monaco giorno e notte. La città era ridotta a un cumulo di macerie.

Sentivamo di essere prossimi alla fine.

Peter e io cominciammo un po' alla volta ad avvicinarci.

Iniziammo a raccontarci le nostre storie. Racconti di guerra, di separazioni, di sofferenze e di morte. Lui aveva perso la moglie quando la figlia aveva appena sei anni e l'aveva cresciuta da solo.

Era un brav'uomo. All'improvviso mi accorsi che aveva gli occhi azzurri, non l'avevo mai notato prima, immersi com'erano in quel volto precocemente invecchiato. Mi disse di avere quarantasette anni, che non era andato in guerra per un difetto cardiaco. A me, che ne avevo venti, sembrò una persona anziana. Era alto, un po' curvo, e lento nei movimenti. Ma questa sua apparente pacatezza m'infondeva tranquillità. Aveva un'officina di riparazioni di moto e auto, ma il lavoro in quel periodo scarseggiava e si industriava a fare un po' di tutto. Andava dove lo chiamavano e si accontentava di quello che gli davano.

Io di me raccontavo poco, avevo vergogna a dirgli che ero scappata con un tedesco e avevo lasciato marito e due figlie. Se mi faceva domande dirette cambiavo discorso e lui non insisteva. Gli raccontavo piuttosto di quando bambina scorrazzavo libera nella campagna di Torre del Greco, della nonna, del corallo e delle corallare. E poi del mare, che lui non aveva mai visto, quello di Torre e quello di Napoli. Lui mi ascoltava senza fare domande: sapeva che c'era dell'altro, ma non chiedeva.

Il 30 aprile un pesante bombardamento flagellò Ismaning. Provocò danni anche alla cartiera e, mentre ci preoccupavamo di sapere se era ancora in piedi, si sparse la voce che le truppe americane erano entrate a Monaco, Hitler si era suicidato e Mussolini era stato ucciso.

La guerra in Europa era finita.

La gente si accalcò al centro del paese, esplodendo di gioia, io invece me ne restai in disparte, svuotata e smarrita.

Che avrei fatto, ora?

Un po' alla volta, a Ismaning arrivarono nuovi gruppi di sfollati da Monaco che era stata rasa al suolo quasi del tutto, come diverse altre città tedesche.

Lo spettacolo di tanta gente sofferente mi colpì profondamente. Andai al Centro e chiesi se avevano bisogno di aiuto. Mi immedesimavo nella loro condizione, nel loro spaesamento, ricordandomi di quando ero arrivata a Ismaning. Speravo di potermi rendere utile. Questa gente aveva perso tutto. Mi prestai a distribuire qualche abito, a servire pasti.

Le mie giornate trascorrevano tutte uguali, tra il lavoro alla cartiera e l'impegno presso il Centro. La sera tornavo a casa tardi. Avevo appena la forza di mangiare qualcosa e mi addormentavo esausta.

Ma per quanto cercassi di riempirmi la testa di altre cose il pensiero correva sempre lì, alle mie bambine. Cosa facevano, come erano diventate, si volevano bene?

Fu allora che inviai un'altra lettera ad Alfredo.

Gli scrissi che stavo bene, ero viva e sarei voluta tornare in Italia per vedere le bambine. Sapevo di aver fatto del male a lui e alle gemelline; non avevo scusanti, se non quella della giovane età e della guerra che tutto travolgeva e che portava distruzione. Non era stata una decisione lucida.

Non chiesi perdono. Non me lo aspettavo e non lo pretendevo. Non poteva però negarmi il diritto di vedere le mie figlie. Lo supplicai e attesi.

Ma dall'Italia non arrivò alcuna risposta. Quando ormai mi ero rassegnata, finalmente un giorno mi raggiunse una lettera di Alfredo. Il contenuto era chiaro: che non mi facessi vedere a Napoli. Avevo perso qualsiasi diritto sulle bambine. Erano tranquille, vivevano bene, non avevano bisogno di me. Quanto alla nonna, mi disse che era morta. Aggiunse poi che qualora mi fossi presentata mi avrebbe fatta arrestare per abbandono della prole e del tetto coniugale.

Quella risposta mi gelò, non mi sarei mai immaginata un ricatto del genere. Fu come una pugnalata in pieno petto. Se almeno la nonna fosse stata ancora viva forse avrei trovato la forza di tornare e affrontare anche il carcere. Ma Angela era morta.

Ricordavo Alfredo come una persona mite, comprensiva:

era stato disposto a perdonarmi quando aveva saputo di Wilhelm, mai avrei creduto che mi potesse indirizzare parole così dure. Era colpa mia se si era incattivito tanto?

Il giorno che compii ventisei anni, per la prima volta dopo tanto tempo, volli festeggiare. Peter mi portò a fare un giro fuori dal paese con una vecchia moto della sua officina. Voleva farmi vedere i dintorni più belli che ancora non conoscevo. E io insistetti per pagare il pranzo in una graziosa trattoria bavarese di campagna.

Peter era una presenza costante: riservato, affidabile, e io gli ero molto affezionata. Ero sicura che anche lui mi volesse bene, ma non ne avevamo mai parlato. Forse perché credeva che, appena possibile, me ne sarei tornata a Napoli. Ma il tempo era passato e io ero rimasta lì, con lui. Non mi aveva mai domandato niente. Io pensavo che lo facesse per discrezione, poi ho capito che la sua era paura di perdermi.

Fu durante quella gita, mentre eravamo a tavola, che ebbi il coraggio di pronunciare quella terribile frase: «Sono scappata con un ufficiale tedesco, ho abbandonato mio marito e le mie figlie per fuggire con lui». E tacqui.

Lui mi porse un pacchetto di cioccolatini. «Tieni, sono per te.» Io lo presi e gli sorrisi. Quel gesto valeva più di mille parole e gliene fui grata.

Nei giorni successivi, senza che lui mi chiedesse alcunché, cominciai a raccontare mentre lui mi ascoltava in silenzio.

«Perché non gli scrivi?» disse. «Potresti chiedergli di farti vedere le bambine, potresti tornare in Italia.»

Io non risposi, meditai a lungo e poi gli raccontai tutto.

Peter cercò di consolarmi. «E a tuo padre, hai mai scritto? Perché non provi a metterti in contatto con lui?»

«Ci avevo pensato, ma conosco mio padre. A che servirebbe?»

«Potrebbe convincere tuo marito.»

Ci riflettei sopra vari giorni e alla fine mi convinsi a scrivergli. Gli raccontai che ero viva, che ero molto provata dalla guerra ma che stavo bene. Che mi trovavo in Germania per motivi che ora era difficile spiegargli, ma glieli avrei detti, se avesse voluto ascoltarmi. Nella busta misi anche la fotografia che Peter mi aveva scattato il giorno del mio compleanno. Ero molto diversa rispetto all'ultima volta che mi aveva vista, ma mi avrebbe riconosciuta.

Neppure mio padre rispose mai.

Gli anni scorrevano tutti uguali. Le stagioni si alternavano nella mia indifferenza.

Mi recavo spesso a Monaco per commissioni di vario tipo. Qualche volta io e la mia amica Luisa, che ora lavorava nell'ospedale più importante della città, andavamo a bere una birra in quei locali dove si sentiva musica americana.

Un giorno mi disse che, in ospedale, aveva saputo che i Centri di immigrazione cercavano una persona che parlasse italiano e tedesco, avesse un buon livello culturale e fosse disposta a occuparsi dell'inserimento degli immigrati italiani a Monaco. L'idea mi piacque: non avrei fatto il vero e proprio lavoro di interprete, come avevo sognato da ragazza, ma avrei svolto un servizio più nobile e comunque utile e necessario.

Negli ultimi anni gli italiani, spinti dalla disoccupazione, erano diventati sempre più numerosi. Decisi quindi di lasciare la cartiera e dedicarmi completamente al lavoro di mediatrice interculturale.

Accogliere e dare una mano a quei connazionali spaesati, che non conoscevano una parola di tedesco e lasciavano il loro Paese per venire a lavorare nelle grandi fabbriche germaniche, era un compito che amavo e che aiutava prima di ogni altro me, che avevo perso ogni illusione, ogni speranza di felicità. Ma andava bene così, ormai ero solo una sopravvissuta.

Non ero stata in grado di perdonare Wilhelm. Quanto a Elena, non sapevo se ci sarei mai riuscita.

37

Appena Annaluna scese dal treno alla stazione di Monaco cercò un posto da cui telefonare. Chiese di fare due chiamate: una in Francia, l'altra in Italia. Cominciò con quella italiana.

«Melina, sono Annaluna. Volevo salutarti, sapere come stai, come sta Duccio. Digli che mi manca tanto. Anche tu» aggiunse «mi manchi.»

Melina rispose con tono commosso e un fiume di domande a cui Annaluna non rispose, adducendo la scusa che aveva pochi soldi per parlare.

Melina raccontò che si era presentato un signore per affittare la casa del nonno e che dovevano decidere al più presto il da farsi. Annaluna promise che ci avrebbe riflettuto e chiuse la conversazione. Poi si mise in contatto con la Maison de l'Italie a Parigi.

Appena sentì la voce di Maria Sole all'altro capo del telefono scoppiò in singhiozzi.

«L'ho trovata, l'ho trovata! Domani ci parlo.»

Maria Sole rispose con freddezza. «Bene. Mi racconterai cosa vi siete dette.»

Annaluna non poteva credere che la sorella fosse così granitica nelle sue convinzioni, e non cedesse di una virgola. Eppure doveva accettarlo: Maria Sole la pensava diversamente, aveva un'altra idea a proposito, forse perché, nonostante l'atteggiamento incurante, era stata lei a soffrire di più. La sua corazza era più appariscente, ma anche più fragile. Malgrado questo, però, Annaluna non riusciva a capire come non avesse voglia di incontrarla. Era come avere la possibilità di fare un salto indietro nel tempo, e decidere consapevolmente di rinunciare.

Invece di dirigersi subito verso l'albergo, se ne andò un po' in giro per la città, senza una meta precisa. Il desiderio di vedere Francesco era frenato dal bisogno di stare da sola, senza che nessuno la facesse tornare con i piedi per terra.

Per il momento voleva solo godersi la felicità che provava, pensare che il giorno dopo avrebbe finalmente incontrato sua madre. Avrebbe visto com'era. Tutto il resto – le accuse, le spiegazioni, le richieste di perdono, le verità discrepanti o scomode, le incognite – potevano aspettare. Entrò in un parco, c'era ancora luce e l'aria era abbastanza tiepida. Una mamma spingeva una carrozzina con un bambino, mentre il fratellino arrancava dietro di loro, su un triciclo.

Era contenta di aver sentito Melina. Doveva essere stata tanto in ansia, povera Mammelina. Ricordò il giorno in cui lei e Maria Sole avevano preso a chiamarla così, dopo la nascita di Duccio. Forse erano gelose del fatto che Duccio avesse una mamma e loro no. Come potevano essere ingarbugliati i sentimenti, che strani percorsi faceva la memoria!

Le venne in mente l'estate del '58, quando ci fu l'epidemia di poliomielite. Lei e sua sorella non poterono fare nemmeno un bagno al mare, non andarono a Torre del Greco e, quando si seppe che un bambino vicino di casa si era preso la malattia, il padre ordinò a Melina di non farle neppure uscire. Lei e Maria Sole avevano quindici anni e fremevano di rabbia; se la prendevano con Melina, poveretta, come fosse colpa sua. «Chi sei tu per obbligarci? Non sei nostra madre!»

Si chiedeva ora dove avesse preso Melina tutta la pazienza che aveva avuto con loro, e come doveva essere stato duro fare da madre a due ragazzine insopportabili. E Duccio che frignava tutto il giorno.

Il pensiero di Duccio le riempì l'anima di dolcezza. Era il suo fratellino, e gli voleva bene. Ricordò il giorno in cui, per intrattenerlo, lei aveva fatto incetta di tutte le scatole di scarpe che era riuscita a trovare nello stanzino, e con le tempere ci aveva pitturato sopra porte, finestre, e le aveva trasformate in abitazioni. Nel corridoio, lei e Duccio avevano costruito con le case-scatole una città, e in mezzo avevano messo le automobiline in fila a simulare il traffico, e il trenino che si fermava davanti alla stazione-scatola. Duccio non si era mai divertito tanto e Annaluna più di lui. Mentre faceva muovere una macchinina sul pavimento a cera, Duccio aveva sussurrato senza guardarla in faccia: «Ti voglio tanto bene. Ti voglio dare un bacio». E lei, stupida, aveva risposto: «Che schifo, no! Hai la bocca tutta sporca di cioccolato».

Gli avrebbe comprato la funivia! Si disse alzandosi di scatto. Il giorno prima insieme a Francesco era passata davanti a un negozio di giocattoli, talmente bello che si erano fermati incantati ad ammirare l'allestimento della vetrina come due bambini: una funivia di latta rossa e bianca, appesa a due fili, trasportava dei pupazzi da un lato all'altro di due montagne di cartapesta. Costava più di quanto potesse permettersi, ma decise di fare una pazzia e comprarla. Contò quanti marchi le restavano ancora. Abbastanza per sopravvivere qualche giorno, poi si sarebbe visto.

Francesco era in piedi in portineria quando sentì risuonare

il campanellino attaccato sopra la porta dell'hotel. Istintivamente si girò.

«Ah, sei tornata? È così tardi che ormai credevo fossi rimasta lì. Ti ho aspettata, ma stavo per pagare il conto. Sarei partito entro stasera se non tornavi.»

Annaluna si accorse che era nervoso, aveva tra le dita i resti di un mozzicone di sigaretta che schiacciò sotto la scarpa per riaccenderne un'altra subito dopo. Si dispiacque, non pensava se la sarebbe presa tanto.

«Ti pare che non ti avrei avvisato?» Annaluna gli si avvicinò con un sorriso dolce e gli diede un piccolo bacio. «Ho comprato un regalo per Duccio, perciò ho fatto tardi.» Indicò la busta che aveva in mano. «Quella funivia, te la ricordi? Non ho saputo resistere.»

«Tu sei pazza, lo sai? Ancora più pazza di me» disse lui scuotendo la testa. «Prima dici che non tornerai mai più a casa da tuo padre e poi compri quel regalone al tuo fratellastro.»

«E che c'entra questo? Non ho mai detto che non voglio più vedere il mio fratellino. Dài, posa lo zaino. Non vorrai veramente partire così, a quest'ora, e lasciarmi passare la notte da sola. E poi non sei curioso di sapere? Andiamo subito a mangiare qualcosa, che ti racconto!»

Lo prese per mano e lo trascinò fuori.

Con il sopraggiungere della sera si era alzato un vento gelido. Annaluna, rabbrividendo, si strinse al suo braccio, prese un respiro profondo e gli disse che sì, aveva rintracciato l'abitazione di sua madre ma che lei non c'era. Una donna però le aveva detto che avrebbe potuto incontrarla l'indomani. Era contenta. Comunque fossero andate le cose era riuscita in quello che si era prefissa. Trovare sua madre.

«Che farai dopo, Annaluna, ci hai pensato?»

Francesco la riportò bruscamente alla realtà con tutti i suoi problemi.

«Ma che ne so che farò, se non so quello che dirà lei!»

«Io intendevo *dopo*, Annaluna, non *domani*. Che farai del tuo futuro? La tua vita non c'entra niente con quella dei tuoi genitori.»

Annaluna non rispose. Non era quello il momento di decidere. Per ora c'erano l'università, la fotografia, Melina, Duccio, Maria Sole, la nonna a Torre del Greco. Si accorse che nell'elenco non aveva incluso il padre. Inconsapevolmente, lo aveva cancellato dalla sua vita. Alzò le spalle e disse: «Quel che sarà, sarà. Me l'hai insegnato tu, no?».

Si infilarono infreddoliti nel primo locale che trovarono aperto e ordinarono canederli, salsiccia e birra. Annaluna si riscaldò le mani vicino alla fiamma della candela che era sul tavolo.

«Allora, te ne saresti andato così? Se non tornavo in tempo magari non ti avrei trovato.»

Lui le spiegò che aveva telefonato alla madre e l'aveva trovata inviperita perché non si era fatto più vivo e non sapevano dove fosse finito. Gli aveva intimato di tornare subito a casa, a Roma. Lo accusava del fatto che il padre l'aveva chiamata e se l'era presa con lei. Avevano avuto una violenta litigata. Insomma, per evitare tragedie familiari, doveva rientrare subito. Ma questa storia sarebbe durata ancora per poco. A gennaio, finalmente, avrebbe potuto andarsene e girare l'Europa come e quando gli pareva, senza l'incubo di essere fermato dalla polizia e riportato a casa, come aveva minacciato di fare sua madre.

«E come ti manterrai?»

«Non è un problema se non hai paura di lavorare. Un lavapiatti trova sempre un tetto e qualcosa da mangiare.»

«Mi dispiace che tu vada via ora.» Annaluna non riuscì ad aggiungere altro, un nodo alla gola le impediva di parlare.

«Anche a me. Non ho mai bevuto una birra così dannatamente buona.»

Si guardarono e si sorrisero.

«Ma Roma non è lontana da Napoli, no?»

«No, non è lontana» bisbigliò lei.

Francesco si accese una sigaretta.

«Allora, siamo arrivati al dunque. Domani la vedrai.»

Sì, era pronta. Aveva pensato mille volte all'incontro, e mille volte si era immaginata il dialogo. Ma questi colloqui, via via che passava il tempo, cambiavano di segno nella sua mente. All'inizio erano discussioni aggressive in cui lei pretendeva spiegazioni, chiedeva come era possibile che una madre abbandonasse due bambine piccole e un marito per un altro uomo. Un tedesco, poi. Non aveva pensato a suo padre, al dolore che gli dava, a nonna Angela? Questo le avrebbe detto, prima. Ma adesso, forse, poteva chiederle qualcosa di più.

Guardò Francesco e nei suoi occhi si rispecchiò diversa.

Per un attimo ebbe la stupenda sensazione di aver trovato se stessa. E se ciò era accaduto, era stato solo perché la vita, con i suoi strani percorsi, l'aveva portata dov'era.

Ora, a sua madre avrebbe posto anche altre domande. Avrebbe cercato di capire cosa era passato, in quel momento, nella mente di una ragazza di diciannove anni, madre di due bambine, e per di più in tempo di guerra, per prendere quella decisione. E come aveva fatto, con quale coraggio aveva attraversato un Paese diviso in due, tra nemici e alleati? Lo disse a Francesco, e lui capì.

Usciti dal locale, camminarono abbracciati fino all'albergo.

«Come mi hai detto la prima volta? *Vuoi fare l'amore con me*?» fece lei.

Lui sorrise.

«Adesso lo chiedo io a te, un'ultima volta: vuoi fare l'amore con me?»

«Non sarà l'ultima. Non ti illudere.»

La stessa strada che il giorno prima aveva percorso con timore ed esitazione adesso le sembrava meno ostile. Addirittura le pareva che il percorso si fosse accorciato durante la notte e anche la nebbia si fosse diradata. Una donna con un cane al guinzaglio le fece un cenno di saluto nell'incrociarla. Passò davanti al cantiere, vide movimento di operai e un'automobile che faceva manovra. Tutto sembrava aver preso vita, come quando al luna park infili una moneta e, dietro al vetro, i pupazzi si animano.

Passò davanti al ristorante in cui il giorno prima aveva chiesto informazioni; si accorse che di lato c'era un giardino curato e dei tavolini che non aveva notato.

Ed ecco la casa. Perché mai le era sembrata così tetra? Oggi le imposte erano spalancate e i muri sembravano più vivi.

Questa volta suonò al campanello giusto. L'uomo grasso nemmeno comparve. Il portone era accostato, spinse ed entrò. Salì senza fretta al piano superiore, voleva assaporare ogni momento e, senza neanche accorgersene, atteggiò il viso al sorriso.

Attese un attimo che le sembrò eterno. Sentì il rumore dei passi che si avvicinavano. E poi la porta si aprì.

Comparve la stessa donna del giorno prima. Fu delusa. Si aspettava che l'accogliesse *lei.* La sconosciuta le fece segno di entrare a gesti, senza proferire parola, come se non avesse voce o non sapesse più parlare italiano.

Annaluna avanzò nella stanza che neanche guardò. In un angolo erano state disposte due sedie, una di fronte all'altra.

Accolse l'invito a sedersi, impaziente che la donna se ne andasse e comparisse sua madre. Ma l'altra non accennò a muoversi. Si sedette e la osservò in silenzio.

Imbarazzata, Annaluna si tolse il cappotto. Istintivamente sfiorò con le dita il ciondolo di corallo, un gesto che faceva spesso quando era confusa e in ansia.

«Quel ciondolo… lo incisi io per mia nonna.»

In un attimo, quella donna insignificante a cui fino ad allora non aveva prestato alcuna attenzione si trasfigurò agli occhi di Annaluna.

Le mancò il respiro.

Avvertì una sensazione nuova, un misto di sorpresa, speranza e sollievo.

Tutte le domande, tutte le parole che aveva in mente, che si era ripetuta tante volte prima di arrivare, erano svanite.

Elena le sorrise malinconica.

«Sei Annaluna, vero?» I suoi occhi si riempirono di lacrime. «E tua sorella, perché non è venuta?»

Ringraziamenti

La storia di Elena è frutto della nostra fantasia, ma è stata ispirata dai ricordi e dai racconti ascoltati in casa da bambine, che abbiamo arricchito con letture e ricerche.

Desideriamo ringraziare tutti coloro che in vario modo hanno contribuito alla realizzazione di questo romanzo. Innanzitutto i familiari che hanno dovuto indirettamente condividere le nostre serrate discussioni e tutte le amiche che ci hanno sempre sostenute e incoraggiate. Poi Daria Telesca che ci ha fornito i riferimenti per contattare le persone giuste di Torre del Greco; Caterina Ascione, imprenditrice e studiosa del corallo per i suoi vividi racconti sulla storia secolare della pesca e della lavorazione del corallo e sulla vita sociale che gravitava intorno all'economia del prezioso organismo; Carlo Boccia e Luigi De Luca che ci hanno fornito le informazioni utili per ricostruire fatti e usanze della città vesuviana; Marinella Gagliardi per averci dato la possibilità di consultare la sua tesi di laurea sull'arte del corallo; Ester e Gabriella Scuotto per i racconti, le foto e i documenti dell'antica fabbrica appartenuta alla famiglia che hanno ispirato alcuni passaggi del romanzo.

Un ringraziamento spetta altresì all'Istituto italiano di cultura di Monaco per le importanti informazioni in reperti scritti e filmati del periodo storico.

A Marcella Leone De Andreis che ci ha permesso di leggere il suo prezioso libro *Capri 1943. C'era una volta la guerra*, esaurito da anni.

Molto utili ci sono stati anche i libri in nostro possesso, oggi ugualmente introvabili, in particolare *Napoli 1940-1945* di Sergio Lambiase e Gian Battista Nazzaro; *I cento bombardamenti di Napoli. I giorni delle Am-lire* di Aldo Stefanile e *Polvere di piselli. La vita quotidiana a Napoli durante l'occupazione alleata (1943-1944)* di Paolo De Marco.

La consegna di una supplica firmata "Gli indesiderabili" a John Kennedy mentre sfilava con il suo corteo – che riportiamo in italiano nel testo – è un episodio realmente accaduto di cui si dà notizia sul quotidiano *Il Mattino* del 1° luglio 2023.

Ci siamo attenute quanto più possibile ai fatti storici e solo per esigenze narrative il concerto della banda della Marina del Reich, che si tenne nella Villa comunale il 21 aprile 1942, viene anticipato all'anno precedente.

Sono stati fondamentali i diari, le lettere, le fotografie, i giornali d'epoca e le memorie sulla guerra d'Africa conservati con cura da Renato Mastrocinque che ci hanno permesso di ricreare in maniera quanto più veritiera possibile l'atmosfera di quegli anni.

E come sempre esprimiamo la nostra gratitudine ad Antonio Franchini, a Nicoletta Verna, per la generosa disponibilità e i preziosi consigli, e a Emanuela Canepa, Giovanni Bartoli, Sara Raimo e tutto lo staff della casa editrice Giunti.

Un affettuoso pensiero al carissimo amico Enrico che, con l'intelligenza e l'acume che gli erano propri, non ha mai smesso di interessarsi all'avanzamento della stesura e a regalarci molti consigli utili. Nell'illusione che questo romanzo gli sarebbe piaciuto.

MISTO
Carta | A sostegno della gestione forestale responsabile
FSC® C021883
FSC www.fsc.org

Stampato presso Grafica Veneta S.p.A.
Stabilimento di Trebaseleghe (PD)